FREISPRUCH?

Ein Schweden-Krimi

Die Stockholm Detektive
(Band 5)

Christer Tholin

Lektorat: Leonore Kaiserling
Umschlaggestaltung durch Anne Gebhardt

ISBN (ebook mobi): 978-91-986358-8-1
ISBN (Taschenbuch): 978-91-986358-9-8

Dieses Buch ist eine fiktive Geschichte. Namen, Charaktere, Orte und Ereignisse sind vom Autor frei erfunden oder werden fiktiv verwendet. Ähnlichkeiten mit tatsächlichen Vorfällen, Orten oder echten Personen, lebendig oder verstorben, sind rein zufällig.

Für meine Schwiegermutter Christa

Inhalt

Gratis E-Buch

Eine Vorgeschichte zur Serie "Die Stockholm Detektive"

Eine Kurzgeschichte über Lars, den einen der Detektive in der Serie. In dieser Geschichte arbeitet er noch als Polizist.
Zusammen mit seinem Kollegen Kalle, wird Lars zu einem Haus gerufen, in dem ein Streit eskaliert ist.
Dieser Einsatz wird Lars' Karriere für immer verändern.

Gratis und exklusiv für Leser der Serie – Download hier: www.christertholin.one/gratis

Das Dorf Hummelmark:

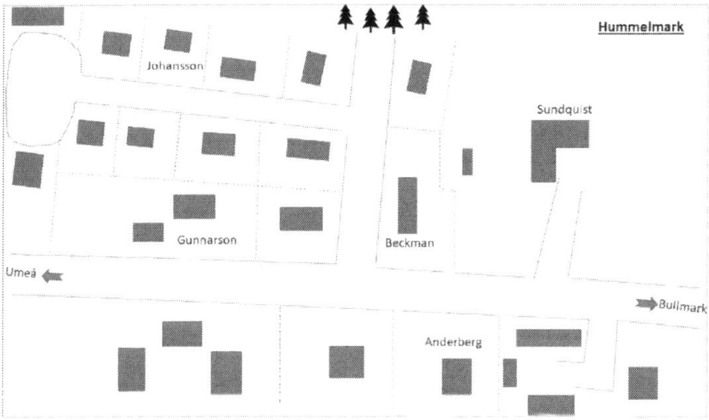

PROLOG

SEPTEMBER 2014

Berit lag immer noch im Bett, sie konnte sich heute nicht richtig aufraffen. Es war Dienstag, der Tag in der Woche, an dem sie von zu Hause aus arbeitete. Ihr Chef fand das gar nicht toll, aber das war ihr egal, schließlich hatte die Firma das vor ein paar Jahren so eingeführt, und damit stand ihr das zu. Jesper konnte von ihr aus meckern, so viel er wollte. Sie wusste, dass die anderen Kollegen in der Abteilung sich nicht trauten, dem Chef die Stirn zu bieten, aber sie war nicht so eine Memme. Sie war sich sowieso nicht sicher, wie lange sie diesen bescheuerten Job noch machen würde. Vor Kurzem war ihre Tante verstorben, und Berit hatte etwas Geld und das Haus geerbt. Ihr Bruder war sauer gewesen, dass er leer ausgegangen war, und belatscherte sie dauernd, mit ihm zu teilen. Auf gar keinen Fall. Was bildete der sich ein? Hatte er sich jemals um ihre Tante gekümmert? Egal, jetzt würde sie das Haus verkaufen. Wenn alles gut lief, hätte sie bald eine Menge Kohle zur Verfügung, dann könnte sie endlich ihren Webshop aufmachen und alles flexibel von zu Hause aus erledigen. Keine täglichen Autofahrten nach Umeå mehr, kein blöder Chef und vor allem nicht diese dumme Kuh Gertrud, die ihr im Büro ständig auf den Zeiger ging. Berit guckte auf den Wecker, der auf dem Nachttisch stand, schon zwanzig vor neun. Sie musste aufstehen, ab neun könnten die ersten Telefonate kommen, vielleicht sogar der Idiot Jesper mit seinem Kontrollanruf. Berit schwang die Beine aus dem Bett und zog ihr Nachthemd aus. Die Dusche würde heute mal ausfallen, sie wollte jetzt einen Kaffee und sich gleich an den PC setzen. Mal sehen, wie es mit dem guten Ingemar war – ob der sich schon gemeldet hatte, denn schließlich war heute die Zahlung fällig.

Rasch zog sie sich an. Das war ein weiterer Vorteil, wenn man zu Hause arbeitete, man brauchte sich nicht aufzubrezeln; Make-up war nicht nötig, und ein labberiges T-Shirt mit Jeans störte hier auch niemanden. Sie grinste – was Jesper wohl für ein Gesicht ziehen würde, wenn sie einmal so im Büro aufkreuzte. Sie betrat das angrenzende Badezimmer, um sich die Zähne zu putzen. Wieder einmal lag die Zahnpaste offen auf der Ablage, und im Waschbecken fanden sich in Klumpen eingetrocknete Reste, die sie natürlich wegmachen musste. Dass Tor sich das nicht merken konnte, fast jeden Tag ärgerte sie sich darüber. Wie über alles andere, was er im Haushalt nicht oder nicht ordentlich erledigte. Aber auch das würde bald Geschichte sein. Wie sie sich auf ihr neues Leben freute! Endlich hier alles alleine regeln können – niemand, der einen störte und Unordnung machte. Und sie würde nie wieder zulassen, dass jemand ihr eine verpasste, das war sein größter Fehler gewesen, das würde sie ihm nie verzeihen. Seitdem schlief er im Gästezimmer. Es war vorbei zwischen ihnen, das hatte sie ihm klargemacht. Mit seinen vielen Nachlässigkeiten hatte sie sich arrangieren können, aber wenn sie ihm die nicht einmal mehr vorhalten konnte, ohne dass er ausrastete und gewalttätig wurde, bedeutete das die Trennung. Am Freitag hatte sie einen Termin mit einer Anwältin, dann würde sie die Scheidung einreichen. Es würde einfach und schnell gehen, zum Glück hatte sie ja nie nachgegeben, wenn Tor mit seinem Wunsch nach Kindern gequengelt hatte. Damit wäre sie Tor los und musste auch ihr Geld nicht mit ihm teilen. Sein schmaler Lohn trug sowieso kaum etwas bei. Sie grinste wieder, der hatte vielleicht blöd geguckt, als sie ihm gesagt hatte, dass sie es mit der Scheidung ernst meinte. Er hatte doch tatsächlich geglaubt, dass seine dümmlichen Entschuldigungen und dieser lumpige Strauß Blumen alles wieder ins Lot bringen würden. Nicht mit ihr. Sie hatte sich schon früh geschworen, dass sie sich von niemandem je schlagen lassen würde. Das blaue Auge würde sie ihm nie vergessen, vier Tage Urlaub hatte sie nehmen müssen, damit niemand diese Schande bemerkte. Ja, wenn Tor sonst ein Traum-Ehemann wäre, vielleicht hätte sie ihm dann verziehen. Aber davon konnte keine Rede sein. Wie oft ärgerte sie sich über seine Unzulänglichkeiten. Und seit er diesen Bierbauch hatte, war er noch nicht einmal mehr attraktiv. Im Bett war es sowieso immer nur um seinen Spaß gegangen, und der war immer schnell vorbei. Das brauchte sie wirklich nicht.

Noch schnell mit der Bürste durch die Haare, schon war sie fertig. Jetzt ein bisschen klar Schiff machen, dann konnte sie nach unten gehen und die Kaffeemaschine einschalten. Sie zog im Schlafzimmer die Gardinen auf. Die Sonne stand schon hoch am Himmel, es war keine Wolke in Sicht. Sie blickte über ihr Grundstück, die Apfelbäume trugen eine Menge Früchte, sie würde bald ernten können. Weiter hinten glänzte der neue Schuppen in den Sonnenstrahlen, immer wieder freute sie sich darüber. Darin war eine Menge Platz, endlich konnten die Gartengeräte geschützt stehen. Wie die Beckmans darüber gemeckert hatten! Von wegen: der Abstand zur Grenze wäre weniger als viereinhalb Meter. Tja, wenn man nicht wusste, wo sein Grundstück endete, dann konnte man natürlich auch nicht richtig messen. Und bloß weil jemand vor Jahren mal einen Zaun an der falschen Stelle errichtet hatte, hieß das ja nicht, dass dort nun die Grenze war. Die hatten gezetert und geklagt, vor allem Inga, bis Berit mit der offiziellen Karte kam, die deutlich zeigte, dass die Grenzlinie nicht gerade verlief wie der Zaun, sondern im letzten Drittel ein paar Meter nach links versetzt war; der Schuppen stand nun genau an der Ausbuchtung, die in Beckmans Mark hineinragte. Jetzt redeten sie nicht mehr mit ihr, aber machen konnten sie nichts. Denen hatte sie es gezeigt! Berit lächelte zufrieden.

Sie schüttelte gerade die Bettdecke auf, als sie von unten ein Geräusch hörte. War Tor zurückgekommen? Hatte der Tüffel wieder mal etwas vergessen? Sie lauschte, aber nun war alles still. Hatte sie sich verhört? Berit strich das Bett glatt, griff nach ihrem Handy, schlüpfte in ihre Hausschuhe und ging die Treppe hinunter. Sie lauschte wieder, doch es war nichts mehr zu hören.

Sie blieb stehen. „Tor, bist du das?“ Keine Antwort. Sie musste sich getäuscht haben.

In der Küche nahm sie die Filtertüte mit dem alten Kaffee aus der Kaffeemaschine – das lernte Tor natürlich auch nie. Sie setzte eine frische ein, füllte fünf Löffel gemahlenen Kaffee hinein, goss entsprechend Wasser in den Wassertank und schaltete die Maschine ein. Während sie sich einen Toast machte, gluckerte die Maschine, und der erste Kaffeeduft breitete sich aus. Sie hielt inne, jetzt hatte sie wieder etwas gehört. Kam das aus dem Wohnzimmer? Berit legte den Toast weg.

„Hallo? Ist da jemand?“ Sie hielt den Atem an und ging vorsichtig durch den Flur. Sie schaute ins Wohnzimmer – nichts zu sehen, hier war niemand. Kamen die Geräusche doch von draußen? Sie blickte durchs Fenster zur Auffahrt. Dort stand nur ihr Auto, niemand sonst zu sehen. Sie atmete aus. Vielleicht die Katze der Beckmans, dieses blöde Vieh. Die trieb sich in letzter Zeit häufiger bei ihnen herum. Wenn sie es nicht besser wüsste, würde sie annehmen, dass die Beckmans sie absichtlich hierherschickten, nur um sie zu ärgern. Na, sie würde eine Schüssel Wasser holen und dem Streuner eine Dusche verpassen. Die würde es noch lernen, dass Berit sie hier nicht wollte. Rasch schritt sie durch den Flur in die Waschküche und drehte sich zur Spüle. In diesem Moment hörte sie Schritte hinter sich. Das war das Letzte, was sie in ihrem Leben wahrnahm. Denn bevor sie sich umdrehen konnte, traf sie etwas Hartes mit voller Wucht am Hinterkopf.

HAUPTTEIL

FEBRUAR 2020

1

Kein Winter in Sicht. Elin blickte aus dem Fenster auf die nasse Straße. Eigentlich hatte sie angenommen, dass es im Februar noch richtig kalt werden und auch der Schnee kommen würde. Aber nein, bis jetzt nichts dergleichen. Das Wetter war irgendwie die ganze Zeit ziemlich gleichbleibend – seit November hatte sich kaum etwas geändert. Temperaturen im einstelligen Bereich, meistens Nachtfrost, aber tagsüber mild. Kein Schnee an Weihnachten, und die paar Flocken, die im Januar gefallen waren, waren immer sofort wieder weggetaut. Es gab nicht einmal Eis auf den Seen in Stockholm, das war schon sehr ungewöhnlich, alle Schlittschuh-Veranstaltungen hatte man absagen müssen. Sonst fand Mitte Februar immer das Wikingerrennen statt, eine 80 Kilometer lange Tour auf dem Mälaren. Seit 2018 war die zwar auf 25 Kilometer verkürzt worden und hieß jetzt Sigtuna-Rennen. Das hatte allerdings erst ein einziges Mal stattgefunden, denn im letzten Jahr war das Eis nicht dick genug gewesen. Das hatte dem Rennen schon öfters einen Strich durch die Rechnung gemacht, aber dass, wie in diesem Jahr, überhaupt kein Eis auf dem Mälaren lag, das war schon eine große Ausnahme. Überall war freies Wasser, das war wirklich ungewöhnlich um diese Jahreszeit. Elin liebte das Schlittschuhfahren. Am besten war es, wenn kein Schnee lag und man auf der spiegelglatten Fläche kilometerweit hin und her gleiten konnte. Wenn dann noch die Sonne schien, war es einfach fantastisch. Sie hatte sich vor zwei Jahren extra neue Langlaufschlittschuhe angeschafft, die waren fast einen halben Meter lang, und man konnte große Strecken damit zurücklegen, ohne müde zu werden. Zusammen mit ihrer Lebenspartnerin Maja hatte sie an dem Sigtuna-Rennen teilgenommen und die

25 Kilometer ohne viel Vorbereitung bewältigt. Letztes Jahr war sie nur ein paar Mal zum Laufen gekommen, das Eis war nicht lange dick genug gewesen. Deshalb hatte sie gehofft, dass es dieses Jahr wieder besser würde, aber Pustekuchen. Doch dieses Jahr blieb nur das Fitnessstudio. Maja war natürlich jeden Tag dort, sie war Trainerin für Karate und Judo. Elin schaffte es zweimal die Woche zum Training. Allerdings ging sie in ein anderes Studio, da es zu einer merkwürdigen Stimmung kommen würde, wenn sie als Majas Freundin an ihren Kursen teilnahm. Außerdem war Majas Studio etwas weiter entfernt, man musste mit der U-Bahn fahren, während Elin zum Training nur um die Ecke gehen musste.

Sie trank ihren Kaffee aus. Sie musste langsam los, um rechtzeitig um neun im Büro zu sein. Elin hatte vor sechs Jahren bei Secure Assist angefangen, zuerst als eine Art Sekretärin im Büro. Tobias, der Chef, hatte ihr zwar versprochen, sie nach und nach in die Detektivarbeit einzuführen, es dann aber nicht in die Tat umgesetzt. Egal wie Elin auch bettelte, es gab immer irgendeine Ausrede, warum sie im Büro bleiben musste. Tobias traute ihr es offenbar nicht zu, im Außendienst einen guten Job zu machen. Zum einen war sie klein und zierlich, zum anderen passte Elin nicht zu seinen Anforderungen, auch wenn sie IT studiert hatte und im Kampfsport ausgebildet war. Denn er setzte auf Leute, die vorher beim Militär gewesen waren oder beim Zoll oder noch besser bei der

Polizei, wie ihr Kollege Lars. Doch Lars war es dann gewesen, der sie in einen Fall einbezogen hatte, und Elin hatte seitdem bewiesen, was sie konnte, und zusammen mit Lars mehrere aufsehenerregende Fälle gelöst. Das wiederum war der Detektei zugutegekommen. Vor vier Jahren war sie daher zur vollwertigen Detektivin avanciert, und das war immer noch ihr Traumjob, auch wenn es meistens um langweilige Überwachungen ging. Die wirklich interessanten Fälle gab es eher selten, aber das war vielleicht ganz gut so, denn zum einen hatte das Vorteile für ihr Privatleben, zum anderen waren die aufregenden Aufträge oft ziemlich gefährlich – sowohl Elin als auch Lars waren mehrmals in gewalttätige Auseinandersetzungen geraten und ein paar Mal nur knapp mit dem Leben davongekommen.

Nach einer kurzen Fahrt mit der U-Bahn kam Elin im Büro an. Secure Assist hatte die komplette Etage eines Wohnhauses angemietet und diese war vor Kurzem vollständig umgestaltet worden. Die Einzelbüros waren verschwunden, nur Tobias und Lars hatten noch eines. Alle anderen hatten mobile Arbeitsplätze in einem großen Raum, der durch halbhohe Wände und Pflanzen unterteilt war. Außerdem gab es drei Konferenzräume. Vorher hatte Elin ein eigenes Büro gehabt, was ihr besser gefallen hatte, aber sie hatte sich auch mit dem neuen Konzept angefreundet, ihre anderen Kollegen waren nicht so oft hier, so dass es in dem Großraumbüro selten voll war.

Tobias saß schon in seinem Zimmer, gut gekleidet wie immer: graues Jackett und blaues, offenes Hemd. „*God morgon,* Elin. Kannst du gleich mal kommen?"

„Dir auch einen guten Morgen. Klar, was gibt's?"

„Hat Lars nicht mit dir gesprochen?" Tobias blickte sie fragend an.

Elin schüttelte den Kopf. „Nein, was meinst du?"

„Wir haben einen neuen Auftrag", sagte er stolz. „Er wollte dich gleich anrufen und dich zu Hause abholen."

Elin fischte ihr Handy aus der Jacke. Zwei verpasste Anrufe von Lars. „Mist, ja, habe ich nicht gehört. Mein Telefon ist auf leise gestellt."

„Dann rufst du ihn am besten gleich an. Ihr sollt zu Nordahl & Brunn, dieser Anwalt hat etwas für uns."

„Edvard?" Der hatte sie vor ungefähr einem Jahr für einen interessanten Fall engagiert. Ein Mädchen war einer Straftat beschuldigt worden, und Lars und Elin hatten nach Beweisen suchen sollen, um sie zu entlasten.

„Ja, genau. Edvard Melquist."

„Aha. Worum geht es denn?"

„Offenbar um etwas Ähnliches wie letztes Mal. Er wollte am Telefon nicht so viel erzählen. Ihr sollt um halb zehn bei ihm in der Kanzlei sein."

„Oh, dann muss ich direkt wieder los und zurückfahren." Die Kanzlei lag wie Elins Wohnung auf

Kungsholmen, einer der sechzehn Inseln, auf denen Stockholm erbaut war.

„Genau“, grinste Tobias. „Tja, wenn du an dein Telefon gegangen wärst, hättest du dir den Weg hierher erspart …“

„Danke. Wer den Schaden hat, braucht für den Spott nicht zu sorgen.“ Elin wandte sich um und ging Richtung Ausgang. „Bis später.“

Sie stürmte die Treppen hinunter zurück zur *tunnelbana*-Station. Als sie in der Bahn saß, rief sie Lars zurück. Er konnte ihr auch nicht mehr über den Fall sagen, aber würde vor der Kanzlei auf sie warten. Elin war gespannt, worum es ging. Das würde in jedem Fall eine Abwechslung von der Routine mit den Überwachungen bringen.

Als sie bei der Kanzlei ankam, hatte sie Lars schon von Weitem ausgemacht – er war ja auch nicht zu übersehen mit seinen ein Meter achtundachtzig und den breiten Schultern. Nachdem sie ihn begrüßt hatte, gingen sie gemeinsam in das Gebäude und fuhren mit dem Fahrstuhl zur Kanzlei. An der Rezeption saß ein anderes Mädchen als beim letzten Mal, eine junge Frau mit roten Haaren, auffälligen Sommersprossen und einem reizenden Lächeln. Sie fragte nach ihren Namen, nickte und führte sie in den Konferenzraum, den sie schon kannten. Die Möbel in Dunkelbraun und Schwarz, die Blenden vor den Fenstern auf der einen Seite des Raumes schützten vor der Sonne. An den Wänden hingen Stiche mit Szenen von Stockholm. Die

Rezeptionistin fragte, ob sie Kaffee wollten, was beide bejahten.

Elin sah Lars an. „Hat Edvard nicht bei dir angerufen?"

„*Nej*, bei Tobias." Seine blauen Augen blieben ausdruckslos.

„Wie kommt das denn? Mit dem hat Edvard doch gar nichts zu tun gehabt, oder?"

„Doch, die beiden haben bei dem letzten Fall die Abschlussrechnung miteinander abgeklärt. Ich war ja krankgeschrieben."

„Verstehe." Sie fand es trotzdem merkwürdig, denn den letzten Fall hatten Lars und Elin bearbeitet. Lars hatte als Prokurist auch den Vertrag aufgesetzt und unterschrieben. Und wenn der Anwalt bei ihr oder Lars angerufen hätte, wäre eine Provision für sie drin gewesen – das hatte sich beim letzten Mal richtig gelohnt. So lief der Auftrag über Tobias, und mit einer Provision würde es nichts werden. Naja, Hauptsache sie saßen jetzt hier.

Die Tür öffnete sich, und der Anwalt kam zusammen mit der Rothaarigen herein. Während das Mädchen den Kaffee einschenkte, begrüßte Edvard die beiden Detektive und bedankte sich für die Annahme des kurzfristigen Treffens. Er sah genauso aus wie bei ihrem letzten Treffen – schlank, Stirnglatze, dunkel gerahmte Brille. Er trug einen grauen Anzug und eine dunkelblaue Krawatte.

„Ich konnte eure Visitenkarten auf die Schnelle nicht finden, deshalb hatte ich meine Sekretärin gebeten, in eurem Büro anzurufen, war aber wohl etwas früh, nur euer Chef war anzutreffen.“ Aha, dachte Elin, deshalb also.

„Kein Problem“, sagte Lars. „Tobias hat es sofort an mich weitergeleitet.“

„Also.“ Edvard lehnte sich zurück und sah nach oben an die Zimmerdecke. „Ihr seid bestimmt neugierig, worum es geht.“

Lars und Elin nickten.

„Es gibt gewisse Parallelen zum letzten Fall. Auf der anderen Seite aber auch ziemlich große Unterschiede.“

Warum konnte der Kerl nicht direkt zur Sache kommen? Elin starrte Edvard ungeduldig an.

Der legte die Hände zusammen. „Wir haben einen neuen Mandanten, der vor fünf Jahren wegen Mordes verurteilt wurde, aber immer standfest behauptet hat, dass er unschuldig ist.“

„Das ist ja nicht gerade selten“, lächelte Lars sardonisch.

„Stimmt.“ Edvard nickte ernst. „Viele streiten ihre Verbrechen ab, obwohl sie sie nachweislich begangen haben. Aber es gibt inzwischen doch einige Fälle, bei denen sich leider herausgestellt hat, dass die Verurteilten tatsächlich unschuldig waren. Gerade in den letzten Jahren hat es eine Reihe von Revisionsverfahren gegeben, die zu nachträglichen Freisprüchen geführt haben.“

„Thomas Quick zum Beispiel“, warf Lars ein. Diesen Fall kannten alle in Schweden, Elin natürlich auch. Thomas Quick hieß eigentlich Sture Bergwall und hatte mehrere Gewalttaten verübt. Als er nach einem Banküberfall in geschlossener psychiatrischer Behandlung war, gab er plötzlich an, 33 Menschen getötet zu haben. Nach intensiven Verhören und entsprechender Polizeiarbeit wurde Quick 2001 für insgesamt acht Morde verurteilt und verblieb in psychiatrischer Verwahrung. Jahre später bekam Quick Kontakt zu einem Journalisten und vertraute diesem an, dass er die Morde fälschlicherweise gestanden hatte, um sich wichtig zu machen. Der Journalist stellte eigene Nachforschungen an, und Quick widerrief alle seine Geständnisse. Nach Wiederaufnahme des Verfahrens wurde Bergwall von sämtlichen acht Morden freigesprochen und 2014 freigelassen. Dieser Fall hatte zu einer öffentlichen Diskussion über die Methoden der Polizei geführt. Die Polizei hätte erkennen müssen, dass Quick über kein Täterwissen verfügte und seine Geständnisse mit Kalkül abgelegt hatte. Er war drogenabhängig und bekam in der Psychiatrie nun sämtliche Medikamente, nach denen er süchtig war.

„Richtig, aber er hatte die Morde gestanden, was ja eher ungewöhnlich ist, wenn der angebliche Täter sie gar nicht begangen hat.“ Edvard rückte seine Brille wieder zurecht. „Wie auch immer – Quick ist mit Sicherheit der spektakulärste Fall. Es gibt aber andere.

Darunter mehrere, in denen der Verurteilte die Tat von Anfang an abgestritten hat und trotzdem lange im Gefängnis saß. Also ich denke an Kaj Linna, der dreizehn Jahre in Haft war, oder Esa Teittinen, der acht Jahre hinter Gittern zugebracht hat. Beide wurden wegen Mordes rechtskräftig verurteilt, der eine zu lebenslänglich, der andere zu fünfzehn Jahren Gefängnis. Nach Wiederaufnahme der Verfahren wurden sie schließlich freigesprochen, der erste 2017, der zweite 2018. Beide wurden mit Beträgen in Millionenhöhe vom Staat entschädigt."

„Aber sind das nicht alles traurige Einzelfälle?", fragte Elin. Es war kein gutes Gefühl, dass man in Schweden viele Jahre ins Gefängnis kommen konnte, ohne etwas verbrochen zu haben.

„Ja und nein." Edvard legte die Hände auf den Tisch. „Natürlich sind es Einzelfälle, aber wir müssen davon ausgehen, dass es noch weitere gibt. Dazu sind ein paar Studien veröffentlicht worden. Demnach sitzen zwischen ein und drei Prozent der Verurteilten fälschlich im Gefängnis. Man hat jetzt an der Universität Göteborg sogar das sogenannte Unschuld-Projekt ins Leben gerufen, in dem solche Fälle proaktiv identifiziert werden sollen. Den zu Unrecht Verurteilten wird in diesem Rahmen gratis rechtliche Hilfe angeboten, um ein Wiederaufnahmeverfahren zu erwirken. Das ist nämlich gar nicht so leicht. Sowohl Teittinen als auch Linna hatten die Revision mehrmals beantragt, jedoch wurden sämtliche Anträge vom

Obersten Gerichtshof abgelehnt, weil keine ausreichenden neuen Beweise vorgelegt wurden. Um solche Beweise zu finden, braucht es Zeit und Geld."

„Okay, und wie sieht es bei eurem Mandanten aus?" Elin wollte endlich zu dem Fall kommen, die Einleitung war nun wirklich lang genug gewesen.

Edvard seufzte. „Bei dem stehen wir noch ganz am Anfang. Wir müssen neue Beweise finden, die das Urteil, das vor fünf Jahren gefällt wurde, infrage stellen."

„Warum erst jetzt?", fragte Lars.

„Gute Frage." Edvard nickte anerkennend. „Die Erklärung ist einfach: Unser Mandant, der übrigens Willmar Björkman heißt, hatte bislang kein Geld dafür. Nun ist aber seine Tante gestorben, die ihm ihr Haus vermacht hat. Wobei das Haus nicht viel wert ist und im Übrigen abgerissen werden wird. Aber das Grundstück ist begehrt, weil dort ein Windpark gebaut werden soll. Die Firma hat einen hohen Preis für das Grundstück bezahlt, und Willmar will das Geld jetzt dafür verwenden, seine Unschuld zu beweisen. Dafür hat er uns engagiert."

„Habt ihr ihn schon bei dem ersten Verfahren vertreten?", fragte Elin.

„Gott bewahre. Nein, das Verbrechen wurde in einem kleinen Ort nahe Umeå verübt, deshalb fand der Prozess am Amtsgericht Umeå statt. Das Urteil wurde ein halbes Jahr später vom Oberlandesgericht Umeå bestätigt. Beide Male wurde Willmar von einer lokalen

Kanzlei vertreten. Und meiner Meinung nach haben die keinen guten Job gemacht."

„Das heißt, wir sollen jetzt Beweise finden, die diesen Mann entlasten? Fünf Jahre später?" Elin wusste, dass bereits nach 48 Stunden die ersten Spuren erkalteten. Deshalb waren die Ermittlungen auch bei ihrem letzten Fall schwierig gewesen, da bereits mehrere Wochen vergangen waren, als sie eingeschaltet wurden – wie sollte es da nach so vielen Jahren möglich sein, neue Beweise zu finden?

„Das ist ja ein richtiger *cold case*", seufzte Lars.

„Leider ja", gab Edvard zu. „Und ich habe volles Verständnis für eure Entscheidung, falls ihr den Fall nicht übernehmen wollt. Das wird keine leichte Geschichte. Trotzdem gibt es eine Chance: Es gab Schwächen bei der Beweisführung des Staatsanwalts, und auch in diesem Fall hat die Polizei leider nicht sehr breit ermittelt. Außerdem werdet ihr ja auch bezahlt, wenn es euch nicht gelingt, etwas Nützliches auszugraben." Edvard lächelte verschmitzt.

Elin nahm an, dass Tobias das genauso sehen würde. Früher war er zwar immer gegen die Übernahme von solchen Spezialfällen gewesen, also immer wenn es um das Auffinden von verschwundenen Personen oder um die Aufklärung von schweren Straftaten ging, aber nach dem letzten Fall vor gut einem Jahr hatte sich seine Einstellung gewandelt und unterstützte sie jetzt aktiv bei solchen Aufträgen. Allerdings hatten sie bisher all diese Fälle erfolgreich abschließen können.

Wenn dagegen bei diesem Auftrag die Chancen minimal waren, etwas auszurichten, könnte das negative Folgen für die Reputation der Firma haben.

„Was haben wir denn für Ansatzpunkte?“ Lars sah Edvard fragend an.

„Willmar wurde aufgrund von Zeugenaussagen und Indizien verurteilt. Ein Zeuge behauptet, ihn am fraglichen Tag in der Nähe des Tatortes gesehen zu haben, und es gibt Beweise, also Fingerabdrücke, dass Willmar am Tatort war. Unser Mandant gibt auch zu, dort gewesen zu sein, aber nicht am Tag der Tat. Er ist Elektriker und hatte für das Opfer eine Kabelinstallation vorgenommen. Außerdem gibt es ein weiteres Indiz: Bei ihm wurde Geld gefunden, auf dem die Fingerabdrücke des Opfers waren.“

„Wie soll man denn diese Zeugenaussagen entkräften? Und das nach fünf Jahren?“, fragte Elin.

„Das ist bei den beiden vorher erwähnten Freisprüchen auch gelungen, und dort lag das Urteil noch länger zurück. Bei Esa Teittinen hatte eine Zeugin sogar behauptet, die Tat beobachtet zu haben, angeblich sollte Esa das Opfer in der Badewanne ertränkt haben. Doch in der Revision konnte die Glaubwürdigkeit der Zeugin erschüttert werden. Auch Kaj Linna wurde von einem Zeugen schwer belastet. Bei diesem Zeugen konnte ein Eigeninteresse an der Verurteilung Linnas belegt werden, eine Mittäterschaft konnte nicht ausgeschlossen werden.

Also, es gibt schon Möglichkeiten, diese Aussagen auszuhebeln, auch nach längerer Zeit."

„Verstehe", sagte Elin. „Glaubst du denn, dass dieser Willmar unschuldig ist?"

Edvard lehnte sich zurück. „Also, ehrlich gesagt, ich weiß es nicht. Unser Mandant ist kein Unschuldslamm, er ist wegen kleinerer Delikte vorbestraft, und er hat sich bei der Verhandlung in Widersprüche verwickelt. Zuerst hat er behauptet, nie in dem Haus gewesen zu sein. Als dann die Beweise vorgelegt wurden, hat er gesagt, es wäre eine Woche vor der Tat gewesen. Das war ziemlich dumm. Aber was mich stört, ist das fehlende Motiv. Angeblich soll sich Geld im Haus befunden haben, das nach dem Mord verschwunden ist. Aber bei Willmar fanden sich nur ein paar Scheine. Außerdem war er nicht in Geldnot, und es handelte sich lediglich um zwanzigtausend Kronen, die gestohlen wurden."

„Wie wurde der Mord verübt? Wer war das Opfer?", fragte Lars.

„Das Opfer war eine vierunddreißigjährige Frau, sie wurde erschlagen. Die Frau war mit einem Polizisten verheiratet."

„Oh." Lars hob die Augenbrauen. „War er an der Aufklärung des Falles beteiligt?"

„Offiziell nicht. Aber die Dienststelle in Umeå ist nicht besonders groß, die Polizisten kennen sich natürlich alle."

„Wurde das Opfer misshandelt oder vergewaltigt?"

„Nein. Alles sah nach einer gezielten Tötung aus."

Elin überlegte schon, wie ihr Auftrag praktisch ablaufen sollte. „Das würde dann bedeuten, dass wir eine Weile nach Umeå reisen müssten. Dürfen wir fliegen?"

Edvard nickte. „Ja, kein Thema. Für euch beide ein Flug pro Woche, Mietwagen vor Ort."

Elin sah Lars an. Der zuckte mit den Achseln, dann sagte er: „Wir werden das diskutieren, aber prinzipiell sehe ich kein Problem. Können wir schon irgendwelche Unterlagen mitnehmen?"

„Ich schicke euch eine Mail mit Links zu Zeitungsartikeln. Die eigentlichen Unterlagen bekommt ihr, wenn wir einen Vertrag haben. Wann kann ich mit einer definitiven Antwort rechnen?"

„Wahrscheinlich heute noch. Elin und ich fahren ins Büro und besprechen das mit Tobias. Wenn wir den Auftrag annehmen, schicken wir dir den Vertrag. Ist das okay?"

„Ja, prima." Edvard stand auf. „Ich hoffe, ihr übernehmt diesen Fall. Ich bin sicher, ihr könnt etwas ausrichten."

Elin und Lars erhoben sich ebenfalls und verabschiedeten sich. Auf dem Weg zu Lars' Volvo sagte Elin: „Na, du freust dich doch bestimmt. Wieder in deine alte Heimat."

Lars war in Norrland aufgewachsen und hatte dort immer noch ein Sommerhaus, in dem er jedes Jahr mehrere Wochen verbrachte.

Lars grinste. „Ja, so kriegen wir in diesem Winter wenigstens noch ein bisschen Schnee zu sehen."

„Warum hast du nicht sofort zugesagt?"

„Zum einen finde ich, dass wir das mit Tobias zumindest diskutieren sollten. Es könnte ja durchaus sein, dass wir ein paar Wochen dort im Norden sein müssen und damit für alle anderen Aufträge ausfallen. Außerdem müssen wir beide ja auch abklären, wie sich dieser Fall mit unserem Privatleben vereinbaren lässt. Du hast kein Problem damit?"

„Naja, Maja wird nicht begeistert sein. Aber wenn ich am Wochenende wieder zurückkann, ist das okay, denke ich. Und bei dir?"

„Wird wahrscheinlich gehen, aber ich will es gerne erst mit Lisa besprechen." Er entriegelte die Türen mit der Fernbedienung.

Lars' Frau Lisa hatte eine Brustkrebserkrankung durchgemacht und war immer noch in der Erholungsphase von der Chemotherapie, auch wenn die schon ein Jahr zurücklag. Elin konnte verstehen, dass Lars das erst mit ihr regeln wollte. Leider redete Lars nicht viel über dieses Thema, Elin musste immer nachfragen und bekam lediglich einsilbige Antworten. Sie wusste, dass die Chemo gut verlaufen war und es Lisa inzwischen wieder recht gut ging. Aber sie musste natürlich regelmäßig zu den Nachuntersuchungen, und Elin konnte sich vorstellen, dass das jedes Mal mit der Befürchtung verbunden war, der Krebs könnte wiederkommen. Elin nahm an, dass Lars sich deshalb große Sorgen machte und es ihm schwerfiel, darüber zu reden. Männer halt. Aber sie respektierte sein Schweigen und drang nicht weiter in ihn. Ansonsten war er wie immer. Es war angenehm mit ihm zu arbeiten, sie verstanden sich gut und wussten genau, was sie aneinander hatten. Sie hatten nun schon etliche Fälle miteinander durchgestanden und sich gegenseitig aus der Bredouille geholfen, sodass sie großes gegenseitiges Vertrauen hatten. Früher schloss das ihr Privatleben ein, so war Lars zum Beispiel der erste und lange Zeit einzige Kollege gewesen, dem Elin von ihrer lesbischen Beziehung erzählt hatte. Sie war nach wie vor offen mit ihren Problemen, aber Lars hatte sich im Laufe des letzten Jahres mehr und mehr verschlossen. Vielleicht würde es helfen, wenn sie wieder für eine Weile zusammen verreisten, da konnten sie am Abend mal ein Bier trinken gehen und entspannt plauschen. Elin hoffte, dass das seine Zunge lösen würde.

Sie stiegen in Lars' Volvo und fuhren zum Büro auf Söder. Im Radio berichtete man wieder über die Corona-Epidemie, die in einer Region in China wütete. Viele Menschen waren schon gestorben, und das Virus schien extrem ansteckend zu sein. Ganze Millionenstädte waren komplett von der Außenwelt abgeriegelt worden. Ein Reisender aus der Region war auch nach Schweden gekommen und bei ihm war in Jönköping, als erster Fall in Schweden, diese Krankheit diagnostiziert worden. Bislang stuften die

Gesundheitsbehörden die Gefahr für Schweden als niedrig ein. Elin hoffte, diese Infektion würde tatsächlich in China bleiben.

***

Tobias war überrascht. „Also, das verstehe ich nicht. Sonst seid ihr auf solche Fälle immer scharf wie Nachbars Lumpi, und jetzt habt ihr Bedenken? Verschwundene Personen, Mord – das sind doch die Aufträge, die euch immer reizen. Ihr müsstet euch doch die Finger nach diesem Fall lecken. Was ist das Problem?“

„Nein, so ist es nicht. Klar wollen wir das übernehmen. Wir wollten nur darüber geredet haben“, entgegnete Lars. „Denn es ist ein *cold case*, und es wird sehr schwer werden, diesen Fall zu lösen.“

Tobias zuckte mit den Schultern. „Ihr müsst den Fall ja nicht aufklären. Ihr sollt bloß ausreichende Belege anbringen, damit Zweifel an der ursprünglichen Beweislage aufkommen. Den Rest machen dann die Polizei und die Staatsanwaltschaft.“

Da war es wieder, Elins Dilemma. Sie hasste es, einen Fall abzuschließen, wenn nicht alles restlos aufgeklärt war. Sie wusste jetzt schon, dass es ihr gar nicht gefallen würde, wenn sie diesen Willmar zwar aus dem Knast holen würden, aber der wirkliche Mörder dann immer noch frei herumlief. Lars und Tobias hatten damit keine Probleme. Hauptsache, sie hatten ihren Job gemacht und die Kasse stimmte.

„Ja, schon. Aber selbst das wird schwierig werden. Alles ist schon fünf Jahre her“, sagte Lars.

„Das schafft ihr schon. Wenn das in den anderen Fällen, von denen der Rechtsanwalt erzählt hat, sogar nach noch längerer Zeit gelungen ist, warum nicht hier?“

„Klar, wir haben die gleiche Chance. Aber wir wissen nicht, in wie vielen anderen Fällen man versucht hat, nach entsprechend langer Zeit neue Erkenntnisse zu finden, ohne dass es gelungen ist. Ich weiß nur, dass *cold cases* bei der Polizei eine wirklich niedrige Aufklärungsrate haben.“

„Okay, aber da sind wir wieder beim Aufklären. Ihr braucht ...“

„Ja, ich weiß“, unterbrach Lars ihn. „Das ist schon klar. Ich bin ja auch dafür, dass wir es versuchen, aber ich wollte, dass du dir bewusst bist, welche Chancen wir haben. Oder eben nicht. Möglicherweise müssen wir nach ein paar Wochen feststellen, dass wir nichts zur Entkräftung beitragen können. Wir können ja noch nicht einmal sicher sein, ob der Kerl wirklich unschuldig ist.“

„Wie siehst du das, Elin? Willst du den Fall übernehmen?“ Tobias wandte sich ihr zu.

„Schneit es in Norrland? Auf jeden Fall.“ Eine solche Gelegenheit wollte sie sich nicht entgehen lassen. „Aber es stimmt natürlich, dass es nicht einfach werden wird. Doch was haben wir zu verlieren? Bezahlt werden wir ja auch bei Misserfolg.“ Das entsprach zwar nicht ihrer Einstellung, zog aber bei Tobias als Argument, den Fall zu akzeptieren. Denn sie wollte diesen Auftrag.

„Genau.“ Tobias nickte einstimmend. „Und die Zeitungen werden wahrscheinlich nur darüber berichten, wenn das Gerichtsverfahren neu aufgerollt wird. Wenn ihr nichts herausbekommt, führt das maximal zu einer kleinen Notiz in einem lokalen Käseblatt. Das Risiko gehe ich ein.“

„Gut“, sagte Lars. „Dann sind wir uns alle einig. Wir übernehmen den Fall, und ich unterschreibe den Vertrag. Das heißt dann aber auch, dass Elin und ich wahrscheinlich ein paar Wochen in Umeå sein werden und keine anderen Aufgaben übernehmen können. Das funktioniert ja rein geografisch nicht.“

„Das lass mal meine Sorge sein. Das regele ich schon.“ Tobias sah da offensichtlich keine Probleme. Kein Wunder – die Firma lief gut, nicht zuletzt wegen der Erfolge aus den spektakulären Fällen, sodass er im letzten Jahr mehrere neue Mitarbeiter hatte einstellen können. Deshalb war eine Umverteilung der Jobs von Elin und Lars wohl keine große Sache.

„Kommt ihr mit zum Lunch?“ Tobias stand auf.

„Wieder zu dem Italiener?“, fragte Elin.

„Wir können auch woanders hingehen. Wie ihr wollt. Was sagst du, Lars?“

„Mir ist alles recht.“ Lars war nicht wählerisch, aber Elin wusste, dass er Pizza etwas satthatte. Sie konnte es verstehen, da Pizza bei ihren Überwachungen irgendwie zum Standardgericht geworden war. Pizza ging schnell, konnte notfalls rasch eingepackt und mitgenommen werden, und Pizzerien gab es fast überall, insbesondere an strategisch wichtigen Stellen.

Beim Herausgehen fragte sie Lars: „Was hat Lisa denn gesagt? Geht das klar mit Umeå?“

„Ja.“ Er nickte ernst. „Wir werden noch eine Hilfe organisieren, aber das lässt sich regeln.“

„Super.“ Elin hatte schon befürchtet, dass das der Grund für Lars’ Bedenken gewesen war, aber es hörte sich so an, als wenn wirklich alles auf Grün stand. Endlich wieder ein spannender Auftrag.

2

Lars parkte seinen Volvo in der Einfahrt vor seinem Haus und blieb noch einen Moment sitzen. Er freute sich stets aufs Neue, dass er hier wieder sein Zuhause hatte. Lisa hatte sich vor drei Jahren von ihm getrennt, und er war schließlich widerstrebend ausgezogen. Ein gutes Jahr lang war er hier nur zu Besuch hergekommen, und jedes Mal hatte es ihm einen Stich versetzt, wenn er die Kinder abholte. Dieses Reihenhaus in Hässelby war schließlich neun Jahre lang seine Heimat gewesen, die Wohnung seiner Familie. Er hatte darunter gelitten, dass Lisa so rigoros gewesen war, aber sie konnte mit seinem Beruf oder vielmehr den gefährlichen Situationen, zu denen es immer mal wieder kam, nicht umgehen. Sie machte sich ständig Sorgen und wollte lieber ohne ihn weiterleben als mit diesen Sorgen. Sie stellte ihn vor die Alternative, entweder einen harmlosen Schreibtischjob anzunehmen oder die Scheidung zu akzeptieren. Diskussionen und Kompromissvorschläge fruchteten nicht, sodass es zum Schluss keine andere Lösung gab als die Trennung. Lars war nicht bereit, seinen Job zur Disposition zu stellen. Er war wirklich in sich gegangen, aber es waren gerade die interessanten Aufträge, die die Würze in diesen Job brachten. Leider waren die meist mit etwas Gefahr verbunden. Auch wenn er fand, dass er sich immer gut geschlagen hatte. Okay, ein paar Mal landete er im Krankenhaus, aber die Verletzungen waren nie besonders ernst. Außerdem – wie oft kam es dazu? Vielleicht eine gefährliche Situation pro Jahr? Wie auch immer, in den letzten fünf Jahren war er dreimal im Krankenhaus behandelt worden, das war ja nun wirklich nicht etwas Regelmäßiges. Da war es bei der Polizei auch nicht gefahrloser gewesen. Gut, es stimmte: Lisa war ziemlich froh, als Lars dort wegen einer Schussverletzung im Knie aus dem Außendienst aussteigen musste. Doch die Schreibtischarbeit machte ihn mürbe. Ein paar Jahre lang hatte er durchgehalten, dann hatte er sich nach etwas anderem umgeschaut. Und so arbeitete er seit acht Jahren bei Secure Assist, was er nie bereut hatte. Auch wenn die meisten Aufträge langweilig waren, so war er doch viel unterwegs, um jemanden zu überwachen oder Vorgänge zu überprüfen. Nur einen kleinen Teil der Arbeitszeit saß er am Computer. Mit Tobias verstand er sich gut, die Kollegen waren auch prima, insbesondere seine Partnerin Elin, und das Geld stimmte ebenfalls, vor allem seit er nun auch Prokura hatte.

Er stieg aus und streckte sich zu seiner vollen Größe von einem Meter achtundachtzig. Der Regen hatte aufgehört, eine Amsel zwitscherte auf dem Dach. Langsam schritt er zur Tür, er war etwas nervös, wie Lisa jetzt reagieren würde. Zwar hatte sie vorhin am Telefon gesagt, dass sie kein Problem damit hätte, wenn er eine Weile nach Umeå musste, aber da hatte er ihr noch nicht erzählt, worum es dabei ging. Als sie im November vorletzten Jahres die Diagnose Brustkrebs bekommen hatte, war es zu einem großen Wandel ihrer Einstellung gekommen – sie hatte erkannt, was wirklich wichtig war, und sich mit Lars wieder versöhnt. Sie hatte behauptet, dass sie seinen Job inklusive aller Gefahren jetzt akzeptierte und sich nicht mehr solche Sorgen machte. Allerdings hatte sie das noch nicht unter Beweis stellen müssen, denn seit Lars wieder bei ihr wohnte, hatte es nur Routineaufträge gegeben – ohne Risikosituationen. Den Fall in Umeå könnte man in einem anderen Licht sehen. Denn wenn es stimmte, dass dieser Willmar unschuldig war, lief der wirkliche Mörder ja noch frei herum und würde sicher nicht begeistert sein, wenn jemand den Fall wieder neu aufrollen wollte. Lars konnte sich zwar nicht vorstellen, dass es wirklich gefährlich würde, aber in der Vergangenheit hätte Lisa solche Gedankengänge angeführt. Wie auch immer, er hoffte, dass Lisa zu ihrem Wort stand.

Er machte die Tür auf, und schon ertönte ein Bellen. Das war eine weitere Neuerung in ihrem Familienleben: Buddy, ein Golden Retriever, gehörte jetzt dazu. Bald war er ein Jahr alt. Lisa hatte dem

Drängen ihrer beiden Töchter nachgegeben und ihn angeschafft. Lars hatte natürlich auch zugestimmt. Da Lisa nach ihrer Chemo längere Zeit zu Hause geblieben war, hatte sie sich gut um das Aufziehen des Welpen kümmern können, außerdem taten ihr die täglichen Spaziergänge gut. Buddy sprang an Lars hoch und versuchte, seine Hand zu schnappen. Er hörte erst auf, als Lars sich hinunterbeugte und ihn streichelte. Da kamen auch die Kinder angerauscht, Stina, seine Große, und die drei Jahre jüngere Olivia. Stina mit ihren dreizehn Jahren begrüßte ihn mit einem „Hallo Papa", während Olivia ihm um den Hals fiel, der jetzt gerade für sie erreichbar war. Sie zog ihn noch weiter zu sich herunter, und Buddy nutzte die Situation schnell aus und leckte Lars quer über das Gesicht.

„Uhu", stöhnte Lars und schob den Hund weg. „Aus, Buddy." Olivia und Stina hielten sich die Bäuche vor Lachen. „Sehr witzig. Macht er das bei euch auch?"

„Manchmal", sagte Stina. Olivia umarmte den Hund und bekam ebenfalls seine Zunge zu spüren. Sie schloss die Augen und sagte: „Ist wie küssen."

„Ja, aber wer weiß, woran er sonst noch so leckt ..."

„Papa!" Olivia war entrüstet.

Lisa kam dazu und unterbrach die Diskussion. Sie trug ihr nachgewachsenes Haar in einem kurzen Pferdeschwanz. „Da bist du ja, Schatz. Dann können wir jetzt essen." Sie gab ihm einen Kuss. Lars sagte lieber nichts von Buddys vorhergegangenen Liebkosungen.

„Du siehst sexy aus.“ Lars sah sie bewundernd an. Sie trug enge schwarze Leggings und einen dunkelblauen Sweater. Nach der Chemo war sie sehr dünn gewesen, aber jetzt hatte sie eine tolle Figur. Sie strahlte ihn an.

Lisa hatte die schwedischen Fleischbällchen, *Köttbullar*, mit Quetschkartoffeln und Preiselbeeren gemacht – das kam bei den Kindern immer gut an. Olivia erzählte von einer Bastelaufgabe in der Schule, die sie mit Bravour gelöst hatte. Stina brachte vor, dass sie keine Lust mehr hatte, in ihrem Fußballklub weiter mitzumachen. Das Training zweimal die Woche und das Spielen am Wochenende wurden ihr zu viel. Sie war eine wirklich gute Stürmerin, deshalb fand Lars es schade, wenn sie jetzt mit dem Spielen aufhörte. Auf der anderen Seite hatte Stina im letzten Jahr die Schule gewechselt und war jetzt in der Oberstufe der Grundschule, wo deutlich mehr verlangt wurde. Sie diskutierten eine Weile hin und her. Schließlich schlug Lars vor, dass Stina es sich noch einmal überlegen solle. Er versprach, mit ihrem Trainer zu reden, ob sie die Trainingsfrequenz etwas verringern könne. Das war nicht besonders beliebt, aber bevor Stina ganz aufhörte, vielleicht zu akzeptieren.

Nachdem sie abgeräumt hatten und die Kinder auf ihre Zimmer nach oben verschwunden waren, fragte Lisa: „Wann musst du denn nach Umeå?“

„Wahrscheinlich nächste Woche Montag. Wir wollen erst noch die Unterlagen sichten, bevor wir dorthin fliegen."

„Worum geht es denn eigentlich?"

Das war die Frage, vor der er einen solchen Bammel hatte. Aber jetzt half es nichts, da musste er durch. „Wir sollen einen Mann entlasten, der wegen Mordes im Gefängnis sitzt. Er behauptet, unschuldig zu sein, und sein Rechtsanwalt will eine Revision beantragen. Dafür sollen wir Gründe liefern." Er sah Lisa aufmerksam an, er wollte sehen, wie sie reagierte.

Lisa runzelte die Stirn. „Wann wurde er denn verurteilt?"

„Vor fünf Jahren."

„Oh, das wird aber nicht leicht, oder?"

Lars stimmte ihr zu und erzählte ihr die Details. Lisa stellte interessierte Fragen, sagte aber nichts zu etwaigen Gefahren. Lars war sich sicher, dass sie die entsprechenden Schlussfolgerungen zog, aber sie hielt sich zurück. Entweder machte ihr sein Einsatz tatsächlich keine Angst mehr, oder sie unterdrückte ihre Gefühle. In jedem Fall eine Entwicklung, über die er sehr froh war. Aber vielleicht kam ja in den nächsten Tagen noch ein Kommentar, er wollte sich lieber nicht zu früh freuen.

***

Am nächsten Tag war Lars um vierzehn Uhr mit Elin verabredet. Er war spät dran. Er hatte eine Mitarbeiterin von Telia überwacht, die einen unerwarteten Ausflug in der Mittagspause gemacht hatte. Deshalb war die Übergabe an seine Kollegin Marie etwas später erfolgt. Elin saß schon im Konferenzraum und schaute ihn ungeduldig an.

„Na endlich." Ihre grünen Augen blitzten.

„Ja, tut mir leid." Lars hatte ihr schon eine erklärende SMS geschickt. „Zu allem Überfluss war auch der Verkehr dicht. Die Baustelle bei Slussen, du weißt." Der Verkehrsknotenpunkt im Norden der Insel Södermalm wurde von Grund auf umgebaut. Die alte Anlage stammte von 1935 und war inzwischen so marode, dass ein Umbau nicht mehr aufgeschoben werden konnte. Die Diskussion, wie der Umbau gestaltet werden sollte, hatte bereits in den 90er Jahren begonnen, doch erst seit 2015 waren die umfangreichen Arbeiten im Gang. Demnächst sollte eine komplette Brücke aus China geliefert werden und zwischen Altstadt und Södermalm eingepasst werden. Doch es würde noch mindestens zwei Jahre dauern, bis alles vollständig fertig war.

Elin nickte. Sie hatte die Unterlagen, die der Anwalt ihnen hatte zukommen lassen, in verschiedene Stapel sortiert und auf dem Tisch ausgebreitet. Lars hatte eigene Kopien in seinem Büro. „Wie weit bist du mit dem Lesen gekommen?", fragte sie ihn und strich sich durch ihr kurzes dunkelblondes Haar.

„Vielleicht zwei Drittel habe ich durch. Und du?" Es gab eine Menge Text zu lesen, insgesamt waren es drei Ordner, die bei ihnen eingetroffen waren. Die Akten der Polizei, der Obduktionsbericht und die Prozessunterlagen. Lars hatte noch nicht genug Zeit gehabt, sich allem zu widmen.

„Ich habe alles einmal gelesen. Aber ich werde es noch mal machen, nur dann in einer anderen Reihenfolge. Ich habe angefangen, die verschiedenen Dokumente miteinander zu vernetzen, also zum Beispiel bestimmte Fakten mit den entsprechenden Aussagen zu vergleichen, um sicherzustellen, dass alles zusammenpasst."

„Hört sich gut an." Lars nahm ihr gegenüber Platz. „Und? Hast du schon irgendwelche Widersprüche gefunden?"

Elin kratzte sich am Oberarm. „Naja, nichts Aufregendes. Ein paar Unstimmigkeiten gibt es, zum Beispiel ist der Zeitpunkt des Mordes nicht so ganz klar." Elin nahm einen Notizblock zur Hand. „Der Pathologe gibt an, dass die Frau schon am frühen Morgen gestorben sein soll, so zwischen acht und zehn Uhr. Willmars Auto wurde aber erst gegen elf Uhr in Hummelmark gesehen. Ein alter Mann gab an, dass er aus der Ausfahrt von Sundquists herausfuhr. Ich weiß, dass es da immer eine Unschärfe bei der Bestimmung der Todeszeit gibt, aber trotzdem …“

„Naja, Willmar muss ja nicht sofort nach dem Mord wieder weggefahren sein. Er könnte eine Weile nach dem Geld gesucht haben.“

„Ja, so wurde es auch vom Staatsanwalt erklärt. Dann hat er aber gute Nerven gezeigt, nach dem Mord eine Stunde lang zu suchen … Außerdem ist das auch etwas, was mich stutzig macht. Warum bringt der Mörder die Frau erst um und durchwühlt dann das ganze Haus? Wäre es nicht logischer, die Frau erst zu zwingen, das Versteck des Geldes zu verraten? Und warum sie überhaupt umbringen?“

Lars runzelte die Stirn. „Deine letzte Frage könnte man wohl so beantworten, dass die Frau Willmar kannte. Er hat ja in der Woche zuvor in ihrem Haus eine elektrische Leitung gelegt. Wenn er der Täter ist, hat er wahrscheinlich unter einem Vorwand bei ihr geklingelt, zum Beispiel dass er etwas vergessen hat, und ist so ins Haus gekommen. Wenn er dann den Raub durchführt, kann die Frau ihn leicht identifizieren, deshalb der Mord. Oder Willmar ist einfach ins Haus, die Frau hat es nicht gleich bemerkt, und er hat angefangen, das Geld zu suchen, und ist von der Frau überrascht worden. Deshalb hat er sich gezwungen gesehen, zu handeln. In dieser Situation hat er vielleicht nicht so klar gedacht, oder er hat geglaubt, dass er das Geld auch allein findet.

Allerdings war das dann wohl schwieriger als erwartet und hat daher länger gedauert."

„Okay, gut, so könnte man es erklären. Das bringt mich zur nächsten Frage: Woher wusste Willmar, dass es bei den Sundquists etwas zu holen gab?"

Lars lehnte sich vor. „Das schien doch Allgemeinwissen zu sein. Gibt es nicht sogar eine Zeugenaussage, dass viele es wussten?"

„Ja, eine Frau aus dem Dorf hat ausgesagt, es hätte Gerüchte gegeben, dass eine höhere Summe Geld bei den Sundquists zu Hause liegen sollte. Da der Mann der Ermordeten Polizist ist, haben sie sich offenbar sicher gefühlt mit dem Bargeld. Und ja, ich kann mir gut vorstellen, dass die Leute in Hummelmark über so etwas redeten. aber Willmar wohnte in Umeå, das ist ja nicht das Gleiche."

„Schon, aber als Handwerker kommt er viel herum, da hat er möglicherweise irgendwo etwas aufgeschnappt."

„Ja, könnte sein." Elin legte den Block weg. „Wie gesagt, nichts, was die Verurteilung aushebeln könnte, lediglich kleine Unstimmigkeiten."

„Richtig, aber alles Ansatzpunkte für uns. Wir sollten mit diesen Zeugen in jedem Fall sprechen. Lass uns mal eine Liste mit Aufgaben machen."

Elin zog ihren Laptop zu sich heran. „Schon angefangen. Also ich habe bereits die offenkundig wichtigen Personen gelistet: Willmar selbst, seinen Rechtsanwalt, den Staatsanwalt, den

Kriminalbeamten, der den Fall geleitet hat, und den Ehemann des Opfers, der ja ebenfalls Polizist ist.“ Sie fing an zu tippen. „Dann nehmen wir noch die zwei Zeugen aus dem Dorf dazu.“

Lars unterbrach sie. „Es ist gut, dass du die Personen auflistest, aber wir sollten auch jeweils dazu schreiben, welche Themen wir ansprechen wollen.“

„Okay, dann mal los. Bei den Ersten werden das ja ’ne Menge Fragen, denke ich.“

Sie brauchten mehr als eine Stunde, um alles zusammenzustellen. Immer wieder mussten sie die Unterlagen konsultieren, um die Details zu klären. Lars merkte, dass er dringend das letzte Drittel lesen musste, um ein Gesamtbild zu erhalten – Elin war ihm deutlich voraus. Auf der Liste kamen noch einige Namen dazu, und mit den meisten gab es vieles zu besprechen. Lars wurde langsam klar, dass sie allein für das Abarbeiten dieser Liste eine ganze Weile brauchen würden – eine Woche würde auf keinen Fall ausreichen. Aber viele der Aufgaben würden sie zwischen sich aufteilen können, sie mussten nicht alle Personen gemeinsam befragen.

„Okay, ich schicke dir den Entwurf“, schloss Elin ab. „Wenn du dann alle Unterlagen gelesen hast, kannst du den entsprechend ergänzen.“

„*Yes*, das passt.“

Elin blickte auf. „Wann fahren wir denn? Bleibt es bei Montag? Und wie? Mit dem Flieger?“

„Ja, du kannst für uns den Flug und ein Hotel samt Mietwagen für eine Woche buchen.“ Mit dem Auto waren es 650 Kilometer bis Umeå, das würde über sieben Stunden dauern.

„Mache ich. Habt ihr zu Hause alles regeln können?“

„Sieht gut aus, ja. Lisa hat eine Hilfe engagiert, die jeden Tag ein paar Stunden im Haushalt hilft. Putzen, einkaufen und kochen, zum Teil Kinderbetreuung. Mal sehen, wie das klappt.“

„Das freut mich.“ Elin schob die Papierstapel zusammen und stand auf.

Lars checkte sein Handy, ob er eine Nachricht von Lisa hatte. Ja, da war eine, sie bat ihn, Olivia von der Schule abzuholen. Olivia hatte heute Sport in der letzten Stunde, danach war sie immer müde und freute sich, wenn sie nicht nach Hause laufen musste. Es war kurz nach halb vier, das konnte er gerade noch schaffen. Schnell schickte er ein „Ok" zurück und griff nach seiner Jacke.

3

Der Flughafen von Umeå war sehr klein. Elin hatte nun wirklich nicht damit gerechnet, dass er mit dem in Arlanda, Stockholm, vergleichbar sein würde, aber sie war trotzdem überrascht. Ihre Maschine war die einzige, die zurzeit vor dem Gebäude parkte. Vom Flugzeug lief man über den Platz bis zum Eingang, und dahinter gab es gerade mal zwei Gepäckbänder. War man an diesen vorbei, stand man bereits in der Ausgangshalle. Wie sie der übersichtlichen Abflugtafel entnehmen konnte, hatte der Flughafen lediglich fünf Gates. Dafür gab es einen riesigen Parkplatz vor dem Gebäude. Elin fragte sich, ob der jemals voll war; im Moment standen dort nur ein paar Autos, aber es war ja auch keine Urlaubszeit.

Den Mietwagenschalter von Hertz fanden sie im Nu. Der reservierte Wagen stand bereit, und die Formalitäten gingen schnell. Elin hatte einen Volvo V60 mit Vierradantrieb bestellt, denn sie hatte mit winterlichen Bedingungen gerechnet. Hier am Flugplatz lag allerdings kein Schnee, es waren sogar ein paar Grad plus. Aber man hatte beim Landeanflug sehen können, dass es in den Wäldern ringsum ziemlich weiß war und die kleinen Seen dazwischen zugefroren waren. Der Mord war in einem Örtchen namens Hummelmark passiert, der etwa 25 Kilometer nördlich von Umeå lag, sodass sie einen verlässlichen Wagen brauchten.

Elin öffnete ihre Tasche und holte einen der GPS-Tracker aus dem Set, das sie frisch aufgeladen hatte. Nach dem Einschalten befestigte sie den kleinen Sender an der Unterseite des weißen Wagens. Tobias hatte vor einer Weile eine Dienstvorschrift erlassen, dass alle Autos, die sie im Dienst fuhren, ständig über einen Sender nachverfolgbar sein mussten. Es war zu ihrer Sicherheit, falls irgendetwas passierte. Das konnte bestimmt manchmal zur Anwendung kommen, aber Elin vermutete, dass Tobias damit auch die Aktivitäten seiner Mitarbeiter kontrollieren wollte. Wie auch immer, sie spielte mit.

Lars fuhr los und folgte den Schildern Richtung Umeå, es waren keine vier Kilometer und schon waren sie im Zentrum. Auch wenn die Entfernungen in Norrland sonst ziemlich groß waren, lag hier in Umeå alles dicht beieinander. Umeå war zwar Universitätsstadt, hatte aber nur etwa 130.000 Einwohner, wovon der größte Teil in der Umgebung wohnte, in der eigentlichen Stadt nur etwa ein Viertel davon. In und um Hummelmark gab es kein Hotel, ja noch nicht einmal eine Pension, daher war das Wohnen dort keine Option. Auch mussten sie mit vielen Leuten in Umeå sprechen. Die Polizeidienststelle befand sich zum Beispiel dort und

Willmars Rechtsanwalt ebenso. Außerdem wäre es wahrscheinlich ziemlich einsam in Hummelmark oder irgendwo dort in der Nähe – aus diesen Gründen hatte Elin das *Clarion* Hotel im Zentrum von Umeå gebucht. Das hatte Sauna und Fitnessstudio. Ja, sogar das Abendessen war im Preis inbegriffen. Die Hotels hier in Umeå waren wirklich nicht teuer – die Preise lagen bei einem Drittel von denen in Stockholm.

Nachdem sie die Brücke über den Fluss Umeälven passiert hatten, bogen sie nach rechts auf die Storgatan ab. Von dort fand Lars das Hotel ohne Schwierigkeiten und fuhr hinunter in die Parkgarage.

Die Lobby des Hotels war gemütlich eingerichtet mit breiten Sesseln und Sofas, rundherum blitzten Metallgeländer in Gold und Lampenschienen in Silber. Das Mädchen an der Rezeption war freundlich, und das Einchecken ging rasch. Sie hatten Zimmer im dritten Stock bekommen. Elin öffnete die Tür mit der Karte und stellte ihren kleinen Rollkoffer ab. Das Zimmer war großzügig, ein Kingsize-Doppelbett, ein kleiner Tisch mit Stuhl und ein Sessel mit Beistelltisch – alles in gedeckten Farben. Am Kopfende des Bettes war die Wand mit einer Holztäfelung verkleidet. Das Bad war modern, in drei verschiedenen Farben gehalten, weiße Kacheln an den Wänden, schwarze auf dem Boden und der Waschtisch in Anthrazit. Die Handtücher waren weiß und grau – alles passte. Hier würde sie sich wohlfühlen können. Offenbar hatte sie das Hotel gut gewählt, Elin war zufrieden.

Schnell packte sie ihre Sachen aus, viel war es ja nicht. Dann schickte sie eine Textnachricht mit drei Herzchen an Maja und teilte ihr mit, dass sie gut angekommen war. Danach zog sie ihren Parka an, warf sich ihre Tasche über die Schulter und ging wieder nach unten. Sie wollten sich irgendwo zum Lunch treffen und dann einen ersten Ausflug nach Hummelmark machen. Lars wollte sich nämlich zuallererst die Örtlichkeiten anschauen, bevor sie mit den Gesprächen begannen. Um sechzehn Uhr waren sie im örtlichen Gefängnis bei Willmar angemeldet. Für den nächsten Tag war es Elin gelungen, Termine mit dem Staatsanwalt, dem zuständigen Kommissar und Willmars Anwalt zu machen. Danach würden sie weitersehen.

Lars wartete bereits auf sie. „Ich wollte eigentlich hier etwas essen, aber die bieten offenbar nur Lunch an, wenn Konferenzen stattfinden. Doch die nette Dame an der Rezeption hat mir ein Restaurant in der Nähe empfohlen, keine dreihundert Meter von hier. *Rex Brasserie* heißt es – sollen wir da eben hinlaufen?"

„Hört sich gut an, weißt du den Weg?"

Lars nickte und ging voran Richtung Ausgang. Einige Minuten später hatten sie das Restaurant erreicht, Es war direkt im Rathaus untergebracht, erreichbar über einen Seiteneingang in dem großen Gebäude, das aus roten Backsteinen gebaut und auf dem Dach mit Zinnen und kleinen Türmchen verziert war. Innen war das Restaurant großzügig angelegt, mit einer riesigen Bar in der Mitte, über der jede Menge Gläser von der Decke hingen. Ein Ambiente, das gleichzeitig stilvoll und gemütlich war. Elin war beeindruckt, Umeå war offenbar für Überraschungen gut.

Auf der einen Seite des Raumes gab es lange Tische, sowohl hohe mit Barhockern als auch niedrige, einer davon vor einem roten Ledersofa. Elin und Lars bewegten sich zu der anderen Seite, auf der kleine Tische für zwei Personen standen, die jeweils in einer Art Abteil untergebracht waren, voneinander getrennt durch mit Holz eingefassten Fenstern. Es sah fast aus wie in einem Zug und ermöglichte eine etwas vertraulichere Unterhaltung. Zum Glück war eines dieser Abteile noch frei. Die Speisekarte war ein großes Blatt aus kartoniertem Papier. Die Gerichte wurden aus nordischen Zutaten zubereitet, mit französischem Einschlag und zum größten Teil französischen Titeln. Sie bestellten beide das Menü des Tages: Frühlingshähnchen mit Trüffelfond, Mayonnaise und Pommes frites. Bei den Getränken entschied Elin sich für ein Leichtbier, Lars bestellte Mineralwasser. Während sie warteten, holte Elin ihren Laptop heraus. Sie hatte sich letzte Woche noch sämtliche Dokumente in digitaler Form von der Anwaltskanzlei schicken lassen und sie auf der Cloud von Secure Assist abgespeichert. So musste sie die großen Ordner nicht mitschleppen, und hatte trotzdem alle Unterlagen dabei. Sie konnte auch vom iPhone aus darauf zugreifen, aber wegen des kleinen Bildschirms war der Laptop die bessere Wahl.

„Warum willst du zuerst nach Hummelmark? Was erwartest du von dem Besuch?"

„Ich finde es immer besser, wenn man die Örtlichkeiten selbst gesehen hat. Da kann man die Aussagen unserer Gesprächspartner leichter nachvollziehen und möglicherweise auch bessere Fragen stellen."

Das leuchtete Elin ein. Zwar hatte sie sich das Dorf schon auf Google Maps angeschaut, aber das war natürlich nicht dasselbe wie eine persönliche Besichtigung. Außerdem gab es kein Street View für die Gegend, das Satellitenbild war alles. Dorf war im Übrigen übertrieben, Elin hatte gerade mal etwas mehr als zwanzig Häuser gezählt, die alle verstreut um die Durchgangsstraße herum lagen.

„Was willst du dir denn ansehen? Also, mal abgesehen von dem Haus der Sundquists?"

Lars wartete, bis das junge Mädchen ihre Getränke auf den Tisch gestellt hatte. „Essen kommt in fünf Minuten", sagte sie und verschwand.

„Ja, also, ich will mir einen generellen Eindruck verschaffen. Wie das Haus der Sundquists liegt, ob es von den Nachbarn her einsehbar ist. Außerdem wo die anderen Zeugen wohnen, die in den Unterlagen aufgeführt sind."

Elin nickte. „Verstehe. Also du meinst diesen ... wie heißt der noch?" Sie scrollte in ihrem Dokument.

„Aha, hier. Diesen Melker Gunnarson, der Willmar am Tag der Tat gesehen haben will, das heißt zumindest sein Auto."

„Genau, und auch die andere Dame, die von dem Geld wusste."

Elin ging wieder in die Liste. „Das ist Ingegard Anderberg. Willst du heute auch mit denen sprechen?"

„Nein, das machen wir ein anderes Mal. Das wird sicher zeitlich zu knapp. Lass uns erst mal nur alles anschauen."

Ein paar Minuten später kam das Essen, das wirklich verführerisch duftete und auch optisch anregend zurechtgemacht war. Sie langten beide kräftig zu, es blieb nichts übrig. Elin war begeistert. Hier würde sie gerne wieder hingehen. So hatten sie schon mal ein gutes Restaurant, noch dazu in der Nähe ihrer Unterkunft. Sie konnte nur hoffen, dass das Abendessen im Hotel ähnlich gut war. Sie tranken noch einen Kaffee, dann gingen sie zum Hotel zurück und holten den Wagen aus der Tiefgarage.

Lars fuhr auf die E12, auf der sie am Morgen hergekommen waren, aber bog nach Norden ab, in die entgegengesetzte Richtung vom Flughafen. Elin hatte derweil die Adresse ins Navi eingegeben, das eine Fahrt von dreißig Minuten errechnete. An einem Kreisverkehr sollten sie links abbiegen, auf die 364. Diese verlief recht gerade, mehrfach ging es aufwärts. Schließlich kamen sie in eine Gegend, in der rechts und links zwischen den Bäumen Schnee lag, wenn auch nur etwa zehn Zentimeter. Doch die Straße war trocken und völlig frei von Schnee. Nach etwa zehn Kilometern bogen sie ostwärts auf eine kleinere Landstraße ab, die sie zehn Minuten später nach Hummelmark führte. Hier lag fast doppelt so viel Schnee wie an der Landstraße. Zum Glück stand dort ein Schild mit dem Ortsnamen, sonst wäre ihnen die Siedlung gar nicht aufgefallen. Lars fuhr bis zum Ende des Ortes. Elin zählte sechs Häuser, die direkt an die Durchgangsstraße gebaut waren, vier auf der rechten Seite und zwei links, verteilt auf eine Strecke von anderthalb Kilometern. Fast alle waren im traditionellen Rot, zwei davon sahen aus wie Bauernhöfe samt Nebengebäuden. Außerdem gab es zwei Abzweigungen zwischen den Häusern, beide auf der linken Seite. Lars fuhr in die Einfahrt zu einer Wiese und hielt.

„Hast du irgendwelche IIausnummern gesehen?“, wandte er sich zu ihr.

„Ich habe nicht so darauf geachtet, bei einem, glaube ich, war eine Nummer am Haus. Aber ich weiß, welches Haus zu wem gehört.“ Elin hatte das Dorf auf Google Maps kartiert und sich zu jedem Haus die Bewohner herausgesucht. Sie wusste, dass Lars solche Vorbereitungen nicht vornahm, er klärte das immer erst vor Ort. Sie klappte ihren Laptop auf und rief das Dokument auf, in dem sie auf der Karte alles markiert hatte. Sie wendete den Bildschirm zur Seite, sodass Lars darauf blicken konnte. „Das zweitletzte Haus rechts, an dem wir vorbeigefahren sind, ist das von Ingegard, der Zeugin, die von dem Geld wusste. Dann gibt es hier auf der anderen Seite die Einfahrt zum Haus der Sundquists, das liegt ein Stück von der Straße weg, deshalb konnte man es nicht sehen. Und Melker wohnt in dem letzten Haus, an der Ortsausfahrt Richtung Umeå, hinter der zweiten Stichstraße." Elin zeigte mit ihrem Finger darauf. „Die führt hier noch ein ganzes Stück in den Wald hinein, da liegen die meisten Häuser von Hummelmark. Eines dieser Grundstücke grenzt an das der Sundquists, da wohnen die Beckmans. Allerdings liegen die Häuser ziemlich weit voneinander entfernt, beide Grundstücke sind ja recht groß."

„Sehr gut vorbereitet, Elin. Das heißt, die Sundquists haben eigentlich nur die Beckmans als direkte Nachbarn."

Elin freute sich über das Lob. „Stimmt. Natürlich gibt es noch diesen Bauernhof auf der anderen Seite, aber die Straße trennt ihn von den Sundquists."

„Okay, wir fahren mal langsam zurück, und du zeigst mir, wo wer wohnt."

Lars wendete und fuhr von der anderen Seite nach Hummelmark hinein. Bei der Abzweigung zum Haus der Sundquists hielt er an. Elin schaute in den Weg hinein, aber das Haus war nicht zu sehen.

„Dieser Weg ist ja praktisch von niemandem einsehbar", konstatierte Lars. „Auf der anderen Seite steht diese Riesenscheune, das Wohnhaus liegt dahinter. Wenn die Bewohner nicht gerade an der Ausfahrt stehen, bekommen sie nichts davon mit, wenn hier bei den Sundquists jemand rein oder raus fährt."

„Ja, und die Anderbergs sind zu weit weg, außerdem stehen da die Sträucher im Weg. Der Mord ist im September passiert, dann ist das hinter dem Blattwerk noch besser versteckt." Elin blickte nach vorn, es war kein Haus von hier aus zu sehen.

Lars fuhr wieder an. Auf der linken Seite tauchte das Haus der Anderbergs auf, zweistöckig, mit Satteldach. Ein Stück weiter auf der rechten Seite war die zweite Biegung, Lars blinkte.

Elin zeigte nach vorn. „Da kommen jetzt noch vier Häuser, zwei auf jeder Seite. Das letzte links ist wieder ein Bauernhof, das letzte rechts ist das von Melker."

„Das schauen wir uns gleich noch an. Jetzt fahre ich erst mal hier rein." Lars bog nach rechts in die Seitenstraße ab, die mit einem Schild für Sackgasse gekennzeichnet war. An der Ecke stand eine große Ansammlung an Briefkästen. Auf dem Land war das typisch, der Postbote fuhr nur an den Hauptstraßen entlang. Wohnte man nicht direkt an einer Hauptstraße, musste wenigstens der Briefkasten dort stehen, sonst bekam man keine Post.

Nach dem Einbiegen sah man sofort rechts das Haus der Beckmans, ein graues Haus mit weißen Dachblenden und Fensterumrahmungen. Dahinter gabelte sich die Straße, geradeaus ging es in den Wald.

„Nach meiner Karte kommen hier keine Häuser mehr, die liegen alle dort links."

„Ich fahre trotzdem mal rein." Langsam rollte der Wagen geradeaus, immer wieder durch große Pfützen. Rundherum gab es nichts als Bäume. Nach zweihundert Metern kamen sie an eine Lichtung, auf der eine Lage Baumstämme gestapelt war. Hier ging es nicht mehr weiter. Lars drehte und fuhr zurück. „Gut, da wissen wir wenigstens, dass deine Karte stimmt."

Sie fuhren danach in die Abzweigung nach rechts, die noch sechshundert Meter weiterführte, bevor sie in einem Wendeplatz endete. Auf beiden Seiten der Straße lagen Häuser, die meisten in Rot, alles reine Wohnhäuser. Hier standen sie dichter zusammen als an der Hauptstraße, aber die Grundstücke waren dennoch recht groß. Es war niemand zu sehen, auch standen nur wenige Autos in den Einfahrten. Wahrscheinlich waren die meisten Bewohner noch bei der Arbeit. Sie fuhren wieder zurück, hier gab es nichts Interessantes, hier wohnte auch keiner der verzeichneten Zeugen. Elin verstand nicht so richtig, warum Lars hier herumfuhr, vielleicht um einen Überblick über den gesamten Ort zu bekommen. Egal, es hatte ja nur ein paar Minuten gedauert.

Lars sah auf die Uhr. „Viertel nach drei, dann müssen wir jetzt langsam zurück. Aber wir schauen uns noch kurz das Haus von diesem Melker an."

An der Hauptstraße bogen sie rechts ab, hier war es das zweite Haus auf der rechten Seite, das letzte vor der Ortsausfahrt. An der Straße war ein Lattenzaun, bestimmt zwei Meter hoch, die Einfahrt war vielleicht drei Meter breit und lag etwas versetzt zum Haus.

„Wie will der denn mitbekommen haben, dass Willmar hier vorbeigefahren ist? Und noch dazu, dass er von dem Haus der Sundquists kam." Lars runzelte die Stirn. „Stand davon etwas in den Unterlagen?"

„Ich kann noch mal nachschauen, aber soweit ich mich erinnere, hat das niemand gefragt. Vielleicht sitzt der Typ den ganzen Tag an seinem Fenster." Das war wirklich merkwürdig. In der Stadt gab es ja alte Leute, die nichts Besseres zu tun hatten, als die Straße zu beobachten, aber hier war nun wirklich nichts Interessantes zu sehen.

„Mm. Ich glaube nicht, dass man von den Fenstern die Einfahrt zu Sundquists sehen kann." Lars war ebenfalls skeptisch. „Das müssen wir ihn unbedingt fragen." Er beschleunigte und fuhr zurück Richtung Umeå.

***

Es war Viertel vor vier, als sie beim Gefängnis ankamen. Die Sonne stand tief am Himmel, hier im Norden ging sie zu dieser Jahreszeit eine halbe Stunde früher unter als in Stockholm. Das Gefängnis war etwas außerhalb von Umeå. Es lag direkt gegenüber einer großen Meierei, nur etwas abseits von ihrer Fahrtroute zurück von Hummelmark. Laut Beschreibung im Internet war es eine kleinere Anstalt mit lediglich zweiundvierzig Plätzen. Doch sie bestand, wie man schon durch den Gitterzaun erkennen konnte, aus mehreren großen Gebäuden. Allerdings hatte nur eines davon zwei Stockwerke, alle anderen waren ebenerdig. Rundherum gab es nur Wald, die großen Fichten standen dicht wie ein zweiter Zaun. Lars parkte auf dem Besucherparkplatz, der völlig leer war. Kein Wunder, denn Besuchszeit war eigentlich nur am Wochenende und eine Stunde am Dienstag. Edvard hatte sie als Mitarbeiter angemeldet, deshalb hatten sie diese Sondergenehmigung erhalten. Elin hoffte, dass die Beamten im Gefängnis das auch ordentlich registriert hatten.

Sie marschierten zu der Tür in dem hohen Zaun, der oben auf der Innenseite mit zwei Rollen Stacheldraht gesichert war. Lars betätigte die Sprechanlage und nannte ihre Namen samt dem Zweck ihres Besuchs. Nach einer kurzen Wartezeit kam ein uniformierter Beamter aus dem nächstgelegenen Gebäude und holte sie ab. Sie wurden registriert, mussten Telefone und Brieftaschen abgeben und durch einen Scanner laufen.

Dahinter wurden sie von einem anderen Beamten in ein kleines Zimmer geführt. Hier stand ein Tisch mit vier Stühlen, die Wände waren in einem langweiligen Grün gestrichen. Durch das Fenster konnte man in den beleuchteten Hof sehen.

Sie nahmen Platz und warteten. Elin war das erste Mal in einem solchen Gefängnis. Bei ihrem letzten aufregenden Fall hatte sie ihre Klientin mehrmals in der Untersuchungshaft besucht. Das war mitten in Stockholm gewesen, und es hatte ziemlich viel Betrieb geherrscht. Hier war die Atmosphäre völlig anders. Alles war still und ruhig.

Lange mussten sie nicht warten, dann wurde Willmar hereingeführt. Er war groß und kräftig und trug wie wohl alle hier die Anstaltskleidung: braunrotes Sweatshirt, graue Jogginghose und weiße Turnschuhe. Sein Gesicht hatte grobe Züge und war tief gefurcht, unter den graublauen Augen stachen die gelblichen Tränensäcke hervor. Das Haar war ungezähmt und hing wirr in alle Richtungen, Kinn und Hals wiesen einen Dreitagebart auf. Insgesamt fand Elin, dass er mindestens fünf Jahre älter aussah als die achtundvierzig Jahre, die in seiner Akte standen. Er ließ sich auf den Stuhl auf der anderen Seite des Tisches fallen und stierte sie an. Eine bedrohliche Ausstrahlung ging von ihm aus, die Elin ein mulmiges Gefühl verursachte.

„*Hej*", sagte Lars.

Willmar nickte. „Ihr seid also die beiden Profis aus Stockholm. Jemand Besseren haben die nicht gefunden?“ Seine Stimme war tief und rau.

Elin schluckte, das fing ja gut an.

„Ich weiß nicht, wie du das meinst. Fakt ist, dass wir von deinem Anwalt engagiert worden sind.“ Lars blieb ruhig. „Wenn dir das nicht gefällt, musst du das mit ihm klären.“

Der Mann zuckte nur die Achseln.

„Was heißt das?“ Lars blickte Willmar fragend an. „Willst du nun mit uns reden, oder sollen wir wieder gehen?“

„Habt ihr so was denn schon mal gemacht?“

Elin wurde langsam sauer, der Kerl war wirklich unverschämt. Aber Lars ließ sich nicht aus der Fassung bringen.

„Ja, wir arbeiten seit vielen Jahren als Privatdetektive. Ich war früher bei der Polizei, und wir haben in den letzten Jahren mehrfach mit Mordfällen zu tun gehabt. Das letzte Mal ging es ebenfalls um eine Mordanklage, da ist es uns gelungen, die Angeklagte zu entlasten.“

„Lag das auch fünf Jahre zurück?“

Elin wollte aufbrausen, aber Lars legte ihr die Hand auf den Arm. „Nein, und das ist zugegebenermaßen wirklich eine Herausforderung. Trotzdem glaube ich, dass es in ganz Schweden keine Privatdetektive gibt, die mehr Erfahrung mit solchen Untersuchungen haben als wir. Aber wie gesagt, wenn du jemand anderen willst, dann brechen wir hier ab."

Willmar seufzte. „Okay, was wollt ihr wissen? Ich meine, es steht ja sowieso alles in den Akten. Lesen könnt ihr doch, oder?"

Lars schüttelte genervt den Kopf, so langsam schien auch er die Geduld zu verlieren. „Die Unterlagen haben wir gelesen. Doch wenn wir Anhaltspunkte für deine Entlastung finden sollen, würden wir schon gern deine Version hören, und zwar bis in die Details. Das erhöht unsere Chancen. Wenn du jedoch etwas Besseres vorhast, können wir auch ohne deine Hilfe unser Glück versuchen." Er breitete die Hände aus.

Jetzt grinste Willmar. „So toll sind die Freizeitangebote in dieser Lokalität leider nicht. Passt schon."

Elin schluckte ihren Zorn hinunter und atmete tief aus und ein. Sie beschloss, sich erst einmal zurückzuhalten.

„Dann wäre das ja geklärt." Lars lehnte sich vor. „Sei doch bitte so gut und erzähle uns von deinem Kontakt zum Opfer."

„Die Frau habe ich nur ein einziges Mal getroffen. Sie hatte mich angerufen und wollte, dass ich in ihrem neuen Schuppen ein paar Kabel verlege. Wir haben einen Termin ausgemacht, und die Woche drauf bin ich dann hingefahren."

Elin blätterte in ihren Ausdrucken. „Das war am Donnerstag, dem 10. September 2014. An welchem Tag hattet ihr telefoniert?“

„Weiß ich nicht mehr, irgendwann die Woche davor.“

„Hast du vorher schon mal mit ihr zu tun gehabt? Oder wie ist sie auf dich gekommen?“

Er schüttelte den Kopf. „Nee, nie vorher von ihr gehört. Hat mich wahrscheinlich im Internet gefunden, war ja als Elektriker aufgeführt.“

Lars nahm seinen Faden wieder auf. „Um wie viel Uhr bist du dort in Hummelmark eingetroffen?“

„So gegen acht.“

„Und dann?“

„Dann hat die Frau mir den Schuppen gezeigt und erklärt, was sie genau wo installiert haben wollte. Und das hab ich dann gemacht.“

„Das heißt, du warst die ganze Zeit nur im Schuppen?“

Er nickte. „Genau.“

Das kam Elin komisch vor. „Wie kamen dann deine Fingerabdrücke in das Haus?“

„Als ich fertig war, hat sie mich auf einen Kaffee in die Küche gebeten. Dort hat sie auch die Arbeitsbestätigung unterschrieben.“

„Wann bist du dort wieder weggefahren?“

„Direkt danach, das war so gegen elf.“

„Bist du öfters in Hummelmark gewesen? Also bei anderen Kunden? Oder mal durchgefahren?“, fragte Lars.

Willmar runzelte die Stirn. Er schien zu zögern. „Glaub nicht. Kann sein, dass ich mal durchgefahren bin. Geht ja rüber nach Bullmark dort.“

„Und bist du nun von Berit in bar bezahlt worden oder nicht?“ Elin unterbrach wieder, sie konnte sich doch nicht zurückhalten.

Er schüttelte den Kopf. „Nein, hab ihr eine Rechnung geschickt.“

„Richtig, am Tag danach per E-Mail. Die sie dann auch bezahlt hat, per Banküberweisung. Die Zahlung ging am 20. September auf deinem Konto ein, also nach ihrem Tod, am letzten Tag der Zahlungsfrist.“ Willmar nickte. Eine Kopie der Rechnung hatte Elin in den Unterlagen der Polizei gefunden, sie betrug etwas über zweitausendfünfhundert Kronen. „Woher kam dann das Geld mit ihren Fingerabdrücken?“ Dazu hatte Willmar verschiedene Aussagen gemacht.

„Tja, so wie ich es gesagt habe. Hat ja bloß niemand geglaubt. Das war in meinem Briefkasten.“

Nun wieder diese Version. Elin starrte ihn an. „Wie? Einfach so?“

„Ja. In einem Kuvert. Stand nichts drauf.“

„Wie viel war da drin?“

„Fünftausend.“

Das war neu.

„Was hast du mit dem Kuvert gemacht?", fragte Lars.

„Weggeschmissen."

„Und wann lag das Geld in deinem Briefkasten?" Elin konnte es nicht glauben. Wenn das stimmte, hatte der Mörder Willmar die Tat in die Schuhe schieben wollen.

„Am Tag nach dem Mord habe ich es gefunden. Also, ich habe am Mittwochnachmittag nach der Post geschaut, da lag das Kuvert drin. Kann auch am Tag davor eingeworfen worden sein."

„Hat die Polizei das Kuvert nicht untersucht?"

Willmar schüttelte den Kopf. „Die Müllabfuhr war schon da gewesen, als die Bullen bei mir auftauchten. Kam immer Donnerstag früh."

„Warum bist du nicht bei dieser Aussage geblieben?" Lars war verwundert.

„Glaubte ja niemand. Und ich konnte es nicht beweisen. Mein Anwalt meinte auch, das wäre wenig glaubwürdig."

Elin schaute wieder in ihre Unterlagen. „Dreitausend Kronen wurden bei dir gefunden, auf denen die Fingerabdrücke von Berit waren. Was ist mit dem Rest passiert?"

„Hab ich auf den Kopf gehauen."

Sie starrten ihn beide an. Schließlich fragte Lars: „Wann? Wo?"

„War essen am Abend. Hab schön was dazu getrunken. Dann das Taxi."

Elin sah Lars an. Der schüttelte nur den Kopf.

„Was hast du dir denn dabei gedacht, als du das Geld gefunden hast? Hast du nicht überlegt, wo das herkam?“, fragte sie Willmar.

Der zuckte die Achseln. „Dachte, jemand hat sich vertan. War mir auch egal. Einem geschenkten Gaul ...“

Willmar war schon einmal wegen Unterschlagung und zweimal wegen Diebstahl überführt worden, da fackelte er wohl nicht lange bei einem solchen Geschenk. Elin lehnte sich zurück. „Also, noch mal. Berit wird ermordet, und es werden zwanzigtausend Kronen gestohlen ...“

„Sagt der Ehemann ...“, warf Willmar ein.

„Ja, okay, angeblich wurden zwanzigtausend Kronen gestohlen. Und fünftausend davon findest du am nächsten Tag in deinem Briefkasten. Das ist ja der Hammer.“

„Sieht so aus, als hätte dich jemand reinreißen wollen.“ Lars wirkte ungläubig.

Willmar drehte seine rechte Handfläche nach oben. „Hab ich die ganze Zeit gesagt. Glaubt mir nur keiner.“

„Wer wusste denn davon, dass du bei Sundquists in Hummelmark einen Job hattest?“

„Puh“. Willmar kratzte sich am Hinterkopf und machte ein angestrengtes Gesicht. „Kann mich nicht erinnern, dass ich das jemandem erzählt hab. Die Quittungen und Rechnungen gehen immer an meinen

Revisor, aber immer erst am Monatsende. Ansonsten, ja, ihr Mann wohl. Hab nichts mit dem zu tun gehabt, aber der wird ja wohl von der Montage gewusst haben. Und hat dann auch das viele Geld vermisst, das er angeblich im Haus hatte ..." Er grinste verächtlich.

„Verdächtigst du ihn?"

„Klar. Wusste von allem, hat alles geerbt, ist Bulle. Sein Alibi konnte er bestimmt irgendwie fixen."

Lars nickte. „Verstehe."

Elin konsultierte ihre Liste. „Kommen wir mal zu dem Tag des Mordes, also dem 15. September, einem Dienstag. Was hast du an dem Tag gemacht?"

Willmar kratzte sich am Arm. „Am Vormittag war ich zu Hause, hab Buchführung gemacht. Nach dem Mittagessen war ich dann auf Montage bei Kunden in Umeå."

„Warum kann das niemand bezeugen? Also, dass du am Vormittag nicht weggefahren bist."

„Ich wohne ja nicht in Stockholm. Mein Haus ist auch nicht in Umeå, sondern etwas außerhalb. Da gibt es nur ein Haus in der Nachbarschaft, beide, die da wohnen, arbeiten unter der Woche. War niemand da an dem Vormittag."

Elin nickte, das hatte sie bereits auf Google Maps geprüft. Aber es war vielleicht trotzdem wert, sich das noch einmal vor Ort anzuschauen. Sie sah Lars an. „Das wäre es von meiner Seite."

Lars stand auf. „Danke, das reicht fürs Erste. Wir werden in den nächsten Tagen mit der Polizei, dem

Staatsanwalt, deinem Anwalt und den Zeugen sprechen. Danach kommen wir noch mal wieder, dann haben wir bestimmt neue Fragen."

Willmar nickte ernst und stand ebenfalls auf. „Dann zeigt mal, was ihr draufhabt."

Nach Betätigen der Klingel kam der Wächter und holte Willmar ab. Elin und Lars nahmen ihre Sachen in Empfang und verließen die Anstalt. Elin war froh, hier wegzukommen, sowohl weg von ihrem Mandanten, diesem unangenehmen Idioten, als auch hinaus aus dem Gefängnis. Sie atmete auf, als die Metalltür sich hinter ihnen schloss.

„Was für ein Arschloch", entfuhr es Elin. „Ich musste mich wirklich zusammenreißen. Am liebsten wäre ich sofort wieder aufgestanden und gegangen."

„Ja, ein richtig netter Kerl", grinste Lars.

Elin sah ihn von unten an. „Glaubst du ihm?"

Lars blieb stehen. „Ich weiß nicht. Er hatte schließlich fünf Jahre Zeit, sich alles zurechtzulegen."

„Stimmt." Elin öffnete die Autotür. „Denkst du er war's?"

„Keine Ahnung. Ich glaube, ich lege mich da besser nicht fest."

Sie nickte und stieg ein. Sie würde dem Kerl alles zutrauen. Sowohl den Mord als auch, dass er sie nach Strich und Faden angelogen hatte. Toller Mandant. Sie war richtig motiviert.

4

Sein Kumpel rief ihn am Abend an. „Wusstest du, dass Willmar versucht, freizukommen?“

„Wie? Will er ausbrechen?“, scherzte er.

„Haha, das wäre noch was. Nein, er will seine Unschuld beweisen. Heute waren zwei Privatdetektive bei ihm.“

Er runzelte die Stirn. Das war interessant.

„Bist du noch dran?“

„Ja.“ Irgendetwas musste er sagen. „Was sollen die denn finden?“

„Keine Ahnung. Aber Willmar war total happy nach dem Treffen. Hat groß herumgeprahlt, dass er nicht mehr lange hier sein würde.“

„Der hat schon immer viel versprochen.“

Sie redeten noch über andere Themen, bevor er auflegte.

Er lehnte sich zurück und dachte über die Neuigkeit nach. Konnten die etwas Neues herausfinden? Nach so langer Zeit? Privatdetektive. Er glaubte es nicht. Waren die aus Umeå? Gab es hier überhaupt Privatdetektive? Er zückte sein Telefon und suchte im Netz. Ja, eine Dame gab es in Umeå, die vor zwei Jahren nach ihrer Pension ein Detektivbüro eröffnet hatte. Sah aber so aus, als wenn sie allein arbeitete. Die Firma war noch nicht einmal als

Arbeitgeber registriert. Die konnte es wohl nicht sein. Dann kamen die wohl irgendwo von auswärts.

Er überlegte. Sie würden in jedem Fall bestimmt irgendwann in Hummelmark auftauchen. Das konnte interessant werden.

Er sah auf die Uhr. Sollte er noch ein Bier trinken gehen? Nein, er würde sich lieber hier einen Whisky genehmigen. Er holte die Flasche und ein Glas. Das Zeug brannte so schön in seiner Kehle, die Wärme durchströmte ihn.

5

Die Polizeistation war nicht allzu weit weg vom Hotel, mit dem Auto waren sie in gut fünf Minuten dort. Elin hatte ausbaldowert, dass der Fußmarsch keine halbe Stunde gedauert hätte, doch es konnte sich irgendetwas verzögern, und dann würde es vielleicht knapp werden für ihren Lunch, bevor sie um 13 Uhr den Anwalt von Willmar treffen sollten. Wie auch immer, mit dem Auto ging es schneller, und es gab genügend Besucherparkplätze vor dem Gebäude, sodass auch das Parken keine

Verzögerung brachte. Zwei Termine standen an, erst beim Kommissar, dann beim Staatsanwalt.

Die Polizeistation war in einem recht großen Komplex untergebracht: Sie bestand aus mehreren Gebäuden, die miteinander verbunden waren, eines davon sogar über eine mit Glas verkleidete Brücke im ersten Stock. Nachdem sie einen pilzförmigen Unterstand vor dem Eingang passiert hatten, gingen sie durch die große Glastür und meldeten sich an der Rezeption an. Die ältere Dame in Uniform griff zum Telefon und erklärte ihnen nach einem kurzen Gespräch, dass Kommissar Arne Lönn sie erwarte, in Zimmer 319 im dritten Stock. Lars hatte eigentlich angenommen, dass jemand sie hier unten abholen würde, aber entweder waren die Sicherheitsvorkehrungen hier nicht so streng, oder sie als vom Anwalt kreditierte Mitarbeiter bekamen einen Vertrauensvorschuss. Er sollte sehen, dass es einen ganz anderen Grund gab.

Das Zimmer zu finden war kein Problem. Sie klopften und traten nach einem „Herein“ ein. Hinter dem Schreibtisch erhob sich mühsam ein massiger Mann. Er war nicht nur recht groß – er reichte fast an Lars’ Maße heran –, sondern auch extrem fettleibig. Lars konnte sich vorstellen, dass er möglichst jeden Weg zur Rezeption vermied.

Sie begrüßten sich und stellten sich vor, der Mann reichte ihnen die Hand über den Schreibtisch und ließ sich dann wieder in seinen Stuhl plumpsen. Das

Geräusch, das sein Gewicht auf dem Stuhl verursachte, war nicht gerade vertrauenerweckend. Man bekam Sorge, dass der Stuhl diese Belastung nicht mehr lange aushalten würde.

„Ihr wollt also den Fall Berit Sundquist neu aufrollen?“ Arne strich sich durch das schüttere Haar.

„Willmar Björkman behauptet, dass er die Tat nicht begangen hat.“

Arne grinste und zeigte seine gelben Zähne, seine kleinen Schweinsaugen blitzten. „Wenn wir bei jedem, der das behauptet, alles noch mal überprüfen würden, könnten wir bald keine neuen Fälle mehr lösen.“

„Deshalb wurden wir ja engagiert, um euch diese Arbeit abzunehmen“, sagte Lars beschwichtigend. Der Kommissar schien nicht begeistert, aber das war auch nicht zu erwarten gewesen.

Arne lehnte sich vor, der Stuhl knirschte dabei besorgniserregend. „Aha, und jetzt kommt ihr aus Stockholm und wollt den Provinzlern mal zeigen, wie man das richtig macht.“ Er blickte sie intensiv an.

Oje, das fing gar nicht gut an. Irgendwie musste Lars dem Gespräch eine Wendung verleihen. Er schüttelte den Kopf. „Nein, darum geht es nicht. Wir behaupten auch nicht, dass Willmar unschuldig ist. Trotzdem ist es unser Auftrag, nach Hinweisen zu suchen, die Willmars Verurteilung infrage stellen können. Gelingt es uns, so etwas zu finden, ist es Sache des Gerichts, darüber zu befinden, ob man den Prozess neu aufnehmen will. Finden wir keine ausreichenden

Gründe, wird der Rechtsanwalt erst gar nicht den Antrag zur Revision stellen. Also, deshalb war es uns wichtig, mit dir zu sprechen. Denn du warst für den Fall verantwortlich und kannst sicher am besten beurteilen, wo die Stärken und die Schwächen der Beschuldigungen liegen. Ich war früher selbst bei der Polizei, und ich weiß, dass es selten Fälle gibt, wo alles hundertprozentig glasklar ist." Lars machte eine Pause und versuchte zu erkennen, wie Arne reagierte. Er schien etwas besänftigt, zumindest hatte er sich unter erneutem Quietschen wieder in seinen Stuhl zurückgelehnt. „Also, wirst du uns helfen?"

Der Dicke seufzte und fragte: „Was wollt ihr wissen?"

Elin zückte ihre Liste. „Den Bericht, den die Anklage hatte, haben wir bekommen und natürlich studiert. Uns interessiert das, was dort nicht drinsteht. Also Ergebnisse, die ihr zwar erhoben habt, aber die nicht in das Gerichtsverfahren eingeflossen sind."

Der Kommissar nickte, dabei wurde aus seinem Doppelkinn ein dreifaches. „Zum Beispiel?"

„Habt ihr die Mobilnetzdaten eingeholt? Für den Tatzeitpunkt? Und die Zeit davor?"

„Ja, das hatten wir. Kam aber nichts bei 'rum."

„Was heißt das konkret?"

Arne drehte sich auf seinem Stuhl zu einem Regal auf der Seite, wieder gab es ein quietschendes Geräusch. Er zog einen Ordner aus dem Regal und fing an zu blättern. Schließlich hielt er inne und las einen

Moment. „Ja, da gab es praktisch keine Bewegungen, also an dem Tag im Haus der Sundquists. Am Morgen um halb acht hat der Ehemann das Haus verlassen, das stimmte auch mit seiner Aussage überein. Um siebzehn Uhr ist er wieder nach Hause gekommen, auch das hatte er so ausgesagt. Außerdem hat er kurz danach die 112 gewählt. Ansonsten keine Bewegungen, das einzige Handy, das dort den ganzen Tag eingeloggt war, war das des Opfers." Er blickte auf. „Zufrieden?"

„Danke." Elin kritzelte in ihrem Block. „Das heißt, der Mörder hat sein Telefon gar nicht mitgebracht oder es vorher ausgeschaltet."

„Sieht so aus." Wieder das Dreifachkinn.

„Und das Handy von Willmar, wo hat sich das an dem Tag aufgehalten?"

„Das haben wir auch gecheckt. Moment." Er blätterte wieder. „Ja, hier. Das war am Vormittag bis vierzehn Uhr in seinem Haus und am Nachmittag bei zwei Kunden in Umeå. Das stimmte an und für sich mit seiner Aussage überein. Aber, wie du schon sagst, sein Telefon war zwar bei ihm zu Hause, das beweist aber nicht, dass er selbst sich dort aufgehalten hat."

Elin nickte. „Können wir eine Kopie dieser Unterlagen bekommen? Ich würde gern die Details selbst durchgehen."

„Nee." Der Dicke schüttelte bestimmt den Kopf. „Das geben wir nicht raus. Ihr wolltet ja mit mir sprechen, da müsst ihr euch schon auf mich verlassen."

Elin sah fragend zu Lars hinüber, der zuckte mit den Achseln. Sie konnten den Polizisten ja nicht zwingen. Elin schaute wieder auf ihre Liste und fragte: „Wie ist das mit Willmars Auto? Habt ihr das Navi ausgelesen? Ist er an dem Tag nach Hummelmark gefahren?"

Arne grinste. „Ihr wollt es wohl ganz einfach haben, was? Also, wenn ich mich recht erinnere, hatte der gute Willmar zwei Autos, einen Lieferwagen für die Firma und einen Privatwagen. Keiner von denen hatte ein GPS-System."

„Ist das nicht ungewöhnlich? Ich meine, er musste doch seine Kunden irgendwie finden."

„Wir sind hier ja nicht in Stockholm. Willmar hat sein ganzes Leben in dieser Gegend zugebracht, da kennt man sich aus."

„Okay, verstehe." Elin schrieb wieder.

Lars räusperte sich. „Wie sah es denn mit anderen Kandidaten aus? Gab es Personen aus Berits Umfeld, die ein Motiv gehabt hätten?"

Der Dicke grinste abfällig. „Nicht, dass ich wüsste. Ihr müsst verstehen, der Fall war ziemlich schnell abgeschlossen, nachdem wir die Zeugenaussage aufgenommen hatten, dass Willmar mit seinem Lieferwagen zum richtigen Zeitpunkt vom Haus der Sundquists weggefahren ist. Da war es nicht mehr nötig, weiter nachzuforschen."

„Wer hat denn von ihrem Tod profitiert? Gab es ein Testament?“

Der Kommissar wiegte seinen großen Kopf hin und her. „Nein.“

„Das heißt, alles fiel an den Ehemann. Denn Kinder hatten die ja nicht, oder?“

„Stimmt.“

„Wie viel gab es da zu erben?“

„Na, reich waren die nun nicht. Wahrscheinlich das Haus in Hummelmark. Deswegen bringt man nicht seine Frau um. Außerdem ist der Mann Polizist.“ Arne starrte Lars an. Er schien darauf zu warten, dass Lars ihm widersprechen würde, aber den Gefallen tat Lars ihm nicht. Es war ja klar, dass es auch Polizisten gab, die Verbrechen begingen, aber es brachte nichts, sich darüber zu streiten. Außerdem ging aus den Unterlagen hervor, dass der Mann ein Alibi hatte – er war den ganzen Tag mit seinem Partner auf Streife gewesen, bis er dann am Nachmittag seine Frau tot aufgefunden hatte.

„Gut, nehmen wir mal an, dass es tatsächlich ein Raubmord war. Gibt es Beweise dafür, dass wirklich zwanzigtausend Kronen gestohlen wurden?“

„Die Aussage des Ehemannes. Eines Polizisten.“ Arne sprach mit Nachdruck.

„Aha. Aber im Grunde genommen hätte ja jeder von dem Geld gehört haben können und dort eingebrochen sein.“

Arne verdrehte die Augen. „Natürlich, aber nur der Lieferwagen von Willmar wurde an dem Vormittag gesehen, und nur Willmar war eine Woche zuvor im Haus gewesen und konnte die Lage peilen. Und ausgerechnet in der Waschküche findet die Tat statt.“

Lars stutzte. Was meinte er damit? „Wieso ausgerechnet?“

„Na, genau dort hat Willmar gearbeitet.“

Elin lehnte sich vor. „Ich dachte, er hat den Schuppen verkabelt.“

Arne drehte sich auf seinem Stuhl zu ihr. „Ja, aber wo, glaubst du, kommt der Strom her? Der Sicherungskasten befindet sich in der Waschküche, und dort musste das Kabel, das zum Schuppen führt, angeschlossen werden.“ Er blätterte erneut in seinem Ordner. „Hier.“ Er legte den Ordner aufgeschlagen auf den Schreibtisch und drehte ihn zu ihnen herum. Auf dem Blatt befand sich eine Schemazeichnung, die Lars aus der Dokumentation kannte. „Das ist die Waschküche, hier vor der Spüle hat das Opfer gelegen, mit einem Schlag von hinten getroffen. Das heißt, der Täter muss dort hinter der Tür gestanden haben. Und ratet mal, wo der Sicherungskasten hängt.“

Er zeigte auf die Wand hinter der Tür und sah sie eindringlich an. Lars stöhnte innerlich – das hatte Willmar ihnen nicht erzählt.

***

Der Staatsanwalt war ein kleiner Mann, nicht viel größer als Elin. Er trug einen Schnurrbart, der an den Seiten zugespitzt war – Lars glaubte, so einen ähnlichen mal auf einem Foto von dem Maler Salvador Dali gesehen zu haben. Rune Nordin hatte außerdem eine schwarz gerahmte Brille mit dicken Gläsern, das Haar war kurz und dunkel. Er war formell gekleidet: grauer Anzug, weißes Hemd und blauer Schlips mit Paisleymuster. Freundlich, aber ernst begrüßte er sie. Sein Büro war wesentlich geräumiger als das des Kommissars, es gab neben dem Schreibtisch sogar eine Sitzecke mit Sofa und zwei Sesseln. Daneben, auf einem kleinen Tisch, stand eine Kaffeemaschine mit Kapseln. Rune hatte für alle einen Espresso gebraut, den er jetzt servierte.

„Es kommt bei uns ja nicht so oft vor, dass jemand versucht, ein Urteil nach so langer Zeit zu revidieren. Zum Glück, muss ich sagen." Er sah sie erwartungsvoll an.

„Bei der Revision sind wir allerdings noch nicht. Wir haben letzte Woche diesen Auftrag bekommen und versuchen nun, uns ein Bild zu machen. Dann werden wir sehen, ob wir irgendwelche neuen Beweise oder Indizien finden können. So weit sind wir noch nicht."

Lars nahm einen Schluck, der cremige Kaffee schmeckte ausgezeichnet, kräftig und aromatisch.

„So weit kommt ihr wahrscheinlich auch gar nicht." Der Staatsanwalt zog die Mundwinkel hoch, es sollte wohl ein Lächeln sein. „Habt ihr denn den verurteilten Björkman schon getroffen?"

„Ja, gestern", nickte Lars.

„Und was war euer Eindruck?" Er schaute erst Lars, dann Elin mit seinen dunklen Augen an.

„Naja, mein Lieblingsonkel wird er nicht", platzte Elin heraus.

Rune drehte die rechte Handfläche nach oben und lehnte sich zurück.

„Gut", erwiderte Lars. „Aber bloß, weil er nicht der netteste Zeitgenosse ist, heißt das schließlich nicht, dass er ein Mörder ist."

„Stimmt, trotzdem haben ihn zwei Gerichtshöfe für schuldig befunden."

Lars stellte die kleine Tasse ab, sie war bereits leer. „Was uns zu unserem Thema bringt. Die Anhaltspunkte waren nach unserem Ermessen nicht gerade erschlagend. Wie konnte er aufgrund dieser Beweislage überhaupt verurteilt werden? Lag das an der schlechten Verteidigung oder am brillanten Staatsanwalt?"

„Haha, danke. Ich denke schon, dass ich den Prozess recht professionell geführt habe. Aber du hast recht, die Verteidigung hat uns nicht allzu viel entgegengesetzt. Ich erinnere mich nicht genau, aber aus irgendeinem Grund war das so ein Junior. Ich glaube, das war der erste Prozess, den er als Verteidiger selbst geführt hat.“

„Mit dem reden wir auch noch“, warf Elin ein.

„Da kann er das dann selbst bestätigen.“ Der Staatsanwalt rückte seine Krawatte zurecht. „Ich habe mir heute früh noch einmal die Unterlagen angesehen, in Vorbereitung auf dieses Gespräch. Es gab natürlich schon einiges an Indizien, es lag nicht nur an der Prozessführung.“

„Was war denn aus deiner Sicht entscheidend für das Urteil?“

Rune legte den Zeigefinger an sein Kinn und überlegte einen Moment. „Ich glaube, alles zusammengenommen. Wir konnten nachweisen, dass er in dem Haus gewesen war …“

„Ja, aber die Fingerabdrücke beweisen nicht, wann“, unterbrach Elin ihn.

„Stimmt, aber für den Zeitpunkt gab es einen Zeugen. Die Fingerabdrücke allein hätten natürlich nicht genügt. Wie gesagt, alles zusammengenommen führte zum Schiedsspruch. Also, er war in dem Haus, er wurde zur Tatzeit in der unmittelbaren Nähe des Tatortes gesehen, und er hat einen Teil des gestohlenen Geldes bei sich zu Hause gehabt. Dann hatte er kein Alibi, also: Gelegenheit und Motiv sind vorhanden. Die Mordwaffe war einfach zu beschaffen, vielleicht ein Holzprügel, den er nach der Tat entsorgt hat. Dass er sich außerdem mehrmals in Widersprüche verwickelt hat, war natürlich auch nicht günstig für ihn."

„Du meinst, in Bezug auf seinen Besuch in Hummelmark?"

„Ja, erst hat er gesagt, dass er noch nie dort gewesen ist, dann, dass es lediglich das eine Mal in der Woche vor der Tat gewesen ist. Des Weiteren hat er zu Anfang behauptet, er hätte das Geld in seinem Briefkasten gefunden. Als wir dann die Abdrücke des Opfers darauf nachweisen konnten, erklärte er, es als Bezahlung für die Elektroarbeiten von ihr bekommen zu haben. Obwohl sie die Rechnung per Überweisung bezahlt hatte. Solche Lügen machen sich nicht gut."

Lars stellte noch einige andere Fragen zum Prozess, aber daraus ergab sich nichts Wichtiges mehr. Deshalb verabschiedeten sie sich und baten darum, noch einmal wiederkommen zu dürfen, falls sie etwas Neues finden würden. Rune hatte kein Problem damit.

Beim Verlassen des Polizeireviers schüttelte Elin den Kopf. „Ich frage mich schon die ganze Zeit, ob dieser Kommissar sich auch mal von seinem Schreibtisch wegbewegt."

„Wahrscheinlich muss er das zumindest manchmal. Ich würde aber gern wissen, was für ein Auto er wohl fährt. Muss bestimmt eine Art Truck sein", grinste Lars.

„Na, das ist doch leicht herauszufinden", sagte Elin und schaute sich auf dem Parkplatz um. „Es ist natürlich der Wagen, der auf der linken Seite deutlich runterhängt."

„Haha, genau." Lars lachte.

Elin ging zu ihrem Volvo. „Lunch?"

„Ja, bin schon richtig hungrig. Gehen wir wieder zu *Rex*? Das war gut dort."

Elin stimmte zu. Sie fuhren zurück in die Innenstadt und suchten einen Parkplatz. Es gab zwar mehrere freie direkt vor dem Restaurant, aber die waren alle für Behinderte reserviert. Lars wollte schon zur Tiefgarage des Hotels fahren, als ein Wagen aus einer Parklücke in der Storgatan herausfuhr. So brauchten sie nur ein paar Meter laufen. Das Restaurant war gut besucht, und die kleinen, halb abgetrennten Kabinen waren leider alle besetzt. Daher nahmen sie an einem der frei stehenden Tische Platz, der gerade von einer Kellnerin abgeräumt wurde.

Nach der Bestellung fragte Elin: „Sollen wir alles mal ein bisschen durchgehen?" Am Abend zuvor waren sie beide zu erschöpft gewesen, sie hatten sich schnell am Büfett bedient und waren dann auf ihre Zimmer verschwunden.

„Ja, wir haben einiges an Info bekommen, es wäre gut, das schon mal zu sortieren." Lars nickte. „Außerdem sollten wir uns abstimmen, wie wir weiter vorgehen. Ich denke, die meisten Gespräche, die wir beide zusammen führen müssen, haben wir hinter uns. Ab jetzt können wir uns auch aufteilen."

Elin zückte ihre Notizen, Lars holte seinen Block hervor. Sie begann. „Also, wir müssen wohl davon ausgehen, dass unser Mandant unschuldig ist, ansonsten macht unsere Arbeit hier keinen Sinn. Auch wenn wir von seiner Unschuld nicht gerade überzeugt sind, also ich zumindest nicht. Des Weiteren stellt sich die Frage, ob der Kerl uns gestern die Wahrheit erzählt hat. Aber wir können ja versuchen, seine Aussage mit Belegen zu untermauern."

„Genau, entweder gelingt uns das – dann sind wir unserem Auftragsziel zumindest nähergekommen. Oder wir beweisen, dass Willmar lügt – dann werden wir ihn damit konfrontieren."

„Wird mir eine Freude sein." Elin schaute grimmig drein und tippte mit dem Stift auf ihr Papier. „Ich habe mir zwei Ansatzpunkte notiert. Als Erstes: Wer hat außer dem Ehemann davon gewusst, dass Willmar diesen Job bei Berit erledigt hat? Zum anderen: Wer hatte Zugang zu Geldscheinen mit Berits Fingerabdrücken und hat diese in Willmars Briefkasten gesteckt?"

„Richtig, wobei man die zweite Frage leicht mit dem potentiellen Diebstahl erklären könnte. Im Falle eines Raubmordes oder auch nur der Vortäuschung eines solchen. Wir wissen ja nicht, ob es nicht auch ein anderes Motiv gibt. Ich halte es nach wie vor mit Edvard, dass ein Raubmord wegen zwanzigtausend nicht besonders wahrscheinlich klingt. Auf der anderen Seite sind Leute schon wegen weniger Geld umgebracht worden. Egal, jemand hat Berit umgebracht, aus welchem Grund auch immer, und dann das Haus durchsucht und dabei Geld gefunden. Er weiß irgendwoher, dass Willmar in der Woche zuvor dort gewesen ist …“

„Vielleicht hatte Berit die Rechnung ausgedruckt und irgendwo in der Wohnung liegen“, unterbrach Elin. „Dann bekam er diese Information auf dem Präsentierteller …“

„Gut möglich. Also, der Mörder beschließt dann, den Verdacht auf Willmar zu lenken. Deshalb deponiert er einen Teil des Geldes in dessen Briefkasten. Wie viel es ursprünglich wirklich war, ist ja nicht bewiesen.“

„Der Ehemann passt wirklich gut, oder? Er wusste mit Sicherheit von Willmars Auftrag, hatte Zugang zu dem Geld und hat hinterher alles geerbt.“

„Trotzdem, deshalb bringt man doch nicht seine Frau um. Er hat mit seiner Frau in dem Haus gewohnt, das Geld gehörte ihm doch wahrscheinlich auch. Außerdem war es nicht wirklich viel, selbst wenn es zwanzigtausend waren. Da müsste es noch andere Gründe gegeben haben. Einen Streit über irgendetwas. Oder es gab eine Affäre, entweder bei ihm oder ihr. Da brauchen wir mehr Hintergrund. Mit dem Ehemann sollten wir vielleicht auch noch gemeinsam sprechen.“

Die Kellnerin kam mit dem Essen, sie hatten beide das Menü des Tages bestellt, Hamburger mit Pommes. Elin machte sich sofort über ihren Hamburger her, der

Saft lief ihr über das Kinn. Während sie kaute und sich mit einer Serviette reinigte, sagte Lars: „Der Schlüssel zur Aufklärung ist das Motiv. Wenn es jemanden gibt, der Grund hatte, Berit umzubringen, dann haben wir eine gute Spur. Wenn es dagegen ein Raubmord war, was ich wie gesagt für unwahrscheinlich halte, dann wird es uns schwerfallen, den Täter zu finden."

Elin schluckte ihren Bissen herunter. „Dann war es wahrscheinlich sowieso Willmar, dieser Arsch."

Lars lachte. „Du hast ihn richtig ins Herz geschlossen, stimmt's?"

Sie verdrehte die Augen und biss wieder in ihren Hamburger. Lars griff nach seinem, der roch verführerisch.

6

Elin fuhr nach dem Lunch nach Hummelmark, während Lars den Anwalt von Willmar treffen würde. Sie wollte versuchen, einige der Zeugen und Nachbarn zu befragen. Der Volvo fuhr sich gut, der Vierradantrieb sorgte für eine gute Straßenlage.

Die Sonne schien, Elin genoss die Landschaft um sich herum – die grünen Fichten mit dem Schnee und die zugefrorenen kleinen Seen dazwischen. Es waren wenige Fahrzeuge unterwegs, nur zweimal kamen ihr Holzlaster entgegen, voll beladen mit Baumstämmen. Jedes Mal musste sie das Steuerrad festhalten, wenn sie an ihr vorbeirauschten. Sie hatte nicht den Eindruck, dass sie sich an die Geschwindigkeitsbeschränkung von siebzig hielten, und Polizeikontrollen gab es hier wohl nicht. An einer Stelle war eine Kamera installiert, doch wie in Schweden vorgeschrieben, wurde man vorher durch ein Schild gewarnt, dass man fotografiert werden könnte. Deshalb bremsten die meisten Autofahrer dort kurz ab und gaben danach wieder Gas. Brachte irgendwie nicht so richtig etwas. Außerdem hatte Elin gelesen, dass viele dieser Kameras defekt waren.

In Hummelmark angekommen, fuhr sie zuerst zu den Nachbarn, den Beckmans. Sie wollte hören, was die von der ganzen Geschichte mitbekommen hatten und was sie über die Sundquists dachten. Aber sie hatte Pech, es war offenbar niemand zu Hause. Deshalb versuchte sie ihr Glück bei Ingegard Anderberg – das war die Zeugin, die von dem Geld gewusst hatte –, aber auch dort war niemand anzutreffen. Naja, sie hätte sich eigentlich denken können, dass die meisten Leute jetzt noch bei der Arbeit waren. Vielleicht war auf dem Hof neben Ingegard jemand vor Ort, Elin fuhr langsam in die

Auffahrt. Es war ein typischer schwedischer Bauernhof, das Haupthaus geradezu, flankiert von zwei Nebengebäuden, angeordnet in Hufeisenform. Hier stand allerdings noch eine Scheune vor der Straße und bildete eine Art Deckel zum Hufeisen. Elin fuhr in den Hof zwischen den Gebäuden, die alle im typischen Rot angestrichen waren. Die Kanthölzer und Fensterumrahmungen des Haupthauses waren weiß, bei den Nebengebäuden schwarz. Rechts lag ein großer Misthaufen, der in der kalten Luft dampfte, links war der Schnee zu einem Berg zusammengeschoben. Mehrere Fahrzeuge standen im Hof, ein alter Volvo, zwei Anhänger und ein Traktor, an dem ein Mann in Arbeitskleidung herumfuhrwerkte. Er blickte auf, als Elin anhielt.

„*Hej*“, begrüßte sie ihn und stellte sich vor.

Der Mann war sicher schon im Pensionsalter, graue Haare hingen unter seiner Mütze hervor, das Gesicht war wettergegerbt. An seiner roten Nase hing ein großer Tropfen. In der Hand hielt er einen großen Schraubenschlüssel. Seine hellen blauen Augen sahen sie aufmerksam an.

„Worum geht’s?“, krächzte er.

„Wir forschen noch einmal in dem Mordfall von deiner Nachbarin nach, Berit Sundquist.“

„Haben wir nichts mit zu schaffen.“ Der Alte schüttelte den Kopf, der Tropfen wurde länger, aber wollte sich nicht von der Nase lösen.

„Nein, das habe ich auch nicht angenommen. Aber mich interessiert, was ihr von dem Verbrechen damals mitbekommen habt."

„Nix." Wieder schüttelte er den Kopf.

„Ja, verstehe, sonst hättet ihr sicher auch als Zeugen ausgesagt. Aber du warst sicher gut bekannt mit Berit, oder?"

Er zuckte die Achseln. „Ich kannte sie vom Sehen."

„Aber ihr seid ja praktisch Nachbarn ..."

„Wir gehen unsere eigenen Wege."

„Und mit ihrem Mann, Tor Sundquist?"

„Der ist Polizist, mehr weiß ich nicht. Wohnt immer noch da drüben." Er wandte sich schon wieder seinem Trecker zu.

Entweder wollte der Mann ihr nichts erzählen, oder er lebte tatsächlich isoliert vom Rest der Welt. Sie machte noch einen Versuch. „Kennt ihr denn den Elektriker, der verurteilt wurde? Willmar Björkman?"

Er schaute sie an und lachte verächtlich. „Dieser Mistkerl hat mal einen Zähler bei uns ausgewechselt, der kam mir danach nicht mehr auf den Hof."

„Oh, warum?"

„War unverschämt." Der Mann schnäuzte sich in seine Hand, die er dann an seinem grauen Kittel abwischte. Elin bemühte sich, so wenig angewidert wie möglich zu gucken. Wenigstens war der Tropfen jetzt verschwunden.

„Wusstest du, dass er bei Berit einen Auftrag erledigt hat?"

„Nee, keine Ahnung." Er kniete nieder und setzte seinen Schraubenschlüssel an, er schien irgendetwas an der Kurbelwelle zu reparieren. „Jetzt muss ich weitermachen."

„Eine letzte Frage noch, bitte. Ich wollte deine Nachbarin Ingegard Anderberg sprechen. Wann kann ich sie antreffen, weißt du das?"

„Die kommt meist gegen fünf bis sechs nach Hause."

„Aha, zu der hast du mehr Kontakt?"

Er schaute kurz auf. „Die ist nett."

„Und Berit war nicht nett?"

„Keine Ahnung", murmelte er und wandte ihr den Rücken zu. Das Gespräch war offenbar beendet.

Elin drehte sich um und ging zu ihrem Auto. Sie rief noch ein „Danke. *Hejdå*", bekam aber keine Antwort. Sie wusste, dass die Leute im Norden oft wortkarg waren, aber der hier war eher unfreundlich gewesen. Doch nun wusste sie wenigstens, dass sie diese Ingegard nur abends erreichen würde. Sie wollte noch einen Versuch in Hummelmark machen und fuhr zum letzten Haus am Ortsausgang, zu diesem Melker. Sie ließ den Wagen in die Einfahrt zum Lattenzaun rollen und hielt auf dem Hof. Hier war alles ordentlich, es gab drei Parkplätze, der Schnee war säuberlich weggeräumt. Nichts stand oder lag herum. Auch das Haus war in einem guten Zustand, es war dunkelgrau und weiß gestrichen, eine Ausnahme von dem vorherrschenden Rot. Ein brauner Skoda Yeti stand auf einem der Parkplätze, was Elin Hoffnung machte, zumindest hier jemanden anzutreffen.

Sie nahm die drei Treppenstufen vor dem Haus und klingelte, ein fröhliches Dingdong ertönte. Es dauerte nicht lange und sie hörte Schritte. Ein älterer Mann in Cordhose und Lederweste öffnete die Tür. Er hatte eine Stirnglatze und dünne, grauschwarze Haare.

„Ja?"

Elin stellte sich vor und erklärte, worum es ging.

„Ich habe alles dazu vor Gericht gesagt." Der Mann wollte schon die Tür schließen.

Elin war fast versucht, den Fuß in den Türspalt zu schieben, aber das würde wohl nicht gut ankommen. „Entschuldigung. Darf ich eine Frage dazu stellen? Bitte."

Der Mann hielt inne und schaute sie misstrauisch an.

„Du hast doch den Lieferwagen des Elektrikers an dem Tag des Mordes vorbeifahren sehen. Gab es den Zaun damals noch nicht, oder wie konntest du den Wagen überhaupt bemerken?"

„Ich habe an dem Tag den Zaun gestrichen, stand direkt an der Einfahrt." Der Türspalt wurde kleiner.

„Und war das das erste Mal, dass du den Wagen gesehen hast?", schoss Elin ab. „Oder wie hast du ihn erkannt?"

„Stand ja groß drauf, wem er gehörte." Jetzt war die Tür zu. Elin stand verdattert davor, das war eine kurze Unterhaltung gewesen – waren die Hummelmarker alle so unfreundlich? Wenigstens machte Melkers Erklärung seine Zeugenaussage plausibel.

Als sie an der Ausfahrt zur Straße stand, schaute sie nach links zu den anderen Häusern von Hummelmark. Melker hatte also hier irgendwo gestanden und den Zaun gestrichen. Von hier konnte man tatsächlich die Einfahrt zum Grundstück der Sundquists sehen, wenn auch ein ganzes Stück entfernt. Aber wenn dort ein Auto herausfuhr, konnte man das durchaus erkennen, und wenn dieses dann hier vorbeifuhr, war es natürlich ein Leichtes, den Wagen zu identifizieren. So weit alles stimmig.

Sie überlegte sich, dass sie, bevor sie zurück nach Umeå fuhr, noch etwas anderes überprüfen könnte. Hier in Hummelmark war zurzeit niemand sonst zu erreichen, aber sie könnte zu Willmars Haus fahren und sich das einmal anschauen. Sie suchte die Adresse auf ihrem Telefon und gab sie in das Navi ein.

Es dauerte nur eine knappe halbe Stunde, dann war sie dort angelangt. Es war zwar näher an Umeå als Hummelmark, aber eher noch einsamer. Wie Willmar gesagt hatte, wohnte nur ein Nachbar auf der linken Seite. Willmars Haus war ziemlich klein, lediglich ebenerdig. Es konnte nicht mehr als zwei Zimmer haben. Dafür war das Grundstück umso größer, dort gab es noch zwei Schuppen und eine geräumige Fläche für Fahrzeuge. Willmars Autos standen beide dort, ein weißer Lieferwagen mit seinem Namen in großen Buchstaben auf der Seitenfläche und ein kleiner

Toyota. Hatte Willmar das Haus behalten? Wovon bezahlte er das? Und wer kümmerte sich darum? Ein schneller Check im Internet zeigte, dass Willmar hier immer noch gemeldet war. Wie war das denn eigentlich, wenn man im Gefängnis saß? War man da immer noch an seiner eigenen Adresse gemeldet oder im Gefängnis? Vielleicht wusste Lars das.

Auf dem Rückweg bekam sie einen Anruf von Maja. „Na, was macht meine Meisterdetektivin? Den Mörder schon gefunden?“

„Haha, schön wär's.“ Elin sah auf die Uhr, es war kurz nach drei. „Hast du keinen Unterricht?“

„Eine Stunde ist ausgefallen, da meine Kundin krank ist. Deshalb dachte ich, ich höre mal, wie es dir so geht, dort oben im hohen Norden.“

„Es gibt noch keinen Durchbruch. Die Leute hier sind nicht gerade hilfreich. Wir haben noch nichts gefunden, was unseren Klienten entlasten könnte. Außerdem ist das ein richtiges Arschloch. Und mit der Wahrheit hält er es auch nicht so genau.“ Elin erzählte von dem gestrigen Besuch im Gefängnis und den Widersprüchen in Willmars Aussagen.

„Da habt ihr wohl ein dickes Brett zu bohren. Wünsche euch viel Erfolg.“

„Danke. Wie ist es bei dir? Alles okay?“

„Ja, wie immer. Aber du fehlst mir. Die Wohnung ist leer ohne dich. Wann kommst du zurück? Erst am Wochenende?“

„Sieht so aus, dass wir schon am Donnerstagnachmittag fliegen. Wir wollen nämlich am Freitag noch mal mit dem Anwalt in Stockholm reden." Das hatten sie beim Lunch beschlossen, und Lars hatte gleich einen Termin gemacht.

„Oh, das wäre schön. Dann essen wir am Abend zusammen."

Sie verabschiedeten sich, und Elin fuhr ins Hotel, da sie noch per Telefon versuchen wollte, weitere Termine zu machen. In jedem Fall könnte sie jetzt einen Kaffee vertragen. Um acht war sie mit Lars zum Abendessen verabredet, dann wollten sie ihre Informationen austauschen. Vorher würde sie aber noch das Fitnessstudio im Hotel ausprobieren.

7

Lars hatte die Kanzlei Ek leicht gefunden, vom *Rex* war es nur ein Fußmarsch von fünf Minuten durch die Fußgängerzone von Umeå. Nummer

5A in der Rådhusesplanaden war ein mehrstöckiges Haus, in dem unten Geschäfte mit großen Schaufenstern untergebracht waren. Offenbar war dies eine beliebte Adresse für Anwälte, denn es gab noch zwei weitere in diesem Gebäude. Lars fuhr in den dritten Stock und klingelte an der Tür, an der mehrere Firmen und der Rechtsanwalt Ek gelistet waren. Nach dem Summton trat er ein. An der Rezeption saß eine Dame mittleren Alters. Sie trug einen Kopfhörer und war mit einer grünen Bluse bekleidet. Lars musste sich in eine Liste eintragen, während sie den Anwalt verständigte. Der tauchte nach einer kurzen Wartezeit aus dem Gang auf und stellte sich vor. Erling Ek war mittelgroß und etwas dicklich, Lars schätzte ihn auf Anfang dreißig. Er trug einen grauen Anzug und ein weißes Hemd, aber keine Krawatte.

Lars folgte ihm zu seinem Büro. Es war nicht besonders groß und wies rundherum Regalschränke auf, die mit Büchern und Ordnern vollgestopft waren. Der Schreibtisch war aus dunklem Holz und hatte schon bessere Tage gesehen. Auf der einen Seite stand ein Monitor, auf der anderen lag ein Stapel mit Dokumenten.

Erling nahm dahinter Platz und lud Lars ein, sich auf einen der anderen zwei Stühle zu setzen. Es waren einfache Holzstühle mit einem dünnen Sitzkissen. Lars schnappte sich den besseren von beiden, aber bequem war der auch nicht, außerdem knarrte er. Er musste an den dicken Kommissar denken – falls der einmal hierherkäme, würde der Stuhl unter der Belastung wahrscheinlich platt zusammenfallen. Instinktiv machte er sich etwas leichter.

Der Anwalt faltete die Hände und sagte: „Wenn ich das richtig verstanden habe, geht es um den Fall Björkman."

„Genau, wir versuchen, den Fall in die Revision zu bringen."

„Verstehe. Das wird nicht einfach werden, nach so langer Zeit. Der Prozess war immerhin vor fünf Jahren."

„Stimmt. Ja, wir lieben Herausforderungen." Lars grinste. „Du warst ja der Anwalt des Verurteilten. Deshalb interessiert mich deine Sicht auf die Beweise und die Gerichtsverhandlung."

Erling räusperte sich. „Also, eigentlich war ich nicht sein Anwalt."

„Wie meinst du das? Laut Gerichtsunterlagen hast du ihn verteidigt."

„Schon, ja. Ich war zu der Zeit bei der Kanzlei Frost angestellt, war mein erster Job nach dem Studium. Ich hatte bis dahin nur Büroarbeit gemacht, ich glaube ich war vorher nur einmal mit im Gericht gewesen. Die Kanzlei gehörte Torkel Frost, ich war sein einziger Mitarbeiter. Eigentlich war ich nur als Assistent in dem Verfahren vorgesehen. Aber dann musste ich als Verteidiger einspringen." Er sah Lars achselzuckend an.

„Wieso? Warum hat dein Chef das nicht zu Ende geführt?"

„Er hatte einen Unfall, eine Woche vor der Verhandlung. Ich habe versucht, jemanden anderen hier zu finden, der den Fall übernehmen könnte, das hat aber nicht geklappt. Die waren alle nicht interessiert."

Das hatte alles nicht in den Unterlagen gestanden. Aber Lars erinnerte sich, dass der Staatsanwalt eine Andeutung über den Verteidiger gemacht hatte. In jedem Fall ergaben sich daraus weitere Fragen.

„Warum waren die nicht interessiert?"

„Einige hatten viel zu tun, anderen war das zu kurzfristig. Aber ich glaube, keiner war scharf darauf, mit diesem Björkman zu arbeiten. Der hatte keinen guten Ruf."

„In welcher Beziehung?"

„Also, ich kannte ihn vorher nicht. Aber es war wirklich keine Freude mit ihm. Eigentlich hätte ich den Fall niederlegen sollen, aber ich war damals noch so unerfahren ... Dauernd hat er was anderes erzählt, und wenn ich ihn darauf ansprach, brauste er auf und hat mich beschimpft. Alles, was nicht gut lief, war natürlich meine Schuld. So einen Mandanten würde ich heute ablehnen."

Lars konnte sich das lebhaft vorstellen, das Treffen gestern hatte ihnen einen guten Eindruck davon gegeben. „Wir haben ihn gestern getroffen, war auch nicht gerade ein angenehmes Gespräch. Was war denn deine Meinung? Hat er die Tat begangen?"

„Ehrlich? Also, das ist nicht offiziell, ich werde abstreiten, dass ich das gesagt habe, falls du mich zitierst, aber ich war ziemlich sicher, dass er es war. Nicht nur, dass er ein wirklich unangenehmer Kerl war. Er hat sich außerdem ständig in Widersprüche verwickelt, auch mir gegenüber. Es war unmöglich, da eine vernünftige Linie zu fahren."

„Verstehe. Noch mal zurück zu deinem Chef, diesem Frost. Was war das für ein Unfall? Wie lange ist er ausgefallen?"

Erling machte ein ernstes Gesicht. „Der ist nie wieder zurückgekommen. Deshalb habe ich mich dann auch selbstständig gemacht. Zum Glück gab es diese Kanzlei, die ich übernehmen konnte, weil der Vorbesitzer in den Ruhestand ging."

Das erklärte die vielen Ordner – Lars hatte sich schon gewundert, wie Ek in diesen paar Jahren so viel an Unterlagen hatte anhäufen können. Und die Größe der Kanzlei ließ auch nicht gerade darauf schließen, dass die Auftragslage so gut war.

„Was war denn mit deinem Chef?"

„Ja, der lag mehrere Monate im Koma und ist dann gestorben. War gerade mal fünfzig Jahre alt."

„Verkehrsunfall?"

Erling nickte. „Ja, mit so einem Holzlaster. Nahm die Polizei wenigstens an, von den Spuren am Unfallort zu schließen. Der Fahrer hat Fahrerflucht begangen und wurde nie gefunden. Passiert hier leider öfter ...“

Das war ja ein merkwürdiger Zufall. Eine Woche vor der Verhandlung. „Hat da niemand einen Zusammenhang vermutet? Ich meine, mit der Anklage gegen Willmar?“

„Nicht wirklich. Frost hatte auch noch andere Fälle. Außerdem – was half es? Den Fahrer hatte man ja sowieso nicht identifizieren können.“

Lars machte sich Notizen. Das lohnte sich weiterzuverfolgen.

„Etwas anderes. Das Geld, das bei Willmar gefunden wurde. Dazu gab es ja verschiedene Versionen. Warum seid ihr nicht mit der ursprünglichen in das Gericht gegangen?“

Erling schüttelte den Kopf. „Das war genau das Problem. Erst hat er behauptet, er hätte das Geld im Briefkasten gefunden, wollte aber nicht sagen, wie viel. Als dann die Fingerabdrücke des Opfers darauf gefunden wurden, hat er seine Aussage geändert und gesagt, die Frau hätte ihn für seine Arbeit bar bezahlt. Die Rechnung betrug um die zweitausendfünfhundert, das kam ungefähr hin – die Differenz zu den dreitausend, die man bei ihm gefunden hatte, konnte er ja als Wechselgeld herausgegeben haben. Nur stellte sich dann heraus, dass Berit die Rechnung online bezahlt hatte, was das Ganze wieder in Frage stellte. Wir haben dann behauptet, dass Berit das irrtümlich doppelt bezahlt haben könne. Aber das war natürlich nicht besonders glaubwürdig."

„Und was war die Wahrheit?"

„Keine Ahnung. Ich wusste selbst nie, was ich ihm glauben konnte und was nicht. Ich hatte die ganze Zeit den Eindruck, dass er alles jeweils so hinbog, dass es irgendwie passte. Leider war er nicht besonders gut darin."

Das waren wirklich tolle Voraussetzungen, das musste Lars zugeben. Er fragte sich wiederum, wie viel von dem, was Willmar ihnen erzählt hatte, dann überhaupt der Wahrheit entsprach.

„Und als das Verfahren dann in die zweite Instanz ging? Konntest du dafür nicht jemand anders finden?"

„Ehrlich gesagt, hätte ich es wirklich gern vermieden, den Björkman noch mal zu verteidigen. Ich habe ihm auch nicht gerade geraten, in Berufung zu gehen. Doch er wollte es unbedingt. Ich habe ihm empfohlen, jemand anderen zu beauftragen, aber er hat keinen gefunden, war ja auch etwas schwierig aus dem Knast heraus. Ich selbst habe es ebenfalls versucht, es war aber dasselbe wie vor dem ersten Prozess. Keiner wollte, jetzt erst recht nicht, nachdem die erste Instanz schon verloren war und Willmar dort wirklich keine gute Figur gemacht hatte."

***

Der Speisesaal war nicht besonders voll, es war auch schon fast einundzwanzig Uhr, die meisten Gäste aßen wohl früher, andere waren schon gegangen. Es gab eine Suppe, Salat und eine Hauptspeise mit Pasta, Hähnchen und Spinat. Lars und Elin bestellten sich eine Flasche Rotwein dazu.

Während des Essens besprachen sie Elins Befragungen, und Lars berichtete von seinem Besuch bei dem Anwalt.

„Okay“, fasste Elin zusammen. „Ein unerfahrener Anwalt, der einen schwierigen Klienten aufgehalst bekommt. Kein Wunder, dass der Staatsanwalt leichtes Spiel hatte.“

„Ja, aber was mich irritiert, ist der Unfall des eigentlichen Verteidigers. Noch dazu mit Fahrerflucht. Ein eigenartiger Zufall.“

Elin stellte ihr Glas ab. „Du willst doch aber daraus keine Verschwörungstheorie machen, oder? Der Täter lässt Willmar erst einen Teil des Geldes zukommen, und dann fährt er dessen Anwalt über den Haufen, um sicherzustellen, dass er auch wirklich verurteilt wird?“ Sie sah ihn ungläubig an.

„Ganz schön heftig, das gebe ich zu. Trotzdem, war schon Pech für Willmar. Ich bin sicher, der erfahrene Anwalt hätte einiges mehr ausrichten können, spätestens in der zweiten Instanz.“

„Willst du da weiter nachforschen?“

„Ich denke, wir sprechen nächste Woche noch mal mit dem Kommissar. Dann klären wir das.“ Lars nahm an, dass der entweder selbst für den Unfall zuständig war oder sie weiterverweisen konnte. „Was haben wir sonst an Terminen?“

Elin öffnete den Kalender in ihrem Smartphone. „Morgen Mittag treffen wir uns mit dem Ehemann des Opfers, am späten Nachmittag können wir den Nachbarn und dieser Ingegard einen Besuch abstatten. Allerdings waren alle, die ich bislang gesprochen habe, wenig begeistert davon, sich mit mir zu unterhalten. Langsam frage ich mich, ob die Leute hier prinzipiell so ablehnend sind oder ob das am Fall liegt.“

Lars trank einen Schluck. „Ich denke, die Leute sind widerwillig, dass der Fall noch einmal aufgerollt wird. Kann ich sogar verstehen. In so einem kleinen Örtchen ist ein Mord eine schlimme Sache, die alle Bewohner direkt betrifft. Wenn dann der Mörder verurteilt wird und das Ganze abgeschlossen ist, sind alle erleichtert. Danach geht das Leben immerhin wieder halbwegs normal weiter. Und jetzt kommen wir und wollen die Verurteilung anfechten. Könnte ja dazu führen, dass der Mörder wieder freikommt, obwohl er es eigentlich war – keine schöne Vorstellung für die Leute in Hummelmark. Oder der wirkliche Täter wird nie gefasst. Oder noch schlimmer – einer von ihnen könnte unter Verdacht geraten. Also nimm es nicht persönlich.“

Elin nickte. „Du hast recht. Wir machen uns nicht beliebt mit unseren Aktivitäten. Dieser Auftrag wird immer besser: Unser Mandant ist ein Arsch, und alle anderen wollen nicht helfen. Tolle Aussichten."

Lars schmunzelte, er konnte Elin verstehen, aber man konnte sich seine Klienten nicht immer aussuchen. „Widerstände sind dazu da, überwunden zu werden. Wie ist es mit Berits Chef bei der Versicherung? Hast du den erreicht?"

„Ja, aber er kann erst am Donnerstag um zehn. Er ist morgen auf Geschäftsreise."

„Das passt doch, dann fliegen wir am Nachmittag nach Stockholm zurück." Das war Lars durchaus recht, er wusste, Lisa würde sich freuen. Die Kinder sicher auch.

Elin schien seine Gedanken gelesen zu haben. „Wie läuft das bei dir zu Hause? Alles im Lot?"

Er nickte. „Ja, es funktioniert. Wir haben eine Hilfe gefunden, die nachmittags bei uns im Haus ist. Eine ältere Dame, die einkaufen geht, den Hund rauslässt, auf die Kinder aufpasst und das Abendessen vorbereitet. So ist Lisa entlastet." Er telefonierte jeden Abend mit Lisa. Die Frau war offenbar sehr nett, sowohl Lisa als auch die Kinder mochten sie. Sie hatten schon erwogen, diese Unterstützung auch beizubehalten, wenn Lars wieder zu Hause war, zumindest einige Tage in der Woche.

„Arbeitet sie jetzt wieder ihre volle Zeit?"

„Ja, schon seit Anfang des Jahres." Nach der Chemotherapie war Lisa schrittweise in ihren Job zurückgekehrt. Sie arbeitete in der Buchhaltung bei IKEA.

„Entschuldigung, dass ich so direkt frage, aber ist sie jetzt von dem Krebs geheilt?"

Lars seufzte: wenn es doch nur so einfach wäre. „Das kann man leider nicht wissen. Die Chemo hat gut angeschlagen, aber sie muss regelmäßig zur Kontrolle. Erst nach fünf Jahren gilt es als ausgestanden, auch wenn es nie eine hundertprozentige Sicherheit gibt."

„Wie geht sie damit um?"

Lars zögerte, er sprach nicht gern darüber. Aber Elin war eine gute Freundin. „Sie ist tapfer. Es ist jedes Mal Stress, wenn das Ergebnis kommt. Aber bisher alles gut."

Elin legte ihre Hand auf seinen Arm. „Und wie ist das für dich? Ich kann mir vorstellen, dass es dich genauso mitnimmt."

Er schluckte, sie hatte ja so recht. „Manchmal denke ich, dass ich mehr darunter leide als sie. Sie ist so froh, lebend aus der Sache herausgekommen zu sein, dass sie es irgendwie schafft, sich mehr über die gewonnene Zeit zu freuen, anstatt sich viel Sorgen darum zu machen, wann es möglicherweise endet ..." Er griff nach seinem Rotwein.

Elin sah ihn verständnisvoll an. „Aber du siehst das nicht so." Es war eine Feststellung, keine Frage.

Lars trank einen großen Schluck. Dann sagte er: „Ich versuche es. Aber es fällt mir schwer. Ich will sie nicht noch einmal verlieren. Weißt du, ich war so froh, als wir nach der Trennung wieder zusammengekommen sind. Doch gleichzeitig kam diese Krankheit. Ich hatte Angst, mit den Kindern für immer allein zu sein. Dann hat sie es gut überstanden. Doch es kann jederzeit wiederkommen, und dann geht alles wieder los. Und die Chancen sind dann eher schlechter …"

„Das kann ich verstehen. Muss schlimm sein. Und du kannst nichts tun. Nur hoffen." Sie klopfte ihm auf den Arm. „Komm, wir trinken darauf."

„Was?" Lars sah sie erstaunt an. Er war verwirrt.

Elin hob das Glas. „Auf Lisa. Dass sie gesund bleibt."

„Ach so." Er lachte. „Gern."

Sie stießen an. „*Skål.*"

***

Nach dem Essen gingen sie auf ihre Zimmer, und Lars rief bei Lisa an. Sie freute sich, dass er schon am Donnerstag wieder zu Hause sein würde.

„Was machen die Kinder?"

„Die sind endlich im Bett. Sie haben wieder SIMS gespielt und konnten gar nicht aufhören. Ich musste sie dreimal ermahnen.“ Stina hatte das Spiel zu Weihnachten bekommen und nun auch Olivia damit angesteckt. Inzwischen wünschte die Kleine sich das Spiel ebenfalls, allerdings hatte sie noch keinen eigenen PC. Den würde sie aber nach dem Sommer sowieso brauchen, wenn sie in die weiterführende Schule wechselte.

„War Stina zum Fußball?“

„Nein, wieder nicht. Sie ist immer noch der Meinung, nicht mehr weitermachen zu wollen. Ich habe gesagt, dass sie ja erst einmal bis zum Sommer eine Pause machen kann. Wenn sie dann im Herbst immer noch nicht will, können wir sie ja abmelden.“

„Gute Lösung. Ich fände es wirklich schade, wenn sie aufhört.“ Stina war eine richtig gute Stürmerin, sie schoss in fast jedem Spiel ein Tor. Es war toll, wie sie mit dem Ball umging. Ihre große Tochter war ein bisschen draufgängerisch, was ihr beim Fußball zugutekam. Olivia war eher ängstlich, das hatte sie wohl von Lisa geerbt …

„Ja, geht mir genauso. Aber wir können sie ja nicht zwingen.“

„Wie geht es mit deiner Hilfe? Funktioniert das?“

„Ja, super. Frida ist nett und zuverlässig. Und die Kinder mögen sie. Zum Glück.“

Sie sprachen noch eine Weile, bevor sie sich „Gute Nacht“ wünschten. Lars legte auf und machte sich bettfertig. Morgen Vormittag hatten sie keine Termine, erst zum Lunch. Er wollte etwas Büroarbeit erledigen und außerdem seine Gedanken zu dem Fall noch einmal sortieren. Das Ganze wurde komplizierter, als er erwartet hatte.

8

Tor Sundquist war ein großer, kräftig gebauter Mann, was durch die Polizeiuniform und die Ausrüstung noch verstärkt wurde. Sein Bauch wölbte sich ordentlich über den Gürtel. Langsam fragte sich Elin, ob es an diesem Fall lag oder ob die Männer im Norden generell größer als im Rest von Schweden waren. Weil sie ja sowieso schon eine zierliche Statur hatte, fühlte sie sich gegenüber den meisten Zeugen hier wie ein Zwerg.

Sie hatten sich im Hotel *Björken* verabredet, in dem es unten ein Restaurant gab. Dort wollten sie zusammen Lunch essen. Das hatte Lars nicht so gefallen, er fand wohl, dass das die falsche Atmosphäre für das Gespräch war. Aber was sollte Elin machen? Tor hatte es vorgeschlagen, weil er sonst keine Zeit hatte. Sein Kollege hatte etwas in dem nahe gelegenen Universitätskrankenhaus zu erledigen, sodass Tor eine halbe Stunde Mittagspause zur Verfügung hatte. Der Polizeiwagen stand draußen auf dem Parkplatz.

Das Restaurant bot ein Lunchbüfett mit reichlich Auswahl an Salaten und drei verschiedenen Hauptgerichten an; Elin hatte sich für das gebratene Dorschfilet entschieden, was sie nicht bereute. Lars hatte das Gleiche genommen, während Tor Lammfrikadellen mit Bratkartoffeln auf dem Tablett an den Tisch brachte. Er setzte sich und fing sofort an zu essen. Elin starrte ihn perplex an – seinen Hunger in allen Ehren, aber man konnte doch wenigstens vorher das Gespräch beginnen, oder? Lars sah sie an, zuckte die Schultern und machte sich ebenfalls über seine Mahlzeit her. Okay, also erst essen, dann reden. Der Fisch war gut, die Beilagen okay – insgesamt allerdings nicht mit der Qualität des *Rex* vergleichbar.

Als Tor fertig war – keine zehn Minuten hatte es gedauert –, schob er den Teller zur Seite und sagte: „Also, ihr wollt über den Mord an meiner Frau reden?"

Lars kaute gerade mit vollem Mund, deshalb antwortete Elin. „Genau, wir wollen noch einmal überprüfen, ob damals der richtige Mann verurteilt wurde."

„Klar wurde er das.“ Tor starrte sie intensiv an. Er hatte ein kantiges Gesicht, glattrasiert. Die Haare waren kurz geschnitten, fast wie ein Militär-Haarschnitt.

„Warum bist du so überzeugt?“, fragte Elin.

Er zählte die Argumente auf, die sie nun schon mehrmals gehört hatten, und Elin ging nicht weiter darauf ein. Sie fragte nur nach dem Bargeld – warum sie so viel im Haus gehabt hatten. Tor antwortete, sie hätten nicht damit gerechnet, dass es jemand wagen würde, bei einem Polizisten einzubrechen.

Lars hatte sein Essen unterbrochen und fragte: „Gab es denn Leute, die einen Grund gehabt hätten, auf deine Frau sauer zu sein?“

Tor hielt inne, er schien zu überlegen. „Nein. Nichts, was zu einer solchen Tat hätte führen können.“

„Aber das heißt, es gab schon Leute, die nicht so gut auf deine Frau zu sprechen waren?“

„Na, wir haben ja alle mal Meinungsverschiedenheiten. Und meine Frau hatte Rückgrat, die ließ sich nichts gefallen.“

Elin fragte nach Beispielen, aber Tor sagte, dass ihm jetzt gerade nichts einfalle.

„Irgendetwas muss es doch aber geben, sonst hättest du sie nicht so beschrieben.“ Elin blieb dran.

Tor lehnte sich zurück und trank von seinem Wasser. „Ja, gegenüber ihrem Chef zum Beispiel. Der hatte etwas dagegen, dass Berit einen Tag in der Woche von zu Hause arbeitete. Das hat sie dann trotzdem durchgesetzt, ich glaube, als Einzige in der Abteilung."

„Verstehe." Elin machte sich eine Notiz. Das sollten sie morgen bei Berits altem Chef ansprechen.

„Ich nehme an, dass du Alleinerbe warst, oder gab es noch andere, die etwas bekamen?"

Tor verzog das Gesicht. „So viel gab es nicht zu erben. Unser Haus, dann etwas Geld, das Berit von einer Tante geerbt hatte. Davon habe ich ihrem Bruder noch einen Teil abgegeben."

„Aha, Berit hatte also noch einen Bruder?", warf Lars ein. Elin wunderte sich ebenfalls, davon hörte sie zum ersten Mal.

„Ja, Yngve Fingers, der wohnt hier in Umeå."

„Aber der hat eigentlich nichts geerbt?"

„Na, nicht direkt von Berit. Aber wie gesagt, Berit hatte selbst etwas Geld und eine alte Kate geerbt. Das war noch nicht ausgezahlt worden, und Yngve war der Meinung, dass ihm davon ein Teil zustehen würde. Das habe ich ihm dann geschenkt."

„Wie viel war das?"

„Die Erbschaft? Knapp hunderttausend auf dem Konto und dann die Kate, die etwas heruntergekommen war. Habe ich für dreihunderttausend verkauft. War in der Nähe von Bjurholm, das ist 70 Kilometer von hier, mitten in der Landschaft. War nicht gerade begehrt und hat über ein Jahr gedauert, bis ich einen Käufer gefunden habe. Ist hier ja nicht wie in Stockholm."

„Und wie viel hat dann der Bruder bekommen?“

„Ich habe ihm die Hälfte vom Verkaufserlös gegeben, war er zufrieden mit.“

„Was hatte Berit denn mit ihm abgesprochen?“, fragte Elin.

Tor zögerte. „Na, die waren noch am Diskutieren. Die Tante war ja erst kurz vor Berit gestorben ...“ Er sah auf die Uhr. „So, Leute, war nett mit euch zu plaudern, aber jetzt muss ich wieder los.“

„Eine Frage noch: Gab es eine Lebensversicherung?“

Tor verneinte und stand auf. Sie bedankten sich für das Gespräch und verabschiedeten sich.

Elin setzte sich wieder und sah Lars fragend an. „Was hältst du von der Kiste mit der Erbschaft?“

„Kann natürlich ein Zufall sein, aber es ist schon merkwürdig, dass Berit zum Zeitpunkt ihres Todes offenbar im Begriff war, an eine größere Summe zu kommen. Auch wenn vierhunderttausend ja nicht gerade ein Riesenvermögen sind, aber hier oben kriegt man schon einiges dafür.“

„Ja, und es gibt offensichtlich nur zwei Personen, die nach ihrem Tod etwas davon gehabt hätten – ihr Mann und ihr Bruder.“

„Genau, mit dem Bruder sollten wir unbedingt sprechen. Der ist ja bisher noch gar nicht in Erscheinung getreten.“

Elin nickte. „In den Unterlagen wird er nicht einmal erwähnt.“

Sie holten sich einen Kaffee und ein paar Kekse vom Büfett. Lars nahm einen ersten Schluck und sagte: „Langsam werden es ein bisschen viele Zufälle: erst die Geschichte mit dem Anwalt, der plötzlich verunglückt, und jetzt eine Erbschaft für das Opfer ..."

Das stimmte, aber Elin konnte nicht so richtig einen Zusammenhang erkennen. Es sei denn, der Ehemann hatte erst Berit umgebracht oder vielmehr jemanden anderen dafür engagiert, denn er hatte ja ein Alibi, und dann auch noch den Unfall des Anwalts verursacht. Und das alles als Polizist ...

„Du meinst, der Ehemann könnte für beide Morde verantwortlich sein?"

„Den will ich in jedem Fall nicht von der Liste streichen. Aber wie gesagt, dann müsste die Ehe schon vorher nicht mehr gut gewesen sein – das Geld reicht mir nicht als Motiv."

„Warum hast du ihn nicht gleich danach gefragt?"

„Das hätte wohl nichts gebracht, da hätte er nur gesagt, dass alles prima war. Es ist besser, ihn darauf anzusprechen, wenn wir schon etwas von anderer Seite darüber gehört haben. Ich hoffe, wir finden jemanden, der uns etwas über ihr Verhältnis erzählt. Entweder der Bruder oder die Nachbarn."

Elin nickte, das wäre wichtig. Aber bei den Nachbarn war sie da eher skeptisch, sie fürchtete, dass die Leute in Hummelmark alle so abweisend sein würden wie die zwei, die sie bereits getroffen hatte. „Stimmt schon, irgendwie hat er ja nicht viel erzählt."

„Nein, nur das Nötigste.“

Nach dem Essen fuhren sie zurück ins Hotel. Elin ging auf ihr Zimmer und klappte ihren Laptop auf. Sie dachte an den letzten Abend zurück, das persönliche Gespräch mit Lars. Es war schön gewesen, dass er mit ihr über seine private Situation gesprochen hatte. Das war ein deutlicher Vertrauensbeweis. Es war ihr völlig klar, dass Lars darüber nicht mit vielen redete, wahrscheinlich nicht einmal mit Tobias, obwohl sie schon seit acht Jahren zusammenarbeiteten. Lars und Elin waren eben mehr als nur Kollegen und Partner, und das freute sie.

Sie fuhr ihren Laptop hoch, sie wollte versuchen, den Bruder von Berit ausfindig zu machen und telefonisch zu erreichen. Am späten Nachmittag würden sie dann nach Hummelmark fahren, um mit den Beckmans und mit Ingegard Anderberg zu sprechen.

9

Es war stockdunkel, als sie in Hummelmark eintrafen. So konnten sie leicht erkennen, wo jemand zu Hause war. Das Haus der Beckmans war hell erleuchtet. Lars parkte seinen Volvo neben einem weißen VW Amarok.

Nach dem Klingeln wurde die Tür von einer Frau in Jeans und Sweatshirt geöffnet. „Ja?“ Sie hielt ein kleines Mädchen zurück, das versuchte, an ihr vorbei auf die Besucher zuzustürzen. „Ella, warte.“

Lars stellte sich und Elin vor und bat um ein kurzes Gespräch.

„Worum geht es denn?“ Die Frau runzelte die Stirn. Sie war Anfang dreißig und hatte schulterlange blonde Haare.

Lars erklärte, was sie wollten. Die Frau schaute skeptisch, aber bat sie schließlich herein – es blies ein kalter Wind, und die Kleine drängte nach wie vor nach draußen.

„Åke, kommst du mal?“, rief sie die Treppe hoch. „Ich bin Inga“, sagte sie zu ihnen. „Wir können uns hier an den Tisch setzen.“ Sie wies auf einen runden Tisch im Wohnzimmer und schob Zeitungen und Post, die dort lagen, zur Seite. „Wollt ihr etwas trinken?“

Sie lehnten beide dankend ab. Das Wohnzimmer war einfach und funktionell eingerichtet. In einer Ecke lag diverses Spielzeug. Das kleine Mädchen sprang dorthin und schnappte sich eine große Puppe. Als sie sich gesetzt hatten, kam der Ehemann die Treppe herunter und begrüßte sie ebenfalls. Er schien gerade geduscht zu haben und hatte noch nasse Haare. Inga erklärte ihm, worum es ging.

„Ja, das war eine schlimme Sache", war sein Kommentar.

„Wie gut kanntet ihr die Berit? Ihr wart ja schließlich Nachbarn", fragte Elin. Die kleine Ella stand neben ihr und sah sie mit großen blauen Augen an, die Puppe fest im Arm. Ein niedliches Mädchen, fand Elin, mit ihren hellblonden Locken. Wie alt mag sie sein? Vielleicht vier Jahre alt.

Die beiden Eltern sahen sich an, Åke zuckte die Schultern. „Wenig. Eigentlich nur vom Sehen."

„Habt ihr euch nie mal unterhalten?" Elin guckte ungläubig.

„Nur über das Wetter und so ...", sagte der Mann.

Inga setzte an, etwas zu sagen, blieb dann aber still und räusperte sich nur. Lars merkte das und wandte sich an sie: „Inga, hattest du mehr Kontakt zu ihr?"

Die Frau sah ihren Mann an. „Da war die Sache mit dem Schuppen ..." Åke reagierte nicht.

„Was war mit dem Schuppen?"

„Das war nichts", sagte Åke.

„Erzählt doch ruhig. Worum ging es dabei? Gab es Ärger?“ Lars hatte das deutliche Gefühl, dass dies für die beiden ein unangenehmes Thema war.

„Den haben sie direkt an den Zaun gebaut. Nimmt meinem Gemüsebeet die ganze Sonne.“ Inga schien immer noch entrüstet zu sein.

Åke schüttelte den Kopf. „Ja, aber die Grenze verläuft nicht gerade, sondern hat an der Stelle eine Ausbuchtung. Von daher haben die Sundquists die erforderlichen viereinhalb Meter Abstand eingehalten. Der Zaun steht falsch. Es gab für uns keinen Grund zur Klage.“

„Ja, das hat sie uns ja genüsslich erklärt. Trotzdem, sie hätte doch wenigstens vorher mal mit uns reden können ... Außerdem haben die ein Riesengrundstück, der Schuppen hätte auch leicht woanders stehen können.“

„Wer hat das erklärt? Berit?“

Inga nickte. „Man soll ja nicht schlecht über Tote sprechen, und es tut mir wirklich leid, was ihr passiert ist, aber nett war die nicht.“

„Wie äußerte sich das? Gab es noch andere Beispiele?“

„Über unsere Katze hat sie auch dauernd gemeckert.“ Inga warf den Kopf zurück, ihr Mann hatte sich zurückgelehnt und die Arme verschränkt. Er wollte offenbar nichts dazu beisteuern.

„Warum? Was war mit der Katze?“

„Nichts. Berit wollte einfach nicht, dass sie auf ihrem Grundstück herumlief. Dabei hat sie gar nichts gemacht."

„Das heißt, wenn es zu einem Gespräch kam, dann ging es um nachbarschaftliche Probleme?"

„So kann man das ausdrücken." Inga presste die Lippen zusammen.

„Aber das waren keine großen Sachen, so Kleinkram halt", warf Åke ein.

Elin mischte sich ein. „Hatten noch andere Leute in Hummelmark Probleme mit Berit? Große oder kleine?"

Die Beckmans sahen sich an. „Gut möglich", sagte Inga. „Aber davon weiß ich nichts. Du?" Sie sah ihren Mann fragend an, der nur mit den Schultern zuckte.

„Wie ist es mit ihrem Mann Tor? Habt ihr Kontakt zu ihm?"

„Nicht wirklich. Aber er ist nett, hat sich auch aus den Streitereien rausgehalten. Wenn ich ihn darauf angesprochen habe, hat er immer nur auf Berit verwiesen."

„Hatte Berit zu Hause also die Hosen an?"

„Bestimmt." Inga lachte. „Kann ich mir gar nicht anders vorstellen."

„Wie war das Verhältnis zwischen den beiden? Habt ihr davon etwas mitbekommen? Gab es mal Streit? Oder war alles eitel Sonnenschein?"

Inga zuckte die Schultern. „Keine Ahnung. Man hat sie nicht oft zusammen gesehen. Eigentlich immer nur einen. Aber wie gesagt, die Grundstücke sind groß hier – man kriegt nicht wirklich mit, was nebenan passiert."

„Von dem Mord auch nicht?"

„Wir waren beide arbeiten, Ella war noch nicht geboren. Erst am Abend bemerkten wir die Polizeiwagen. Und dann kam ja auch ein Polizist und hat uns befragt. Aber wir konnten dabei nicht helfen."

Lars stand auf und bedankte sich. Åke verabschiedete sich und stieg wieder die Treppe hinauf. Beim Herausgehen fragte Inga: „Gibt es denn Zweifel daran, wer der Täter war?"

Lars blieb stehen, was sollte er darauf sagen? „Wir sind noch ganz am Anfang. Wir haben ein paar neue Fakten gefunden, aber bis jetzt gibt es nichts, was eine Revision rechtfertigen würde."

Das schien Inga zu genügen, sie sagte: „*Hejdå*".

Draußen im Wagen meinte Elin: „Scheint besser zu sein, wenn du als Norrländer dabei bist, zumindest die Frau war ja richtig mitteilsam."

Lars grinste. Er wusste, dass er im Norden immer wieder in seinen Dialekt verfiel, schließlich hatte er hier einen großen Teil seiner Kindheit verbracht. Sein Vater lebte nicht weit von hier. Lars hatte schon überlegt, einen Abstecher zu ihm zu machen, vielleicht in der nächsten Woche.

„Was ich interessant fand, waren die Aussagen zum Opfer", setzte Elin fort. „Würde mich nicht wundern, wenn wir noch weitere Personen finden, die einen Groll auf sie hegten."

„Wie sagte Tor heute Mittag? Sie hatte ordentlich Rückgrat ..."

„Nach dem, was die Beckmans erzählt haben, scheint mir das eine sehr positive Umschreibung für eine Zicke zu sein."

Lars lachte. „Ja, alles eine Frage der Perspektive. Wohin jetzt? Zu dieser Ingegard?"

Elin nickte und wies ihm den Weg zu dem Haus mit dem Satteldach, in dem ebenfalls Licht brannte.

Ingegard Anderberg öffnete sofort nach dem Klopfen. „Aha, ja, wir hatten telefoniert. Aber ich kann nicht viel dazu sagen."

Ingegard war bestimmt schon sechzig Jahre alt und hatte graue gewellte Haare und eine braune Hornbrille. Sie trug eine hellgraue Bluse mit Schleife und einen dunkelgrauen Faltenrock. Sie sieht aus wie eine Lehrerin alten Schlages, dachte Lars und lag damit genau richtig, wie sich herausstellen sollte. Sie wandte sich um und ging ins Haus, sie lief etwas vornübergebeugt. Lars schaute Elin an – war das eine Einladung? Elin zuckte mit den Schultern und trat ins Haus, Lars folgte. Wie es sich gehörte, zogen sie die Schuhe aus und gingen durch den kurzen Flur ins Wohnzimmer. Alles war sehr altmodisch eingerichtet, dunkle Holzmöbel, kleine weiße Strickdeckchen überall und ein großer Kronleuchter an der Decke.

Ingegard hatte sich an den Tisch gesetzt, vor ihr stand ein Teller mit Bratkartoffeln und Ei.

„Ich bin gerade beim Essen, ich muss nämlich gleich noch mal weg“, entschuldigte sie sich. „Aber wir können uns ja währenddessen kurz unterhalten.“ Sie stach mit ihrer Gabel in eine Kartoffel und schob sie in den Mund.

Lars war überrascht, dass sie ihnen nicht wenigstens ein Glas Wasser anbot. Es war deutlich zu spüren, dass sie nicht besonders willkommen waren.

„Du bist gerade von der Arbeit gekommen?“, fragte Elin.

„Ja“, antwortete Ingegard, genüsslich kauend. „Ich bin Lehrerin für Englisch und Geschichte. Heute Abend gebe ich noch einen Kurs an der Volkshochschule. Englisch für Erwachsene.“

„Gut, wir wollen nicht lange stören“, sagte Lars. „Uns interessiert deine Zeugenaussage in dem Prozess gegen Willmar Björkman. Du hattest ausgesagt, dass du Kenntnis von dem Geld in Sundquists Haus hattest.“

„Stimmt, aber nicht wie hoch die Summe genau war.“ Sie mampfte weiter.

„Was hast du denn geglaubt, wie viel es war?“

„Keine Ahnung. Eigentlich dachte ich, dass es mehr als die zwanzigtausend waren ...“

„Warum?“

Sie zuckte mit der linken Achsel. „Die Leute bauschen halt immer alles etwas auf.“

„Von wem hattest du es denn gehört?“

Die Lehrerin schluckte den Bissen hinunter. „Das weiß ich nicht mehr, irgendwie haben alle darüber geredet.“

„Alle in Hummelmark? Oder darüber hinaus.“

„Ich meine, in Hummelmark. Aber gut möglich, dass es noch mehr Leute wussten.“

Elin lehnte sich vor. „Es war also Allgemeinwissen?“

Ingegard nickte. „Ja, ich glaube, mich zu erinnern, dass die Sundquists kein Geheimnis daraus machten. Die meinten wohl, dass ein Polizistenhaus sakrosankt sei. Aber heutzutage ist eben nichts mehr sicher ...“ Sie aß den Rest ihrer Mahlzeit.

„Hatten die Sundquists denn viel Kontakt zu den anderen Bewohnern von Hummelmark?“

„Man trifft sich halt gelegentlich. Zu Mittsommer feiern alle zusammen.“

„Ich habe gehört, dass sie nicht besonders beliebt waren.“

Sie blickte überrascht auf. „Ja? Vielleicht Berit, sie konnte sehr direkt sein. Ich hatte keine Probleme damit.“ Sie stand auf und hob ihren Teller hoch. „So, genug geredet. Jetzt muss ich mich sputen.“ Sie trug Teller und Besteck in die Küche. Lars hörte, wie sie alles in die Geschirrspülmaschine einräumte. Das Gespräch war offensichtlich beendet.

Er rief *Hejdå* und zog im Flur seine Schuhe wieder an. Ingegard murmelte eine Verabschiedung, Elin sagte nichts.

Draußen im Auto sah sie ihn an: „Jetzt weißt du, was ich meine, oder?“

„Ja, die war wirklich überaus zuvorkommend.“

„So war es gestern mit allen ... Die bisher einzige Ausnahme waren die Beckmans.“

Lars beobachtete, wie Ingegard ihr Haus abschloss, vornübergebeugt zu ihrem roten Subaru XV ging und wegfuhr. Sie würdigte sie keines Blickes.

„Lass uns noch mal diesen Melker besuchen. Ein zweiter Versuch schadet nicht, und heute treten wir zusammen auf. Mir ist da nämlich ein Gedanke gekommen.“ Er ließ den Motor an.

Elin sah ihn fragend an. „Was meinst du?“

„Naja, einen Zaun streicht man ja nicht nur einmal. Erst wird grundiert, danach vorgestrichen und dann zweimal die Deckfarbe aufgetragen. Und jedes Mal wartet man normalerweise mindestens bis zum nächsten Tag mit dem Malen. Das bedeutet, der gute Melker hat wahrscheinlich innerhalb einer Woche bis zu viermal den Zaun gestrichen. Vielleicht hat er sich mit dem Tag vertan, an dem er Willmar gesehen hat.“

„Du meinst, er könnte Willmar gesehen haben, als der die Leitung im Haus bei Berit angebracht hat? Das war fünf Tage vorher, das könnte passen.“ Elin pustete aus. „Puh, das wäre aber ein grober Fehler.“

„Ja, ich weiß, ist nur so eine Idee.“

Lars fuhr bis zum Ortsausgang und bog rechts in den Hof hinter dem Lattenzaun ein. Im Hof brannte eine Lampe, aber im Haus war alles dunkel, ein Auto war auch nicht zu sehen.

„Ich fürchte, der ist nicht da“, konstatierte Elin enttäuscht. „Soll ich trotzdem klingeln?“

„Ja, probiere mal. Vielleicht hält er sich in einem der hinteren Räume auf und hat vorne das Licht ausgeschaltet.“

Elin stieg aus, Lars folgte, blieb aber vor der Treppe stehen; eigentlich glaubte er nicht, dass jemand im Haus war. Das Dingdong ertönte, aber nichts rührte sich. Elin klingelte noch zweimal, aber ohne Erfolg.

„Wir versuchen es nächste Woche noch einmal.“

Lars drehte sich um, und sie fuhren ins Hotel zurück.

10

Um zehn Uhr hatten sie einen Termin bei dem ehemaligen Chef von Berit, Jesper Westerdahl. Vom Hotel aus war es lediglich ein Fußweg von zehn Minuten. In Umeå lag alles dicht beisammen, das war wirklich praktisch. Berit hatte in der Filiale von Trygg-Hansa gearbeitet, einer der größten Versicherungen in Schweden. Das Umeå-Büro war zusammen mit zwei anderen Firmen in einem großen vierstöckigen Gebäude in der Döbelnsgatan untergebracht.

Elin schritt durch die Eingangstür, die Lars ihr aufhielt. Er hatte wohl heute seinen zuvorkommenden Tag. Sie fuhren mit dem Lift in die zweite Etage, wo sie sich an der Rezeption anmeldeten. Kurz darauf kam ein großer, schlanker Mann auf sie zu. Elin schätzte ihn auf Mitte vierzig. Er trug einen grauen Anzug und ein hellrotes Hemd.

„*Hej*. Ihr seid die Detektive." Er lächelte sie an, sein Gesicht war rasiert, die Frisur kurz und modern. Er sah aus wie ein typischer Versicherungsvertreter – der Mann deines Vertrauens ...

Sie stellten sich vor und folgten ihm in sein Büro.

Er bot ihnen ein Glas Wasser an und fragte: „Es geht noch einmal um Berit, habe ich verstanden." Er runzelte leicht die Stirn und schob seine randlose Brille auf der Nase zurück. „Womit kann ich helfen?"

Elin beobachtete den Mann, während Lars ihr Anliegen erklärte. Jesper hörte aufmerksam zu und hob nur leicht die Augenbrauen, als Lars über ihren Fall erzählte.

„Deshalb sind wir jetzt interessiert, etwas darüber zu erfahren, wie es hier auf der Arbeit für Berit war. Du warst damals auch ihr Chef, stimmt das?", fragte Lars.

Jesper nickte. „Ja, ich hatte die Abteilung ein halbes Jahr vor ihrem ..., ja, also, ihrem Abgang übernommen."

„Was wird in der Abteilung gemacht?", fragte Elin.

„Wir sind für die Schadensbearbeitung zuständig, für alle Versicherungsverträge. Wir haben ein Dutzend Mitarbeiter, die in den verschiedenen Sachgebieten arbeiten, also: Auto-und Krankenversicherungen, Lebens- und Unfallversicherungen sowie Sachversicherungen."

„Und Berit, welche Aufgaben hatte sie?"

„Sachversicherungen."

„Gab es da in diesem halben Jahr vor ihrem Tod irgendeinen besonderen Fall?"

Jesper lehnte sich zurück und sah an die Decke. „Oh, da muss ich überlegen, das ist ja schon so lange her." Wieder schob er die Brille den Nasenrücken hinauf.

„Nein, ich kann mich nicht erinnern, dass es da etwas Besonderes gab. Vielleicht solltet ihr darüber mit ihrer Kollegin Gertrud sprechen, die saß mit ihr in einem Zimmer. Auch wenn die beiden sich nicht immer gut verstanden haben ..."

Elin machte sich eine Notiz, Lars fragte: „Ihr habt also kein Großraumbüro?"

„Nein, unsere Büros sind für zwei bis drei Mitarbeiter, da sind wir traditionell. Es geht ja auch viel um vertrauliche Daten, da sollte nicht jeder alles mitbekommen."

„Wie war Berit so als Mitarbeiterin? Irgendwelche Probleme?"

Jesper schüttelte den Kopf. „Nein. Aber wie gesagt, sie war ja nur ein halbes Jahr hier, während ich ihr Chef war."

„Vorher kanntest du sie nicht?"

„Nein, ich bin aus Sundsvall und habe dort vorher für eine andere Versicherung gearbeitet. Ich habe hier vollständig bei null angefangen." Sein Handy, das auf dem Schreibtisch vor ihm lag, summte. Jesper schaute auf das Display, lehnte den Anruf dann aber ab.

Elin blätterte in ihrem Block. „Ihr Ehemann erzählte uns, es habe einen Streit wegen der Heimarbeit gegeben." Sie sah ihn an.

„Ja, aber Streit ist zu viel gesagt. Berit hatte auf ihrem angestammten Recht bestanden, einen Tag pro Woche von zu Hause aus zu arbeiten." Er brach ab.

„Und das war dir nicht recht?"

„Ich fand es wichtig, die Abteilung zu einem Team zu machen, und wollte daher insbesondere in meiner Anfangszeit, dass alle möglichst oft hier vor Ort waren.“

„Was kam dabei heraus?“

„Alle haben mitgemacht, bis auf Berit. Die war zu keinem Kompromiss bereit.“

„Konntest du sie denn nicht verpflichten, hier zu arbeiten?“

„Es gab so eine Firmenregel, die es jedem Mitarbeiter zugestand, einen Tag pro Woche das Homeoffice zu nutzen. Inzwischen wurde das geändert, sodass der direkte Vorgesetzte da mehr Einflussmöglichkeit hat.“

„Du erwähntest, dass sie sich mit ihrer Kollegin nicht gut verstanden hat – was war das Problem?“

„Ach, lauter Kleinigkeiten. Es gab nicht das eine große Problem – wenigstens nicht soweit ich weiß. Aber es gab viel kleinen Hickhack. Ich kann mich gar nicht mehr erinnern, worum es da im Einzelnen ging. Am besten fragt ihr Gertrud selbst.“

„Gab es noch Probleme mit anderen Kollegen?“

„Mit Berit? Nein, aber sie war nicht besonders beliebt. Das habe ich hinterher aus einigen Gesprächen mitbekommen. Warum, weiß ich nicht genau. Wahrscheinlich war sie einfach nicht so der soziale Typ. Sie hat offenbar auch schnell mal losgemeckert, wenn etwas nicht so lief, wie sie wollte. Also, nicht in meinem Beisein, aber das haben mir die Kollegen erzählt, insbesondere Gertrud."

„Und Gertrud? Hat sie auch Probleme mit anderen?"

Er lachte. „Ach so, du meinst, dass da die zwei schwierigen Personen im Team zusammensaßen. Nein." Er schüttelte den Kopf. „Gertrud ist recht beliebt, mit der neuen Kollegin versteht sie sich auch ausgezeichnet ..."

„Können wir diese Gertrud mal sprechen? Ich nehme an, sie sitzt in einem der Büros nebenan?", fragte Lars.

„Stimmt. Ja, im Prinzip ja, aber heute ist sie auf einer Fortbildung. Morgen hat sie sich freigenommen. Montag ist sie wieder zurück."

Lars sah Elin an. „Dann kommen wir nächste Woche noch mal wieder. Montag oder Dienstag?"

„Dienstag ist besser. Weiß noch nicht, wann genau wir am Montag wieder herkommen", antwortete Elin.

Jesper tippte an seinem PC. „Ich schreibe ihr eine entsprechende Notiz. Ich empfehle euch, sie am Montag anzurufen, um den Termin abzumachen. Sie hat die Durchwahl 32." Er reichte Elin eine Visitenkarte. „Hier ist meine Karte. Da ist meine Nummer drauf, ihr müsst nur die letzten beiden Ziffern ersetzen. Also statt der 20 die 32."

Elin machte sich eine Notiz auf der Rückseite. „Gut, ich melde mich am Montag bei Gertrud." Sie steckte die Karte ein. „Eine andere Frage habe ich noch. Der Mord ist ja an einem Dienstag passiert, im Laufe des

Vormittags. Sollte Berit an dem Tag nicht ins Büro kommen?“

„Nein, das war ihr Heimbürotag. Deshalb haben wir auch nicht gleich bemerkt, dass etwas passiert war.“

„War dieser Arbeitstag zu Hause immer am gleichen Tag? Also jeden Dienstag?“

Jesper schien zu überlegen. „Ich glaube, normalerweise war es Dienstag, aber es konnte auch mal ein anderer Tag sein, zum Beispiel wenn wir eine Abteilungssitzung hatten oder wenn Berit einen anderen Tag vorzog.“

„Danke.“ Elin schrieb das ebenfalls auf.

Lars zückte seine Visitenkarte, die er Jesper übergab. „Falls dir noch etwas einfällt, das wesentlich sein könnte. Vielen Dank für das Gespräch.“

Sie verabschiedeten sich und gingen die Treppe hinunter. „Die gute Berit war wohl nicht gerade eine Heilige ...“, sagte Elin.

„Nein, es scheint sich zu bestätigen, was die Beckmans uns erzählt haben. Sie war offenbar etwas schwierig. Aber ich kann nicht sehen, wie uns das weiterbringt. Alles, was wir bisher gehört haben, reicht lange noch nicht für ein Mordmotiv.“

„Mal sehen, was die Kollegin uns nächste Woche berichtet. Vielleicht gibt es da doch noch schlimmere Konflikte.“

Lars zuckte die Achseln. Elin war auch nicht allzu optimistisch. Aber vielleicht hatte Berit mit dieser Gertrud auch mal über Persönliches gesprochen, dann könnte sich eine Spur auftun. Und wenn es nur dazu diente, dem Ehemann von Berit ein paar Tatsachen vorhalten zu können, die er nicht einfach so abtun konnte. Schließlich war er bislang der einzige Verdächtige, den sie außer Willmar hatten.

Nachdenklich verließen sie das Gebäude. Elin war froh, dass sie zumindest einige Anhaltspunkte hatten, wie sie weiter vorgehen konnten. So war es ihnen wenigstens möglich, Edvard morgen eine Perspektive zu präsentieren.

Sie gingen zurück zum Hotel. Es hatte angefangen zu schneien, und der Wind wirbelte die Flocken in der Luft herum. Elin setzte ihre Kapuze auf und schloss den Reißverschluss bis oben. Gleich mussten sie packen und auschecken. Dann würden sie noch einen Lunch einnehmen, wahrscheinlich wieder bei *Rex*. Danach würden sie zum Flughafen fahren, ihr Flug ging um halb vier. Elin freute sich auf Maja und ihre Wohnung. Hotel war auf die Dauer nicht so lustig. Aber Montag würden sie wieder hierherkommen, für eine neue Woche der Ermittlungen. So richtig motiviert war sie irgendwie nicht.

11

Edvard empfing sie an der Rezeption der Anwaltskanzlei und führte sie ins Konferenzzimmer, das sie nun schon gut kannten. Kaffee und Wasser standen bereit. Lars legte seinen Block auf den Tisch.

„Na, wie ist es gelaufen?“ Edvard sah sie gespannt an.

„Wir sind erst noch am Anfang. Bisher haben wir noch keinen wirklichen Angriffspunkt gefunden, der uns einer Revision näherbringen könnte.“ Lars wollte keine großen Hoffnungen schüren.

„Aber ein paar neue Fakten haben wir trotzdem zutage gefördert“, warf Elin ein.

„Erzählt mal“, forderte Edvard sie auf.

Elin berichtete über das Treffen mit Willmar, wobei sie mit ihrer Antipathie nicht hinterm Berg hielt. Sie erwähnte auch die Tatsache, dass Willmar entgegen seiner Aussage im Haus von Berit am Sicherungskasten gearbeitet hatte und dass genau dort der Mord passiert war. Außerdem sprach sie über die ablehnende Haltung der Hummelmarker und die Erklärung des wichtigsten Zeugen, dass er den Lieferwagen von Willmar gesehen hatte, als er an dem

Tag des Mordes damit beschäftigt war, den Zaun zu streichen.

Edvard verzog das Gesicht. „Dann wird es schwierig, seine Aussage zu erschüttern."

„Ich fürchte ja, insbesondere da er offenbar kein Interesse hat, mit uns zu reden. Und zwingen können wir ihn ja nicht. Aber wir werden es noch mal probieren." Lars erklärte, wie normalerweise ein Anstrich vor sich ging, und legte seine Theorie einer eventuellen Verwechslung der Tage dar.

„Das hört sich gut an – ich hoffe, das ergibt etwas."

Lars berichtete auch über die Aussagen zu Berits Persönlichkeit sowie über den Unfall des Anwalts von Willmar und das Einspringen des unerfahrenen Juniors.

„Aha, das erklärt die schwache Prozessführung", nickte Edvard.

„Ja, und es ist ein merkwürdiger Zufall. Wir wollen nächste Woche mehr über den Unfall herausfinden, auch wenn die Polizei den Schuldigen nie gefunden hat."

„Gut, das macht Sinn. Auch wenn es uns lediglich dann etwas hilft, wenn der Fahrer des Holzlasters gefunden wird und er tatsächlich etwas mit unserem Fall zu tun hat ...", sagte Edvard nachdenklich. „Was habt ihr sonst noch vor nächste Woche?"

„Wir werden mit Berits Bruder sprechen, außerdem mit ihrer Kollegin Gertrud und eventuell nochmals mit Berits Ehemann. Außerdem ein weiteres Mal mit

Willmar, wenn du dort noch einen Termin machen könntest."

„Klar, kein Problem. An welchem Tag?"

Nach kurzer Diskussion einigten sie sich auf Dienstagnachmittag.

„Ich hätte noch eine Bitte", fügte Elin hinzu. „Ich hätte gern die Mobiltelefondaten aus Hummelmark – also vom Tag des Mordes und den Wochen davor. Da könnten wir eventuell auf neue Verdächtige stoßen. Der Kommissar hat bestätigt, dass sie diese Daten erhoben haben, aber er wollte sie nicht rausrücken. Vielleicht kannst du deine Kontakte noch mal spielen lassen?"

Edvard legte den Stift an sein Kinn. „Ja, ich kann den Staatsanwalt anrufen." Er schmunzelte in Richtung Elin. „Ich hätte ja fast erwartet, dass du dir diese Informationen schon auf anderen Wegen besorgt hast, auch wenn das nicht legal wäre ..."

Elin war in IT ausgebildet und hatte einen Hacker-Kurs absolviert, sodass sie sich ohne Schwierigkeiten in die Server der Telefongesellschaften einloggen konnte und dies bereits viele Male mit Erfolg durchgeführt hatte. Das war für Privatdetektive die einzige Möglichkeit, an solche Informationen zu kommen, auch wenn es natürlich illegal war.

Aber nun schüttelte sie den Kopf. „Keine Chance. Solange werden die Daten nicht gespeichert."

„Ich dachte, da gibt es ein neues Regelwerk der EU, das die Firmen verpflichtet, die Daten länger aufzubewahren?“, fragte Lars.

„Stimmt, die Zeiten sind verlängert worden, um entsprechende Anfragen der Polizei beantworten zu können. Die Triangulationsdaten müssen jetzt zwei Monate gespeichert werden, die Verbindungsdaten sogar sechs Monate. Aber von fünf Jahren sind wir weit entfernt. Abgesehen davon, dass diese Regeln vor fünf Jahren noch gar nicht existierten …“ Elin grinste.

„Kein Thema. Ich spreche mit dem Staatsanwalt.“ Edvard wollte eine weitere Diskussion über illegale Aktivitäten offenbar vermeiden. „Ich hoffe, er ist dafür zu gewinnen.“ Er machte sich eine weitere Notiz in seinem Heft.

„Danke.“ Elin schien zufrieden.

Edvard lehnte sich zurück und legte die Hände zusammen. „Also, was haben wir? Auf der einen Seite einen Verurteilten, der nach wie vor nicht alles korrekt wiedergibt. Andererseits einen Ausfall seines Anwalts, der genau zum ungünstigsten Zeitpunkt kam. Wenn dieser Unfall etwas mit dem Gerichtsprozess von Willmar zu tun hätte, wäre das ein klares Indiz für einen anderen Täter. Weiterhin gibt es immer noch die Chance, die Zeugenaussage zu erschüttern, die der Mann mit dem Zaun gemacht hat, dieser Melker. Finde ich gar nicht so schlecht für die ersten paar Tage eurer Ermittlung.“

„Was uns fehlt, ist ein alternativer Verdächtiger. Der Ehemann ist natürlich ein Kandidat, aber ein eindeutiges Motiv fehlt uns noch, und sein Alibi müssten wir auch auseinandernehmen. Das wird sicher schwierig bis unmöglich, da sein Partner es ihm gegeben hat. Ich weiß, wie stark die Polizisten zusammenhalten."

„Noch mal, wir müssen keinen neuen Verdächtigen präsentieren. Es reicht, wenn wir Zweifel an der Beweislage gegen Björkman anbringen können."

„Ich weiß, aber es ist schwierig, Belege für solche Zweifel beizubringen, wenn man nicht weiß, in welche Richtung man ermitteln soll. Wenn wir einen Verdacht hätten, könnten wir daraufhin konkrete Untersuchungen anstellen und dezidiert nachhaken. Im Augenblick tappen wir wahllos herum und hoffen, dass wir mehr oder weniger zufällig auf irgendeine Ungereimtheit stoßen."

„Das verstehe ich. Aber wie gesagt, das waren erst vier Tage. Vielleicht sieht das am Ende der nächsten Woche schon anders aus. Wir können ja dann weiter diskutieren."

Sie verabredeten sich vorläufig für Freitag nächster Woche. Elin und Lars fuhren ins Büro von Secure Assist, wo einiges an Büroarbeit wartete. Außerdem würde Lars Tobias auf den Stand bringen. Dann wollte er früh Schluss machen und ins Wochenende fahren. Am Montag ging es dann wieder nach Umeå.

12

Es war Samstag. Maja hatte am Vormittag noch einige Trainingsstunden gegeben, während Elin länger ausgeschlafen hatte. Den Nachmittag hatten sie gemeinsam in der Wohnung verbracht und jetzt gerade zusammen ein koreanisches Gericht gezaubert, das Bibimbap hieß und neben Reis aus mehreren Einzelgerichten bestand, die alle in einer Schüssel arrangiert und dann miteinander vermischt wurden. Es waren alle möglichen Gemüsearten, und statt Fleisch hatten sie Tofu gewählt. Es war das erste Mal, dass sie dieses Gericht ausprobierten, sonst kannten sie es nur aus dem Restaurant, aber es gelang ihnen super. Beide schlugen sie ordentlich zu. Maja hatte einen Chardonnay dazu aufgemacht, der schon zur Hälfte leer war.

„Hast du gesehen, dass jetzt weitere Fälle von diesem chinesischen Virus in Europa aufgetreten sind? Frankreich, Italien, Deutschland, Österreich – es werden jeden Tag mehr Länder. Die ersten Patienten sind sogar schon gestorben."

„Echt?“ Elin hatte von Fällen in Frankreich gelesen, aber sonst hatte sie in den letzten Tagen etwas den Anschluss verloren. „Aber bei uns nicht, oder?“

Maja schüttelte den Kopf, während sie fertig kaute. „Nur der eine Fall bisher, aber ich glaube, es wird nicht dabei bleiben.“

„Warum? Die paar Fälle scheinen doch unter Kontrolle zu sein.“

„Aber die Grenzen sind offen, es werden mehr Leute herkommen, die infiziert sind, und dann werden sie hier weitere Personen anstecken. Die WHO hat das Risiko auf globaler Ebene jetzt als sehr hoch eingestuft. Warte mal ab, das wird noch schlimmer.“

„Machst du dir Sorgen?“

Maja runzelte die Stirn. „Nicht um mich selbst. Bei jüngeren Leuten scheint dieser Infekt nicht so schlimm abzulaufen. Und ich bin ja nun wirklich fit. Das Gleiche gilt für dich. Aber ich denke an meine Eltern.“

„Die können sich in ihr Sommerhaus zurückziehen, das ist doch auch winterfest, oder?“ Majas Eltern waren schon pensioniert und verbrachten große Teile des Jahres in ihrem Sommerhaus, das recht abgelegen lag. Dort hatten sie vor zwei Jahren alle zusammen Mittsommer gefeiert, das war richtig schön gewesen. Elin machte sich nicht so viel aus den traditionellen Teilen dieser Feierlichkeiten, dem Tanz um den Maibaum und der Singerei, aber da die Nichten und Neffen von Maja dabei gewesen waren und so viel Spaß gehabt hatten, hatte es ihr doch irgendwie gefallen. Und das Essen war auch toll gewesen.

„Ja, schon, aber einkaufen und so etwas müssen sie ja trotzdem. Und meine Mutter hat Asthma, da gehört sie wirklich zur Risikogruppe."

„Man kann sich doch inzwischen fast alles liefern lassen", wandte Elin ein.

„Stimmt. Daran habe ich noch gar nicht gedacht. Hier in Stockholm gibt es ja viele solcher Lieferservices, aber ob die auch dorthin zum Sommerhaus fahren? Das muss ich mal checken. Gute Idee."

Elin dachte an ihre eigenen Eltern. Sie waren noch jünger als Majas und wohnten in Uppsala, ein Sommerhaus hatten sie nicht. Aber sie konnten sich in ihr Haus zurückziehen und alles, was sie brauchten, liefern lassen. Elin war sicher, dass das in Uppsala kein Problem sein würde. Na, hoffentlich würde es nicht so schlimm kommen.

Nach dem Essen machte Maja einen Espresso, während Elin den Tisch abräumte.

„Du hast noch gar nichts von deinem Fall in Umeå erzählt."

Elin setzte sich. „Ja, es läuft nicht so toll." Sie berichtete von ihren Ergebnissen.

„Was hat euer Auftraggeber, dieser Anwalt, dazu gesagt?"

„Ach, der war ganz zufrieden. Er meinte, wir hätten doch einiges herausgefunden, dafür dass wir erst eine Woche an dem Fall dran sind.“

„Dann ist doch alles gut.“

„Hat Lars auch gesagt, aber du weißt ja, wie ich bin. Es geht mir nicht darum, den Kunden zufriedenzustellen. Also natürlich auch. Aber das allein treibt mich nicht an. Ich will den Fall aufklären und die Hintergründe verstehen. Eigentlich sogar dazu beitragen, dass die Welt nach meiner Arbeit ein kleines bisschen besser ist als vorher.“

Maja seufzte. „Ich glaube, diese Diskussion hatten wir schon einmal. Dieser Anspruch wird eben nicht bei jedem deiner Fälle erfüllt.“

„Schon klar.“ Elin hatte oft mit Lars über dieses Thema diskutiert, der völlig zufrieden war, wenn er einen Auftrag abschließen konnte, weil der Kunde bekommen hatte, was er wollte. Auch wenn es dann noch jede Menge Unklarheiten gab. Das war nichts für sie, sie wollte in die Tiefe gehen, bis alles restlos aufgeklärt war. Deshalb blieb sie an einem Fall dran wie ein Terrier, wenn es sein musste auch unentgeltlich und in ihrer Freizeit.

„Aber wenn es euch gelingt, diesen Willmar aus dem Gefängnis zu holen, habt ihr doch einen Beitrag zur Gerechtigkeit geleistet. Findest du das zu wenig?“

Elin holte tief Luft. „Also erst mal wird das ziemlich schwer werden. Aber nehmen wir mal an, wir schaffen es. Dann bedeutet es nicht notwendigerweise, dass der wahre Täter eingelocht wird. Dem Anwalt ist das auch völlig schnurz, dafür wird er ja nicht bezahlt – er will lediglich Willmar raushauen. Ich fände es sehr unbefriedigend, wenn es uns gelingt, die Zeugenaussagen und Beweise infrage zu stellen, sodass Willmar freigesprochen wird, aber es völlig unklar bleibt, wer diese Berit eigentlich umgebracht hat."

„Verstehe ich. Aber du kannst eben nicht alles haben. Und wahrscheinlich würde die Staatsanwaltschaft den Fall dann neu aufrollen und vielleicht doch den wirklichen Mörder finden. Die Chance besteht zumindest. Du kannst dann zwar den Fall nicht komplett selbst lösen, aber du hast den Anstoß dazu gegeben. Das ist doch auch etwas." Maja sah sie aufmunternd an.

Elin nickte. „Schon. Wenn es denn überhaupt einen anderen Täter gibt ..."

„Aha, das ist dein Problem." Maja schmunzelte. „Du bist nicht überzeugt, dass dieser Willmar unschuldig ist?"

Elin schüttelte den Kopf. „Der Kerl ist ein Arschloch."

„Aber deshalb muss er doch kein Mörder sein."

„Nein, das will ich auch nicht behaupten. Trotzdem, er ist mir nicht nur total unsympathisch. Ich möchte, glaube ich, nicht allein mit ihm in einem Raum sein. Ich war wirklich froh, dass Lars dabei war. Der Typ ist mir nicht geheuer."

„Okay, verstehe. Du findest es eigentlich ganz gut, dass er im Gefängnis sitzt. Egal, ob er diese Frau nun umgebracht hat oder nicht.“ Maja lachte.

„Haha, genau.“ Elin gluckste. „Selbst, wenn er es nicht war, wäre es, glaube ich, besser, er bleibt da drin. Aber – Spaß beiseite – stell dir vor, wir erschüttern die Beweise, die gegen ihn vorliegen, er kommt frei, und er war es doch. Das wäre eine Katastrophe.“

Maja trank den Rest ihres Kaffees. „Da gebe ich dir recht. Dann hättet ihr der Gerechtigkeit einen Bärendienst erwiesen. Deshalb solltet ihr wirklich alles daransetzen, den wirklichen Täter ausfindig zu machen. Und wenn ihr keinen anderen als Willmar findet, dann zweifelt ihr die Beweise einfach nicht an.“

„Ja, wenn das so einfach wäre. Lars macht zwar mit, wenn es darum geht, den Mord jemandem nachzuweisen – das hält er auch für den besten Weg, unseren Auftrag zu erfüllen. Aber wenn uns das nicht gelingt, wir dagegen die Möglichkeit haben, Willmar zu entlasten – auch wenn wir unsicher sind, ob er es nicht doch war –, dann wird er die entsprechenden Ergebnisse bei Edvard abliefern. Das werde ich nicht verhindern können. Und dann geht alles seinen Gang, möglicherweise mit dem schlechtesten aller Resultate.“ Elin hatte sich in Rage geredet, sie musste sich zurücknehmen. Sie nahm einen Schluck Kaffee und lehnte sich zurück.

„Schatz, reg dich wieder ab. Dazu muss es ja nicht kommen. Vielleicht ist dieser Willmar wirklich unschuldig, und ihr findet den eigentlichen Täter. Oder es gelingt euch nicht, neue Beweise zu finden, und Willmar bleibt im Knast. Sei optimistisch. Du wirst schon einen guten Job machen. Und sollte es wirklich zum Schlimmsten kommen, musst du eben noch mal mit Lars reden.“ Sie legte ihr die Hand auf den Arm.

„Hast ja recht. Ich gebe erst mal mein Bestes.“ Sie nahm Majas Hand. „Aber wenigstens bei dir muss ich mich ja mal auskotzen können.“

„Wie sagst du immer? Können Enten schwimmen? Klar, kannst du das – ich bin immer für dich da.“ Sie stand auf und nahm Elin in den Arm.

Sie küssten sich, erst kurz, dann immer leidenschaftlicher, und so führte das eine zum anderen. Eine halbe Stunde später fanden sie sich nackt, verschwitzt und vollauf zufrieden im Bett des Schlafzimmers wieder. Sie lagen nebeneinander, Elin hatte den Kopf an Majas Schulter gelegt.

„Du, ich muss dir noch etwas erzählen“, säuselte Maja.

„Aha“, murmelte Elin.

„Ich habe einen Termin bekommen. Kam vorgestern.“

„Wie? Was für einen Termin?“ Elin merkte, wie sie schläfrig wurde.

„Für die Insemination.“

Elin war schlagartig hellwach. Dieses Thema hatte sie schon fast verdrängt. Sie hatten es lange diskutiert. Elin war nicht gleich davon überzeugt gewesen, denn sie hatte nie richtig darüber nachgedacht, ob sie eigentlich Kinder wollte. Und wenn ja, ob dann jetzt. Sie mochte Kinder und hatte meist schnell einen guten Draht zu ihnen. Immer noch traf sie die kleine Ebba, die jetzt bald neun wurde und die Elin vor fast vier Jahren aus den Fängen einer Gruppe von Kinderschändern befreit hatte. Inzwischen war sie ein fast normales Mädchen geworden, auch wenn es immer wieder schwierige Phasen gab – das Trauma der Entführung und Vergewaltigung würde sie wohl für den Rest ihres Lebens mit sich tragen. Elin liebte Ebba und war gern mit ihr zusammen, doch selbst ein Kind zu haben war natürlich etwas ganz anderes. Maja dagegen hatte den starken Wunsch nach einem eigenen Kind, und Elin spürte jedes Mal, wenn Maja mit ihren Nichten und Neffen spielte oder sie umarmte, wie wichtig sie ihr waren. Maja wurde in diesem Jahr sechsunddreißig, sodass sie es nicht mehr länger hinauszögern wollte. In Schweden lag das Maximalalter für den Spermienempfang bei vierzig Jahren, und sechs Versuche waren bis dahin möglich. Dafür brauchte man nur die für Arztbesuche allgemein gültige Gebühr von maximal 1100 Kronen pro Jahr zu bezahlen – das war günstig, wenn man es mit einer Insemination in Dänemark verglich. Dort konnte man die Behandlung zwar bis zu einem Alter von fünfundvierzig Jahren durchführen lassen, doch jeder Versuch kostete fast 30000 Kronen. Und außerdem musste man jedes Mal nach Kopenhagen reisen. Trotzdem fuhren immer noch viele Schwedinnen dorthin, insbesondere alleinstehende Frauen, für die zwar seit Kurzem auch in Schweden eine Insemination möglich war, die aber oft ewig lange auf einen Termin warten mussten, weil diese Gruppe eine niedrigere Priorität hatte. Dieses Problem hatten Maja und Elin nicht, denn gleichgeschlechtliche Partnerschaften waren denen von Heteros gleichgestellt; ja, sie hatten sogar den Vorteil, es vorher nicht auf dem natürlichen Weg probieren zu müssen - das war ja schließlich nicht möglich - und somit sofort den Antrag stellen konnten. Normalerweise dauerte es drei bis fünf Monate, bis man an die Reihe kam. Allerdings gab es zurzeit zu wenig Spermienspender in Schweden, deshalb hatte man ihnen gesagt, dass sie etwas Geduld haben müssten.

„Wann denn?“

„In zwei Wochen.“

„Holla, die Waldfee. So schnell?“

„Schatz, ich weiß, dass du das mir zuliebe mitmachst. Deshalb wollte ich noch mal darüber sprechen, ob du nach wie vor dabei bist ...“

Und dafür hatte sie ausgerechnet diesen Zeitpunkt gewählt? Schlau. Maja wusste genau, dass Elin in dieser Situation nie Nein sagen würde. Elin überlegte, wie sie sich jetzt vorkam. Manipuliert? Auf der anderen Seite hatten sie die große Diskussion schon hinter sich, und Elin war mit beim Vorgespräch gewesen und hatte das Formular unterschrieben, auf dem sie versicherte, dass sie sich ihr Leben lang zusammen mit Maja um das Kind kümmern würde. Konnte sie – selbst, wenn sie wollte – das jetzt wieder zurücknehmen?

„Du sagst nichts, Schatz. Was denkst du?"

Elin richtete sich auf und versuchte, so grimmig wie möglich zu gucken. „Dass du ein raffiniertes Huhn bist. Seit zwei Tagen weißt du das, aber du fragst mich erst jetzt, wo wir gerade Liebe gemacht haben. Du weißt genau, dass ich danach immer fügsam und weich wie Pudding bin." Sie grinste. „Aber ich bin dabei. Ich weiß nicht, wie das wird mit einem Kind, doch wenn ich es mit jemandem will, dann mit dir. Allerdings warte ich immer noch auf den Heiratsantrag ..."

Maja umarmte sie stürmisch. „Danke, Schatz. Du wirst es nicht bereuen. Es wird super werden – wir werden eine richtige Familie."

Elin erwiderte die Umarmung. Ja, ihren Eltern und besonders ihrer Mutter würde das gefallen. Die lesbische Beziehung zu Maja war von Anfang an ein großes Problem gewesen, vor allem für ihre Mutter. Die war da recht konservativ und hatte außerdem ihre Chance auf Enkelkinder flöten gehen sehen. Wenn Maja jetzt ein Kind bekam und Elin als Elternteil beteiligt war, könnte das die Wogen glätten. Zwar war das Verhältnis zu ihrer Mutter inzwischen besser geworden, aber allzu oft sahen sie sich nicht, zumindest nicht mit Maja zusammen. Das könnte sich mit der Geburt eines Kindes vielleicht ändern.

„Das mit dem Heiraten ist mir neu. Ich wusste nicht, dass du da so traditionell bist …“, flüsterte Maja.

„War nur Spaß, ist nicht wichtig. Es ist ja alles schön, wie es ist.“ Elin küsste sie auf den Hals. Das war nun wirklich kein Thema, aber vielleicht würde ihre Mutter das gut finden … Oder doch nicht? Hochzeit ja, aber mit zwei Frauen? Sie würde sie bei Gelegenheit mal fragen.

Elin fiel noch etwas anderes ein. „Hast du schon wegen deinem Job gefragt?“ Maja war selbstständig, aber das Studio, in dem sie ihre Kurse und Trainingsstunden gab, wollte natürlich das Angebot hochhalten, sodass Maja nicht nach Belieben ihren Stundenplan reduzieren konnte.

„Ich habe schon mal vorgefühlt. War ja bislang noch nicht spruchreif. Ich werde es erst vorbringen, wenn ich schwanger bin, schließlich habe ich dann immer noch einige Monate Zeit für die Diskussion. Aber das wird schon gehen. Ich werde natürlich ein paar Monate ausfallen, vielleicht ein halbes Jahr. Danach werde ich meine Stunden reduzieren, nur vormittags und vielleicht zwei Abende die Woche. Was meinst du?“

Vormittags wäre das Kind im Kindergarten, abends würde Elin dann übernehmen müssen. „Ja, das wird schon gehen. Wir können ja noch mal darüber reden, wenn es so weit ist. Es dauert schließlich mindestens noch neun Monate. Jetzt musst du erst mal schwanger werden.“ Sie stockte. „Wie ist es dann eigentlich mit Sex? Können wir dann nicht?“

Maja lachte. „Dummchen, natürlich können wir. Ich habe sogar gehört, dass manche Frauen während der Schwangerschaft erst richtig Lust kriegen.“

„Na, dann ist ja alles gut.“ Elin gluckste.

MÄRZ 2020

13

Lars saß neben Elin im Flieger und dachte zurück an das letzte Wochenende. Am Samstag hatte Stina ein Fußballspiel gehabt. Der Trainer hatte sie aufgestellt, obwohl sie die letzten Male nicht beim Training gewesen war. Lisa hatte mit ihm gesprochen, und sie waren sich einig gewesen, dass der Einsatz bei diesem Spiel Stina vielleicht motivieren würde, weiterzumachen. Das hatte auch gut geklappt, Stina schoss zwei Tore und war sehr zufrieden mit sich. Sie war eine gute und effektive Stürmerin, die sich nicht leicht würde ersetzen lassen. Deshalb war der Trainer zu einigen Kompromissen bereit, um sie in der Mannschaft zu halten.

Nach dem Spiel ging die ganze Familie zu McDonalds, immer wieder ein Favorit bei den Kindern. Sogar der Hund durfte mit ins Restaurant, was längst nicht überall selbstverständlich war. Buddy lag brav unter dem Tisch, aber Lars bemerkte durchaus, dass Olivia ihn mit Brocken von ihrem Hamburger bestach.

Das Wetter spielte mit, es war sehr sonnig und ein paar Grad über null, sodass sie noch einen Spaziergang am Mälaren machten, bevor sie wieder nach Hause fuhren.

Der Sonntag verlief ruhig, Stina war bei ihrer Freundin in der Nachbarschaft, und Olivia hatte für den Nachmittag eine Einladung zu einem Geburtstag bei einer Klassenkameradin. Endlich hatten Lars und Lisa mal etwas Zeit füreinander Sie drehten eine lange Runde mit Buddy und versorgten sich danach mit Kuchen, den sie zu Hause zum Kaffee verzehrten. Sie hatten intensive Gespräche miteinander geführt, die Lars sehr genossen hatte. Das gehörte auch zu den Veränderungen, die ihm bei Lisa auffielen, seit sie beide wieder zusammen waren: Zum einen war sie nicht mehr so ängstlich und machte sich dauernd Sorgen, dass ihm etwas passieren könnte, zum anderen war sie sehr viel tiefsinniger geworden, lebte jeden Tag bewusst und wollte darüber auch sprechen. Das war schön, es schuf eine ganz neue Verbundenheit zwischen ihnen. Vielleicht war auch einiges leichter, weil die Kinder jetzt älter und selbstständiger waren. Aber der Hauptgrund für die Veränderung bei Lisa war natürlich ihre durchlebte Krankheit. Auch wenn diese nicht mehr im Vordergrund ihrer Gespräche stand, so waren sie sich doch beide bewusst, dass diese Krankheit ein großer Einschnitt in Lisas Leben war. Lars hoffte inständig, dass sie in Zukunft mit dieser Sorge verschont blieben.

Der Kapitän machte die Durchsage, dass sie in fünfzehn Minuten landen würden, und das Flugzeug setzte zum Sinkflug an. Unten war alles weiß, hier hatte es offenbar am Wochenende ordentlich geschneit. Es war auch wirklich ungewöhnlich, dass dieser Winter bislang so mild ausgefallen war, normalerweise hatte man hier fünf Monate Schnee und zweistellige Minusgrade. Waren das schon Auswirkungen der Klimaerwärmung?

Den Volvo hatten sie am Donnerstag nicht bei der Mietfirma abgegeben, sondern auf dem großen Parkplatz abgestellt. So konnten sie nach der Ankunft gleich losfahren. Sie hatten auch wieder dasselbe Hotel gebucht, schließlich waren sie mit Lage und Ausstattung zufrieden gewesen. Nach dem Lunch hatten sie einen zweiten Termin mit dem Kommissar – Edvard war effektiv gewesen und hatte den Staatsanwalt überzeugt, die Daten der Telefonoperateure an sie herauszugeben. Auch einen neuen Besuch bei Willmar hatte er arrangiert, am nächsten Tag um sechzehn Uhr.

***

Wieder saßen sie beim dicken Arne in seinem kleinen Büro. Er war wieder genauso wenig zuvorkommend wie beim letzten Mal. Aber immerhin hatte er die Kopien der Mobildaten bereits vorbereitet. Wortlos überreichte er sie ihnen. Lars sah, dass Elin sich am liebsten gleich darin vertieft hätte.

„Ich wollte noch mal ein anderes Thema ansprechen", begann Lars. „Torkel Frost war der Anwalt, den Willmar Björkman für seine Verteidigung engagiert hatte. Leider hat er ihn nie vor Gericht vertreten, weil er kurz vor dem Verfahren in einen Unfall verwickelt war, an dessen Folgen er einige Monate später gestorben ist. Für mich ist das ein eigenartiger Zufall. Habt ihr da mal an einen Zusammenhang gedacht?"

Arne lehnte sich zurück und legte die Arme hinter den Kopf. Sein Stuhl quietschte jämmerlich, unter seinen Armen waren große Schweißflecken zu sehen. „Das war schlechtes Timing, stimmt. Wir haben wegen Fahrerflucht ermittelt, aber den Unfallgegner nie ermitteln können."

„Warst du für den Fall zuständig?"

Arne nickte, sein Dreifachkinn kam zum Vorschein. „Ja, zusammen mit einer Kollegin."

„Was wusste man über das andere Auto? Ich habe gehört, es war ein Holzlaster ..."

„Das nehmen wir an. Der BMW des Anwalts war ziemlich übel zugerichtet, da konnten wir keine direkten Spuren finden. Aber man konnte

Reifenspuren und Reste eines Rücklichts am Unfallort sicherstellen, die auf einen Lkw-Typ hinwiesen, wie er hier vielfach für die Holztransporte eingesetzt wird. Man kann natürlich nicht hundertprozentig sicher sein, dass die Spuren mit dem Unfall in Zusammenhang standen, aber das war unser Ausgangsszenario. Nur gibt es hier in der Gegend leider Hunderte solcher Laster, und ein Rücklicht kann jeder selbst schnell austauschen, dazu braucht man keine Werkstatt. Die Reifenspuren waren nicht deutlich genug, um ein individuelles Fahrzeug identifizieren zu können. Deshalb haben wir den Laster leider nie gefunden …"

Lars freute sich, dass Arne so auskunftsfreudig war, offensichtlich sprach er lieber über diesen Fall als über den von Björkman.

„Gab es Verdächtige?"

Arne legte seine Arme auf den Schreibtisch. „Wir haben alle Spediteure in der Gegend abgeklappert, sogar teilweise die Fahrtenbücher kontrolliert. Das war ein Riesenaufwand, aber wie gesagt, der Lkw war nicht zu finden."

Lars lehnte sich vor. „Könnten wir eine Kopie der Liste von diesen Spediteuren bekommen?"

„Mm." Arne kratzte sich am Hinterkopf. „Weiß nicht, eigentlich ist das kein Material, das wir herausgeben. Und wenn ihr dann herumrennt und die alle befragt, könnte es Ärger geben."

„Machen wir nicht, versprochen. Ich will die Liste lediglich zum Abgleich, falls irgendein anderer Name auftaucht. Wir machen keinen Ärger."

„Mm. Okay, ich schau mal." Arne ging an seinen PC und tippte. Nach einer Weile startete der Drucker und spuckte zwei Seiten aus. Arne reichte Lars die Kopien. „Die hast du nicht von mir."

„Danke, das ist wirklich nett. Kein Problem, das bleibt unter uns."

„Aber ich glaube nicht, dass euch die Liste viel nützt. Das sind lediglich die Firmen, jeder der angestellten Fahrer kommt für den Unfall infrage, und deren Namen haben wir nicht."

„Verstehe. Trotzdem danke."

Wieder quietschte der Stuhl, als Arne sich bewegte. Lars hoffte inständig, dass er es nicht miterleben musste, wenn der schließlich seinen Geist aufgab.

„Ihr glaubt also immer noch, dass der Björkman unschuldig ist?", fragte Arne und hob die rechte Augenbraue.

Elin machte ein gequältes Gesicht und wollte schon antworten. Lars konnte sich denken, was sie sagen wollte, und kam ihr lieber zuvor. „Ehrlich gesagt haben wir dazu keine Meinung. Wir gehen das völlig unbefangen an. Entweder finden wir etwas, das ihn entlastet, oder eben nicht."

„Das ist vernünftig. Wie lange werdet ihr es noch versuchen?"

„Das kommt darauf an, was wir herausfinden. Diese Woche haben wir eine ganze Reihe Termine. Danach sehen wir weiter.“ Lars zuckte mit den Achseln.

Arne grinste selbstzufrieden. „Ich glaube nicht, dass ihr etwas finden werdet. Der Kerl sitzt zu Recht hinter Gittern.“

„Dass du davon überzeugt bist, das haben wir verstanden. Schließlich hast du ja auch gegen ihn ermittelt.“

Der Kommissar machte eine Handbewegung zu seinen Aktenordnern. „Ihr wisst, dass er vorbestraft war?“

„Ja. Wegen Betrug und Diebstahl, das ist aber nicht das Gleiche.“

Arne verschränkte die Arme, der Stuhl stöhnte gequält. „Es gab noch einen Fall mit Körperverletzung, nur wurde die Anklage zurückgezogen.“

Das war neu, solche Fälle standen natürlich nicht in den Akten und konnten auch nicht vor Gericht verwendet werden. „Ach so? Wann war das? Worum ging es dabei?“

„Er hat sich mit einem Kumpel gestritten, das war ein paar Jahre vorher. Den hat Willmar ziemlich vermöbelt. Aber der Kumpel wollte das Verfahren nicht weiterverfolgen und hat seine Aussage widerrufen. Mehr weiß ich auch nicht.“

„Habt ihr dazu keine Unterlagen?“

Arne schüttelte den Kopf. „Solche Geschichten werden nach ein paar Jahren gelöscht."

Lars machte sich eine Notiz in seinem Block. Darüber wollte er morgen gern mit Willmar sprechen.

14

Den Lunch nahmen sie wieder in ihrem Favorit-Restaurant *Rex* ein. Langsam waren sie schon Stammgäste, die Kellnerin hatte sie wiedererkannt und sofort zu einem der abgetrennten Abteile geführt. Das Essen war gut wie immer, heute gab es ein Kalbsschnitzel mit Kapern und Anchovis.

Elin wartete, bis sie mit dem Essen fertig waren und der Kaffee vor ihnen stand. Dann ließ sie die Bombe platzen.

„Weißt du, ich habe doch heute Vormittag die Mobildaten analysiert." Sie beobachtete Lars.

„Mm, und?"

„Ist schon so, wie der Kommissar gesagt hat. In Berits Haus waren keine Bewegungen fremder

Telefone. Generell war in Hummelmark nicht viel los an dem Tag. Wie an den meisten Werktagen geht das erst abends los. Der größte Teil der Bewohner ist tagsüber unterwegs, mit ein paar Ausnahmen."

„Also nichts bei rausgekommen?"

„Doch." Elin konnte ein Schmunzeln nicht unterdrücken, es machte ihr Spaß, Lars auf die Folter zu spannen.

Jetzt hatte sie seine Aufmerksamkeit, er blickte sie interessiert an. „Nun, mach's nicht so spannend."

„Es gibt jemanden, der praktisch jede Woche einmal nach Hummelmark kommt, immer donnerstags."

„Der Mord war an einem Dienstag, oder?"

„Stimmt, da war sein Telefon nicht in Hummelmark eingeloggt – wie der Kommissar gesagt hat."

„Von wem redest du denn? Sag schon."

„Unser Klient, Willmar."

Lars sah sie fragend an. „Noch mal langsam. Willmar war jede Woche donnerstags in Hummelmark? Bei Berit?"

Elin schüttelte den Kopf. „Nein, bei Berit war er lediglich am Donnerstag, dem 10. September, in der Woche vor dem Mord. Du weißt, die Montage von dem Kabel zum Schuppen. Bis um elf war er dort, das stimmt mit seiner Aussage überein. Interessant ist dagegen, dass er hinterher nicht aus Hummelmark weggefahren ist, wie er behauptet hat, sondern noch fast zwei Stunden länger dort war."

„Elin, jetzt packe aus. Erzähle alles, was du herausgefunden hast. Ich geb dir auch heute Abend ein Bier aus."

„Super." Elin grinste. „Er war in einem der Häuser in der Seitenstraße, dort wohnen die Johanssons, wenn ich das richtige Haus erwischt habe – die Peilung ist in dem Bereich etwas unscharf. Dort war er jeden Donnerstag um die Mittagszeit, jeweils für ein bis zwei Stunden."

„Das hat er uns natürlich nicht erzählt. Also war er sogar regelmäßig in Hummelmark. Was hat er dort nur gemacht? Nach einem Auftrag hört sich das nicht an, da lässt man ja nicht jedes Mal eine Woche verstreichen, bevor man weitermacht." Lars schüttelte missmutig den Kopf. „Wie weit gehen die Daten zurück?"

„Fünf Wochen, in jeder dieser Wochen war er dort."

„Da haben wir ja was mit ihm zu besprechen … Gut gemacht, Elin."

Am Nachmittag um vier hatten sie den Termin mit Willmar. Elin freute sich schon darauf, ihn zu diesem Thema zu grillen. Und war wirklich gespannt auf seine Erklärung.

„Verstehe nur nicht, warum die Polizei dieses Thema nicht angebracht hat. Wäre doch ein Beleg gewesen, dass Willmar sich in Hummelmark gut auskannte." Lars sah sie fragend an.

„Ich glaube, die haben gar nicht danach gesucht. An dem Tag des Mordes sind mehrere Nummern markiert, aber davor nichts. Ich habe in den Unterlagen noch mal gesucht, es wird nirgendwo erwähnt."

„Also geschlampt."

„Würde ich mal so sehen." Elin trank ihren Kaffee aus.

Lars zog seinen Parka an. „Wie ist das mit der anderen Liste? Wo die Spediteure drauf sind. Irgendetwas Auffälliges?"

„Nein, leider nicht." Elin schüttelte den Kopf. „Es gibt über zwanzig Firmen hier in Umeå und Umgebung, ein gutes Dutzend davon transportieren auch Holz und Baumstämme. Keiner der Namen ist irgendwie in unserem Fall aufgetaucht. Aber Arne hat natürlich recht. Ohne die Namen der angestellten Fahrer sagt das nicht besonders viel."

„Dann stellen wir das zurück. Du kannst ja jedes Mal, wenn in unseren Ermittlungen ein neuer Name auftaucht, prüfen, ob er zu den Firmen passt."

„Gut." Elin stand auf und griff nach ihrem Anorak.

Nachdem sie das *Rex* verlassen hatten, liefen sie zu Trygg-Hansa in die Döbelnsgatan, ein kleiner Verdauungsspaziergang. Sie meldeten sich an der Rezeption an, aber sie waren eine Viertelstunde zu früh und Gertrud war offensichtlich noch in einer Besprechung. Während sie warteten, kam Jesper und begrüßte sie wie alte Freunde. Elin wartete nur darauf, dass er versuchte, ihnen eine Versicherung anzudrehen. Er bestätigte, dass Gertrud sie um vierzehn Uhr eingebucht hatte.

Pünktlich zur vollen Stunde erschien die Dame. Gertrud war um die fünfzig, hatte kurze graue Haare und eine Brille mit Perlmuttrahmen, an deren Bügeln eine silberne Kette befestigt war, die bei jeder Bewegung um ihren Kopf herum schlenkerte. Sie trug weite Jeans und eine einfache graue Bluse mit einer großen blauen Blume darauf.

„*Hej*", lächelte sie. „Ihr seid die Detektive aus Stockholm?" Sie hatte eine hohe Stimme und sprach sehr schnell.

Elin und Lars stellten sich vor und folgten Gertrud in einen kleinen Konferenzraum mit Tisch und vier Stühlen. „Wir sitzen zu zweit in meinem Büro, und ich dachte, so stören wir meine Kollegin nicht …", entschuldigte sich Gertrud.

Außerdem bekommt deine Kollegin so nicht mit, was du uns erzählst, dachte Elin. Das stimmte sie hoffnungsvoll.

Gertrud bot ihnen Kaffee an, den sie beide ablehnten. Sie selbst hatte schon einen Becher vor sich, eine Glaskaraffe mit Wasser und mehrere Gläser standen auf dem Tisch bereit.

„Es geht um Berit, habe ich verstanden", begann die Dame.

„Stimmt." Lars erklärte kurz den Grund für ihre Nachforschungen.

Gertrud nickte. „Was wollt ihr dabei von mir wissen?“

„Du hast ja mit Berit in einem Zimmer gesessen. Da bekommt man doch sicher einiges mit, auch Privates. Wie lange wart ihr Kollegen?“, fragte Elin.

„Oh, mehrere Jahre. Warte mal, lass mich mal rechnen.“ Sie sah an die Decke und kratzte sich am Hinterkopf. „Das müssen fast sechs Jahre gewesen sein.“

„Immer im selben Zimmer?“

„Ja, die ganze Zeit.“ Gertrud verzog das Gesicht. „Zu meinem Leidwesen, wenn ich das sagen darf.“

„Jesper hat uns schon erzählt, dass Berit nicht gerade eine beliebte Kollegin war ...“, sagte Lars. „Was waren das für Probleme, die du mit ihr hattest?“

Gertrud räusperte sich. „Eigentlich soll man ja nichts Schlechtes über die Toten sagen ... Aber nun ist das schon so lange her.“ Sie trank einen Schluck von ihrem Kaffee. „Am Anfang haben wir uns eigentlich ganz gut verstanden. Wir haben zusammen hier angefangen. Da war sie recht nett. Aber in den Jahren danach hat sie sich sehr verändert. War oft gereizt, unzufrieden mit allem. Und sehr launisch, ihre Stimmung konnte sich von jetzt auf gleich komplett ändern. In einem Moment unterhielt man sich ganz normal mit ihr, und zwei Minuten später war sie total zickig. Man wusste nie, wo man mit ihr dran war.“

„Wie äußerte sich das?“, fragte Lars.

„Oh, sie konnte dann extrem bissige Antworten geben oder auch überhaupt nicht reagieren. Wenn man sie dann nicht in Ruhe ließ, hat sie manchmal sogar die Leute angebrüllt. Einige Kollegen wollten deshalb nichts mehr mit ihr zu tun haben. Ein paar Mal wurde sie sogar als Einzige nicht zum Geburtstagskuchen eingeladen. Das fand Jesper aber nicht in Ordnung."

„Irgendein Kollege oder eine Kollegin, der oder die besonders große Probleme mit ihr hatte?"

Gertrud spitzte den Mund und überlegte. „Nein, glaube ich nicht. Nur diese Probleme im Umgang. Sonst hatte auch keiner viel mit ihr zu tun."

„Und mit dem Chef?"

„Jesper? Nein, da hat sie sich zurückgehalten."

„Wir hörten, dass es Streit wegen des Heimbürotages gegeben hatte ..."

„Ach so, ja. Das habe ich schon ganz vergessen. Jesper hatte das Arbeiten von zu Hause abgeschafft. Mir hat das nichts ausgemacht, ich hatte das sowieso selten ausgenutzt. Aber Berit war total aufgebracht deswegen. Und hat sich dann durchgesetzt, weil es eine nationale Regel von Trygg-Hansa gab, die das zuließ. Jesper war nicht glücklich darüber, aber was sollte er machen? Berit war auch die Einzige, die sich dieses Recht gesichert hatte. Hat vor mir groß damit herumgeprahlt. Lohnte sich aber nicht, sich darüber aufzuregen ..."

Lars zückte seinen Block. „Kannst du dich erinnern, ob es in der Zeit vor ihrem Tod irgendeinen speziellen Fall gab? Also ich meine, hier in der Versicherung – hat Berit da etwas bearbeitet, was in irgendeiner Form ungewöhnlich war?"

Gertrud runzelte die Stirn. „Nein, ist mir zumindest nichts im Gedächtnis geblieben. Aber ich kann im PC noch mal die Akten dieses Zeitraumes durchgehen. Falls ich etwas finde, rufe ich dich an."

Lars reichte ihr seine Visitenkarte. „Gern, hier ist meine Nummer. Eine andere Frage: Gab es auch Probleme mit Leuten außerhalb des Büros? Verwandten, Freunden?"

„Oh ja." Gertrud lachte. „Sie hat sich mit vielen angelegt. Mit den Nachbarn hatte sie Streit wegen eines Schuppens. Mit ihrem Bruder wegen einer Erbschaft. Berit ging keinem Konflikt aus dem Weg."

„Was war das mit dem Bruder?"

„Ach, eine Tante von Berit war gestorben und hatte ihr etwas Geld und ein kleines Haus irgendwo im Wald hinterlassen. Der Bruder hat mehrfach hier angerufen und wollte Berit überzeugen, ihm einen Teil davon abzugeben. Aber sie wollte nichts davon wissen. Er hatte wohl gerade Geldprobleme, aber sie war noch nicht einmal bereit, ihm etwas zu leihen. Sie hat ihn regelrecht abgekanzelt. So wäre ich mit meinem Bruder nie umgesprungen ..."

Das war ja interessant. Der Ehemann hatte das deutlich anders dargestellt: als ob Berit noch dabei gewesen war, die Verteilung der Erbschaft mit ihrem Bruder zu diskutieren. Laut Gertrud war von Verteilen nie eine Rede gewesen.

„Noch irgendwelche anderen Personen, mit denen Berit Streit hatte?“

Gertrud schüttelte langsam den Kopf. „Keine, die mir bekannt sind, ich glaube nicht. Also wenigstens keine größeren Sachen. Kleine Scharmützel gab es fast täglich …“ Sie grinste.

„Du sagtest, am Anfang war sie nicht so schwierig“, warf Elin ein. „Was glaubst du, warum kam es zu dieser Veränderung?“

Gertrud rutschte unruhig auf ihrem Stuhl herum, offenbar war ihr das Thema nicht so angenehm. „Tja, sicher weiß ich das nicht. Aber ich meine, dass sie erst so unberechenbar wurde, nachdem sie geheiratet hatte. Ich war ja sogar zu der Hochzeit eingeladen. Die haben supergroß gefeiert, mit über achtzig Personen. Da wirkte sie total glücklich. Aber eine Weile danach war sie es nicht mehr.“ Sie blickte Lars und Elin an, offenbar wartete sie auf die nächste Frage.

„Gab es denn Anzeichen dafür, dass die Ehe nicht gut funktionierte?“

Gertrud nickte. „Sie haben sich oft gestritten, also auch am Telefon.“ Sie zuckte die Schultern. „Sie hat in unserem gemeinsamen Zimmer telefoniert, da habe ich zwangsweise alles mit angehört. Sie ist fast nie rausgegangen.“

Das war ja interessant, vielleicht gab es da doch noch ein Tatmotiv für den Ehemann, dachte Elin. „Worum ging es dabei?“

„Alles Mögliche. Sachen, die er nicht erledigt hatte. Oder vergessen hatte. Aktivitäten von ihm, die nicht mit ihr abgesprochen waren. Ich hatte den Eindruck, dass er ziemlich unter ihrem Pantoffel stand und es ihr nur schwer recht machen konnte.“

„Ist einer von beiden fremd gegangen?“ Elin sah sie gespannt an.

Sie schüttelte den Kopf. „Nicht, dass ich wüsste. Aber wundern würde es mich nicht …“ Sie verstummte.

Elin hatte den Eindruck, dass es da noch etwas gab. „Warum nicht?“

Gertrud rutschte wieder auf ihrem Stuhl herum, schließlich sagte sie: „Ich bin nicht sicher, dass es um ihre Ehe ging, aber Berit hatte einen Termin mit einer Anwältin gemacht. Sie wollte nicht darüber reden, doch ich habe dann im Telefonbuch nachgeschaut, das war eine Anwältin für Familienrecht.“

„Wann war das?“

„Ein paar Tage vor ihrem Tod.“ Gertrud schlug die Augen nieder.

„Kannst du dich noch an den Namen der Anwältin erinnern?“ Elin sah sie gespannt an, das konnte eine interessante Spur werden.

Gertrud blickte wieder hoch und sagte leise: „Ja, sie hieß Gunilla Ingwall. Sie hat ihre Kanzlei in der Fußgängerzone."

Elin sah Lars an, der nickte anerkennend. Heute bewegte sich etwas. Elin fing an, Spaß an diesem Auftrag zu finden.

15

Derselbe Raum mit den grünen Wänden. Willmar nickte zur Begrüßung, als er hereinkam, und ließ sich schwer auf den Stuhl fallen. Er war glatt rasiert, die Haare waren gekämmt, sonst sah er aus wie beim letzten Mal.

Lars wollte sich nicht mit Small Talk aufhalten und kam gleich zum Thema. „Wir haben erste Ergebnisse." Er berichtete von den Gesprächen mit dem Ehemann und mit der Kollegin Gertrud.

Willmar lächelte süffisant. „Na, ihr scheint ja doch etwas zu können."

„Allerdings ergeben sich auch ein paar neue Fragen an dich."

„Okay."

„Ich wollte dabei noch einmal betonen, wie wichtig es ist, dass du offen mit uns redest. Davon hängt unser Erfolg bei den Ermittlungen ab. Wenn du uns Sachen verschweigst oder nicht korrekt wiedergibst, führt das zu Verzögerungen oder im schlimmsten Fall dazu, dass wir nicht weiterkommen." Lars sah ihn durchdringend an.

Willmar grinste. „Klar doch. Was habt ihr denn?"

„Erst mal haben wir erfahren, dass dein Anwalt, dieser Torkel Frost, kurz vor deinem Gerichtsverfahren durch einen Unfall ausfiel und du dann von seinem Junior vertreten wurdest."

Willmar zuckte mit den Schultern. „Ja, war scheiße, das mit dem Unfall. Der Alte wäre sicher viel besser gewesen als dieser Grünschnabel. Aber es war unmöglich, auf die Schnelle jemand anderen zu finden."

„Hattest du keinen Verdacht, dass dieser Unfall mit deinem Prozess zusammenhing?"

„Klar. Aber was sollte ich machen? Ich saß ja in Untersuchungshaft, die Bullen haben darüber noch nicht mal mit mir geredet. Und der Fahrer von dem Laster wurde nie gefunden. Scheiße gelaufen."

„Hattest du jemanden in Verdacht? Der den Laster gefahren haben könnte?"

„Ich glaube, dass Berits Mann jemanden engagiert hat. Der kennt sich aus mit so was.“

„Mit was?“

„Wie man Unfälle türkt.“ Willmar hob die linke Augenbraue. „Außerdem wusste er, wie wichtig Torkel für meine Verteidigung war.“

„Wen könnte er engagiert haben.“

„Keine Ahnung. Das ist euer Job.“

Lars seufzte innerlich. Der Kerl war wirklich speziell. Er ging zum nächsten Thema über. „Wir wissen, dass du wegen kleinerer Delikte vorbestraft warst. Aber nun hörten wir von der Polizei, dass es auch mal eine Anzeige wegen einer Prügelei mit einem Freund von dir gegeben hat. Kannst du uns dazu mehr erzählen?“

Willmar verdrehte die Augen. „Ach das. Ist doch schon ewig her. Jahre vor meinem Prozess. Und ein Freund war das auch nicht.“

Lars wartete, aber mehr kam nicht. „Kannst du uns bitte trotzdem davon erzählen?“

Willmar stöhnte. „Mann, Mann, daran kann ich mich kaum noch erinnern. Ich hatte dem Kerl Geld geliehen. Als ich das zurückwollte, wurde er frech. Da hab ich ihm ein paar reingedroschen. Das war’s.“

„Wie viel Geld war das?“

„Weiß nicht mehr. Ein paar Tausend.“

„Und warum hat er die Anzeige dann zurückgezogen?“

„Hab ihm gesagt, dass er das Geld behalten kann, wenn er die Sache auf sich beruhen lässt."

„Verstehe." Das klang plausibel. „Wer ist der Kerl? Woher kanntest du den?"

„Ist das wichtig? Wir haben keinen Kontakt mehr seitdem."

Langsam nervte es. Warum musste man ihm alles aus der Nase ziehen? „Den Namen bitte."

„Jimmy."

„Und wie weiter?"

„Mann, du kannst Fragen stellen. Keine Ahnung, irgendetwas mit H. Heck oder so was."

Lars sah, wie Elin sich den Namen notierte. „Was arbeitet der Mann?"

Willmar kratzte sich am Hinterkopf. „Oh, alles Mögliche. Er hatte eine Firma, die im Kauf und Verkauf tätig war. Hab ich nie richtig durchgeblickt."

„Und woher kanntet ihr euch?" Lars wusste langsam nicht mehr, ob es wert war, dieses Thema weiterzuverfolgen. Er konnte eigentlich keinen Zusammenhang mit ihrem Fall erkennen. Aber jetzt ging es ihm auch ums Prinzip – Willmar sollte gefälligst seine Fragen beantworten.

„Welche Rolle spielt das? Aber wenn du es denn wissen musst: Wir haben zusammen in derselben Fußballmannschaft gespielt, als wir jung waren. Fragst du jetzt auch noch, welche Position er spielte? Das weiß ich nämlich nicht mehr."

Lars konnte sehen, wie Elin die Augen verdrehte. Sie hatte deutlich weniger Geduld als er, außerdem konnte sie Willmar nicht leiden. Deshalb konnte Lars sich gut vorstellen, was in ihr vorging.

„Und wie kam es dazu, dass du ihm Geld geliehen hast? Ich meine, das war doch Jahre nach dem Fußballspielen, oder?"

„Worauf du einen lassen kannst. Aber zu der Zeit hatten wir dieselbe Stammkneipe und haben öfter mal ein Bier zusammen getrunken. Da hat er mich gefragt."

„Okay, danke. Eine letzte Frage noch: Welche Kneipe war das?"

Willmar stöhnte. „Wenn du das auch noch wissen musst: *Allstar* war das, liegt mitten in der Stadt. Ist so 'ne Sportsbar, da hab ich oft Fußball und Eishockey geguckt. Jimmy auch."

„Gut, falls dir sein genauer Nachname noch einfällt, gib mir bitte Bescheid."

Willmar zuckte mit den Achseln, Lars machte sich keine großen Hoffnungen. Er sah Elin an, denn sie hatten vorher die Reihenfolge der Themen für die Befragung festgelegt und die Rollen verteilt. Jetzt sollte sie weitermachen. Er hoffte nur, sie würde ruhig bleiben.

Elin räusperte sich. „Beim letzten Mal hast du uns erzählt, dass du lediglich im Schuppen von Berit gearbeitet hast und nur auf einen Kaffee ins Haus gekommen bist. Wie und wo hast du das Kabel zum Schuppen dann angeschlossen?“

Lars atmete aus, Elin machte das gut.

Willmar warf seine rechte Hand hoch. „Ja, klar. Ich war natürlich in der Waschküche. Da war der Sicherungskasten. Aber das ging ja fix, die meiste Zeit war ich draußen. Also entweder im Schuppen oder beim Verlegen des Kabels zwischen Schuppen und Haus.“

„Wäre gut, wenn du uns das gleich ...“ Lars warf ihr einen warnenden Blick zu, das brachte doch nichts. Elin räusperte sich. „Gut, dann hast du auch gesagt, dass du sonst eigentlich nie in Hummelmark gewesen bist. Nun haben wir aber die Telefondaten von den Wochen vor der Tat durchgesehen. Wie kommt es, dass dein Telefon jeden Donnerstag für ein paar Stunden in Hummelmark war?“

Willmar starrte sie an. „Was? Die Daten gibt es doch gar nicht mehr. Die werden gelöscht.“

„Die Polizei hat sie damals erhoben und hat sie uns zur Verfügung gestellt.“ Elin starrte zurück, Lars beobachtete den Schlagabtausch der beiden gespannt.

„Vielleicht habe ich mein Telefon jemandem geliehen.“ Willmar grinste.

„Wem?“

„Kann mich nicht erinnern.“

„Super.“ Lars sah, wie Elin ihre Wut herunterschluckte. Dieser Willmar war wirklich völlig unkooperativ. Lars dachte an die Aussage von

Willmars Anwalt, diesem Erling Ek, der nie gewusst hatte, ob Willmar die Wahrheit sagte oder nicht. Dasselbe Problem hatten sie nun auch. Der Kerl schien nicht zu begreifen, dass sie für ihn und nicht gegen ihn arbeiteten.

Elin sah in ihre Unterlagen. „Und an dem Tag, als du das Kabel bei Berit gelegt hast, warst du nach eigenen Angaben gegen elf Uhr fertig. Das stimmt – dein Telefon bewegte sich um elf Uhr zehn von ihrem Haus weg." Sie blickte Willmar wieder an. „Aber du bist nicht nach Hause gefahren, sondern an eine andere Adresse in Hummelmark. Dieselbe Adresse, wo dein Telefon jeden Donnerstag war. Und der Tag, an dem du bei Berit gearbeitet hast, war ja auch ein Donnerstag. Was hast du dort gemacht?"

„Weiß nicht mehr. Vielleicht ein anderer Job?"

Elin schüttelte verzweifelt den Kopf. Lars war auch perplex. Dieser Dialog gestaltete sich mehr und mehr wie ein Verhör anstelle eines vertrauensvollen Gesprächs mit ihrem Mandanten. Er entschloss sich einzugreifen. „Willmar, das ist wichtig. Warum warst du einmal die Woche in Hummelmark? Wen hast du dort getroffen und warum?"

Willmar wiegte den Kopf hin und her und senkte den Blick. „Ist nicht wichtig. Hat nichts mit dem Fall zu tun."

„Alles, was in Hummelmark passiert ist, hat mit dem Fall zu tun." Elin wurde laut. „Wir müssen das wissen, wenn wir dir helfen sollen."

Willmar stand auf und ging zur Tür. Er betätigte den Knopf für die Klingel. „Nee, müsst ihr nicht.“

Die Tür ging auf, der Wärter schaute herein.

„Ich will in meine Zelle zurück“, sagte Willmar und verließ den Raum.

Lars und Elin sahen sich verdattert an. Elin fasste sich an den Kopf. „Das gibt es doch nicht. Spinnt der total?“

„Ja, so einen Klienten hatte ich auch noch nicht ...“ Lars starrte auf die geschlossene Tür. „Verschwindet einfach.“

„Der hat etwas zu verbergen. Das ist schon mal sicher.“

„Allerdings.“ Lars nickte. „Fragt sich nur, ob dieses Lügen und Verschweigen einfach nur ein Charakterzug sind – etwas, was er immer tut – oder ob es mit seinem Schuldspruch zu tun hat.“

„Wahrscheinlich beides.“ Elin stand auf, ihr Gesicht war rot vor Wut. „Was für ein elender Scheißkerl. Warum sind wir eigentlich hier?“

Lars erhob sich ebenfalls. „Wir machen einfach unseren Job. Diese Woche fing doch gut an, wir haben endlich ein paar vernünftige Ansatzpunkte. Die verfolgen wir jetzt weiter, egal ob Willmar uns hilft oder nicht. Diese Kneipe *Allstar* schauen wir uns auch an.“

„Können wir gerne heute Abend machen. Ich kann, glaube ich, ein paar Bier vertragen nach diesem Gespräch.“

„Gut, dort können wir hingehen. Wenn du die Adresse herausfindest."

„Na klar. Was ist mit diesem Haus in Hummelmark, in dem er jeden Donnerstag war?"

„Das werden wir ebenfalls überprüfen. Vielleicht erzählen uns die Bewohner mehr als Willmar."

„Vielleicht." Elin klang äußerst skeptisch. „Wenn die so redselig sind wie der Rest der Leute dort ..."

16

Elin gelang es nach dem Gespräch mit Willmar, die Kanzlei der Anwältin von Berit zu erreichen und mit ihr für den nächsten Morgen einen Termin auszumachen. Sie sagte der Sekretärin aber noch nicht, worum es ging.

Mit dem Namen Jimmy Heck hatte sie dagegen weniger Glück, der war in keinem Verzeichnis zu finden. Elin hatte noch einige Variationen probiert, Personen mit dem Familiennamen Hägg gab es zum

Beispiel über zwanzig, aber keiner mit dem Vornamen Jimmy oder Jim. Damit war es fast unmöglich, den Kumpel von Willmar ausfindig zu machen, wenn Letzterer sich nicht noch an den exakten Namen erinnerte. Doch das war angesichts seines Engagements wenig wahrscheinlich. Die Kneipe *Allstar* war ebenfalls eine Sackgasse, die hatte nämlich im September 2018 Pleite gemacht, in den Räumen befand sich nun das spanische Restaurant *Cinco*, das Elin und Lars am Abend gleich ausprobierten. Das Essen war gut, vor allem die Tapas. Aber leider stammte keiner der Angestellten aus der vorherigen Sportsbar. Vielleicht konnten sie diesen Jimmy in einer der anderen Sportsbaren ausfindig machen – es gab noch ein O'Learys, ein Bishops Arms und ein Restaurant Maria in dieser Kategorie –, vorausgesetzt, er war nach dem Bankrott des *Allstars* auf eine ähnliche Bar ausgewichen.

Der gemeinsame Abend im *Cinco* war schön. Nachdem sie sich beide noch einmal über Willmar ausgelassen hatten, redeten sie über alles Mögliche. Elin erzählte Lars sogar von Majas Schwangerschaftsplänen. Lars reagierte positiv und wünschte ihnen viel Glück – er hatte Elins lesbische Beziehung von Anfang an als völlig normal akzeptiert und fand es jetzt auch nicht überraschend, dass sie ein Kind wollten. Er erzählte dann von seinen beiden Töchtern und wie viel sie ihm bedeuteten. Passend zum spanischen Essen wurden es zwar keine Biere, dafür aber zwei Flaschen Rotwein, die Elin und Lars leerten.

Am nächsten Morgen musste Elin zwei Kopfschmerztabletten einwerfen, bevor sie sich auf den Weg zu Berits Anwältin machten. Die Sekretärin in der Kanzlei servierte Elin Kaffee, der ihr gut zupasskam, obwohl sie schon im Hotel zwei getrunken hatte. Lars lehnte ab, er schien keine Probleme mit den Nachwirkungen des Vorabends zu haben. Männer hatten da eindeutig einen Vorteil.

„Was kann ich für euch tun?“, fragte die Anwältin Gunilla Ingwall, nachdem sie sich gegenseitig vorgestellte hatten. Sie war Ende vierzig, gepflegt und adrett gekleidet. Das Make-up war tadellos. Ihre manikürten Hände spielten mit einem Stift.

„Es geht um Berit Sundquist“, sagte Lars. „Sie wurde vor mehr als fünf Jahren ermordet.“

„Ja“, nickte die Anwältin etwas verwundert. „Daran erinnere ich mich. Aber damit hatte ich nichts zu tun. Ich mache ausschließlich Familienrecht.“

Lars lächelte. „Ja, das ist uns klar. Wir haben aber Anlass zu der Vermutung, dass du sie vor ihrem Tod vertreten solltest, also in einer Familienrechtssache.“ Er sah sie erwartungsvoll an, Elin war genauso gespannt.

Gunilla machte eine abwehrende Handbewegung. „Selbst wenn, das wäre vertraulich, und ich darf darüber keine Auskünfte erteilen.“

Lars blieb fest. „Es würde uns schon reichen, wenn du bestätigst, dass du sie vertreten solltest."

Die Anwältin spitzte den Mund und überlegte. „Ja, warum eigentlich nicht? Allerdings habe ich sie nie getroffen. Aber sie hatte einen Termin bei mir, zu dem sie nicht erschienen ist. Normalerweise würde ich mich gar nicht daran erinnern, aber in diesem Fall habe ich dann aus der Zeitung erfahren, warum sie nicht gekommen ist. Sie wurde ein paar Tage vorher umgebracht. Schreckliche Geschichte." Sie schüttelte den Kopf.

„Und worum sollte es bei dem Termin gehen?"

„Scheidung. Mehr weiß ich auch nicht."

Also doch, Elin hatte es geahnt. „Hat die Polizei sich dazu bei dir mal gemeldet?", fragte sie.

„Nein. Die wussten wahrscheinlich gar nichts von dem Termin."

„Und du hast sie auch nicht darüber informiert?", warf Lars ein.

Gunilla zuckte die Schultern. „Wozu? Ich wusste ja überhaupt nichts. Und sie hatten den Mörder doch auch sofort. Da spielte dieser Termin ja keine Rolle mehr."

„Verstehe." Lars stand auf und bedankte sich. Elin folgte ihm nach draußen.

Im Fahrstuhl fragte sie: „Jetzt haben wir genug, um den Ehemann ein bisschen unter Druck zu setzen, oder?"

Lars nickte. „Absolut. Die Kollegin von Berit hat uns erzählt, dass es mit der Ehe nicht zum Besten stand, und Berit hatte schon einen Termin zwecks Scheidung gemacht. Bin gespannt, was er dazu sagt."

„Ich mach einen neuen Termin mit ihm, okay?"

„Ja, bitte. Aber nicht wieder in einem Restaurant. Am besten bei ihm zu Hause." Sie verließen das Gebäude und traten in die Fußgängerzone. Dunkle Wolken hingen am Himmel.

Lars schlug vor, ins Hotel zu gehen, um Telefonate zu erledigen und anschließend in der Nähe einen Lunch zu essen. Das passte Elin gut, sie wollte sich gern noch einmal hinlegen, ihr Kopf schmerzte immer noch.

***

Es regnete leicht, als Elin nach Hummelmark fuhr. Nicht einmal hier im Norden konnte der Winter sich in diesem Jahr richtig etablieren. Am Nachmittag hatten sie sich aufgeteilt, Lars würde um siebzehn Uhr den Bruder von Berit in der Stadt treffen, während Elin zu den Johanssons wollte, um zu klären, was Willmar einmal in der Woche bei ihnen gewollt hatte. Außerdem wollte sie noch einmal zu den Beckmans, um zu fragen, ob sie Willmars Lieferwagen hatten vorbeifahren sehen. Zum Glück war ihr Kopf nach dem Mittagessen wieder klar, keine Schmerzen mehr. Das Gespräch mit der Anwältin hatte sie etwas motiviert, jetzt konnten sie den Ehemann in Verlegenheit bringen. Obwohl Elin nicht glaubte, dass er seine Frau umgebracht hatte. Für sie war Willmar immer noch der wahrscheinlichste Täter, auch wenn sie sein ekelhaftes Verhalten zu vernachlässigen versuchte. Das allerdings fiel ihr schwer. Wie auch immer, Willmar hatte so viel gelogen und verschwiegen, der Kerl hatte Dreck am Stecken. Sie hoffte, das Geheimnis seiner Besuche in Hummelmark heute lüften zu können. Vielleicht hatte er einen Kontakt in dem Ort, der ihm beim Ausbaldowern geholfen hatte. Zumindest könnte man so gut erklären, wie er von dem Geld bei den Sundquists erfahren hatte.

Das Haus der Johanssons fand sie ohne Schwierigkeiten: bei den Beckmans vorbei, links abbiegen, dann war es das dritte Haus auf der rechten Seite. Hier waren sie an ihrem ersten Tag in Umeå schon einmal vorbeigefahren. Das rote Haus mit schwarzen Dachziegeln lag etwas zurück, davor gab es eine Fläche mit Schaukel und Rutsche, die wohl auf einem Rasen standen, der jetzt mit Schnee bedeckt war. Hinter dem Haus begann direkt der Wald, hohe Bäume standen dort. In der Einfahrt parkte ein Volvo Kombi, das typische schwedische Familiengefährt.

Nach dem Klingeln wurde sofort die Tür aufgerissen. Ein kleiner blonder Junge stand dort und sah zur ihr herauf. Sein Shirt steckte nur zur Hälfte in der Hose, und er war barfuß. „*Hej*“, strahlte er sie an.

„Hallo, kleiner Mann. Ist deine Mama da?“

In dem Moment tauchte eine Frau im Flur auf. Sie hatte einen blonden Zopf und trug einen hellgrünen Jogginganzug. „Oskar, du sollst doch nicht ...“ Sie sah Elin fragend an. „Ja?“

„*Hej*. Ich bin Elin Bohlander und arbeite als Privatdetektivin. Ich würde dir gerne ein paar Fragen stellen. Hast du einen Moment Zeit? Es dauert auch nicht lange.“

Die Frau sah sie prüfend an, dann sagte sie. „Okay, komm rein. Sonst wird es kalt hier.“

Elin zog ihre Stiefel aus und legte den Anorak ab. Dann folgte sie der Frau ins Wohnzimmer. Der Kleine verschwand im Korridor.

„Entschuldigung, es ist nicht besonders ordentlich. Ich bin gerade erst nach Hause gekommen.“ Sie räumte einen großen Teddy von einem Stuhl, den sie Elin anbot. „Ach so, ich habe mich noch gar nicht vorgestellt. Sofia Johansson.“ Sie streckte Elin die Hand hin, die sie schüttelte. Dann nahm sie Elin gegenüber Platz. „Worum geht es denn?“

„Wir untersuchen noch einmal den Mord, der hier in Hummelmark vor fünf Jahren passiert ist, den Mord an Berit Sundquist. Der Mann, der damals verurteilt wurde, beteuert nach wie vor seine Unschuld und hat uns beauftragt, neue Beweise zu finden."

Sofia verzog das Gesicht und nickte. „Ja, davon habe ich gehört. Schlimme Sache war das."

„Seid ihr damals von der Polizei vernommen worden?"

Sie schüttelte den Kopf. „Nein, das war ja vor unserer Zeit. Wir sind erst ein Jahr danach hierhergezogen. Wir haben vorher in Umeå gewohnt, in einer Wohnung. Als dann Oskar kam, wurde das zu klein, und wir haben das Haus günstig bekommen. Wahrscheinlich auch wegen des Mordfalls, das hat die Preise hier gesenkt."

Mist, die Johanssons lebten noch gar nicht in Hummelmark, als Willmar das Haus besucht hatte. Das verkomplizierte die Geschichte noch mehr. „Schade, ja, verstehe." Elin überlegte, hier kam sie nicht weiter. „Von wem habt ihr das Haus gekauft, wenn ich fragen darf?"

„Oh, ja, wie hießen die?" Sofia legte die Stirn in Falten. „Das weiß ich nicht mehr, so viel hatten wir ja mit denen auch nicht zu tun. Aber ich kann nachschauen, wenn das wichtig ist."

„Das wäre supernett. Der Name muss ja im Kaufvertrag stehen."

Sofia nickte und stand auf. „Einen Augenblick." Sie öffnete eine Kommode und holte einen Ordner heraus. Die Johanssons schienen gut organisiert zu sein, denn sie blätterte nur kurz und sagte: „Ja, hier ist es. Das waren Malte und Lovisa Matson." Sie sah Elin an. „Hilft dir das?"

Elin zückte ihren Notizblock. „Vielen Dank, ja. Hast du eine Ahnung, was aus denen geworden ist? Also, wo sie hingezogen sind?"

Sofia hockte sich hin, um den Ordner wieder einzureihen. „Nein, wirklich nicht. Das hat uns, ehrlich gesagt, auch nicht interessiert."

„Warte noch", bat Elin. „Kannst du mir auch den Namen des Maklers sagen?"

Die Frau zog den Ordner wieder heraus und öffnete ihn erneut. „Das war die Firma HusmanHagberg in Umeå. Der Makler war Per Hellström."

„Sehr gut. Danke für die Mühe." Eigentlich sollte es möglich sein, die Verkäufer über die Namen ausfindig zu machen. Aber falls nicht, war der Makler eine gute Option.

Elin stand auf. „Das war es auch schon. Da ihr hier zu der Zeit noch nicht gewohnt habt, erübrigen sich weitere Fragen. Danke noch mal für die Hilfe."

„Oh, das war so wenig. Kein Problem."

Als Elin ihre Stiefel angezogen hatte und die Tür öffnete, tauchte der kleine Junge wieder auf, grinste und rief: „*Hejdå*." Der war wirklich süß, Elin musste unwillkürlich an Majas Schwangerschaftspläne denken. Sie winkte ihm zum Abschied mit der Hand zu und verließ das Haus. So ein Mist, dachte sie, das war das Problem mit einem Fall, der fünf Jahre zurücklag, die Dinge veränderten sich. Jetzt würde sie die

Matsons suchen müssen. Es hätte so einfach sein können.

Der Regen hatte aufgehört, aber es war schon recht dunkel, als sie den Wagen wendete und zu den Beckmans fuhr. Dort brannte das Licht, und der Amarok stand vor dem Haus. Inga Beckman öffnete die Tür, und Elin erklärte ihr, worum es ging. Inga bat sie hinein und schloss die Tür, um die kalt-nasse Luft draußen zu lassen. Doch Elin blieb im Empfangsbereich stehen, denn es lohnte sich nicht wegen der einen Frage Schuhe und Anorak auszuziehen. Sie zeigte Inga ein Bild von Willmars Lieferwagen, aber die konnte sich nicht an ihn erinnern.

„Wir sind ja tagsüber eigentlich nur am Wochenende hier, und wenn wir nicht gerade vor dem Haus im Garten stehen, bekommen wir gar nicht mit, wer vorbeifährt", sagte sie entschuldigend.

So etwas Ähnliches hatte Elin schon befürchtet. Sie bedankte und verabschiedete sich.

***

Es war spät geworden, auf der Landstraße war es völlig dunkel, hier gab es keine Laternen. Rechts und links standen hohe Bäume. Der Schnee, der unter den Bäumen lag, trug nichts zur Aufhellung bei. Der Asphalt glänzte vor Nässe, zumindest hoffte Elin, dass es sich um Wasser handelte und nicht um Eis, denn die Temperaturen lagen um null Grad. Sobald die Sonne untergegangen war, konnte das Thermometer schnell um ein paar Grad fallen, und dann könnte es nach dem Regen Blitzeis geben. Sie nahm die Geschwindigkeit zurück – 70 Stundenkilometer waren hier erlaubt. Sie wollte lieber darunterbleiben, vor allem in den Kurven.

Die entgegenkommenden Autos blendeten sie mit ihrem Licht. Jedes Mal musste sie sich konzentrieren, um in der Spur zu bleiben. Sie ging noch weiter runter vom Gas und fuhr jetzt nur fünfzig. Das passte ihrem Hintermann nicht, er blinkte sie mehrfach an. Nun wurde sie auch noch vom Licht aus den Seitenspiegeln geblendet. Schließlich überholte er nach einer Kurve. Gut, wenigstens nervte der sie nicht mehr.

Eine Weile ging alles prima, langsam fing sie an sich zu entspannen, trotzdem hielt sie die niedrige Geschwindigkeit. Nach dem Idioten von vorhin war kein Auto mehr hinter ihr gewesen, aber jetzt sah sie, wie ein Wagen langsam immer näher kam. Von der Beleuchtung her zu schließen, musste es ein größeres Fahrzeug sein. Warum musste der hier so brettern? Sie verstand ja, dass die Einheimischen diese Straße gut kannten und wahrscheinlich die Wetterverhältnisse besser einschätzen konnten als sie, aber mit einem Laster sollte man doch wohl trotzdem etwas vorsichtig sein. Naja, sie musste zugeben, wenn er schwer beladen war, hatte er wahrscheinlich wenig zu befürchten, selbst wenn es etwas glatt war. In Stockholm hatten die Busse bis vor Kurzem noch nicht einmal Winterreifen, sie fuhren alle mit Ganzjahresbereifung, um Kosten zu sparen. Erst im letzten Jahr hatte man angefangen, die Bereifung nach und nach umzustellen, weil es doch einige Male zu Unfällen gekommen war. Nach jeder Kurve verschwanden die Lichter hinter Elin, nur um dann auf der nächsten geraden Strecke wiederaufzutauchen, und zwar jedes Mal etwas schneller – die Entfernung wurde rasch kleiner. Elin schaute immer wieder nervös in den Rückspiegel, sie hasste es, wenn die Leute von hinten drängelten. Es war tatsächlich ein Laster, einer von diesen Riesendingern, und jetzt fuhr er dicht hinter ihr und betätigte die Lichthupe. Genau das hatte sie befürchtet. Sie fühlte sich genötigt, etwas schneller zu fahren, aber über sechzig ging sie nicht hinaus. Leider half es nichts, der Lkw klebte immer noch an ihrem Heck. Wenn sie jetzt aus irgendeinem Grund bremsen musste, würde er sie wahrscheinlich glatt von der Straße wischen. Elin hoffte, dass nach der nächsten Kurve wieder eine freie Strecke kam, sodass der Kerl sie überholen konnte. Es war unangenehm mit diesem grell leuchtenden Ungeheuer, das an ihrem Heck klebte. An den Seiten die Bäume, von vorne die blendenden Lichter und hinten dieser Idiot mit den vielen PS. Vorsichtig ging sie in die Kurve – ja, hier kam eine längere freie Strecke, und im Augenblick war kein Gegenverkehr zu sehen. Außerdem war auf der rechten Seite jetzt ein kleiner Abhang, wodurch der Abstand zum Wald vergrößert wurde und die Straße etwas heller wirkte. Elin konnte nur hoffen, dass der Fahrer des Lasters diese Chance wahrnahm. Sie schaute in den Rückspiegel – ja, er blinkte und zog sein Fahrzeug auf die linke Spur. Elin nahm das Gas raus, der Laster setzte sich neben sie. Es war einer von diesen Lkw, die Baumstämme transportierten, voll beladen und mit Anhänger. Die kachelten hier alle wie die Blöden durch die Gegend, die Geschwindigkeitsbegrenzungen schienen für sie nicht zu gelten. Wasser spritzte von der Seite auf ihren Wagen, einen kurzen Augenblick lang war ihre Sicht verschwommen, dann zog der Scheibenwischer darüber, und sie konnte wieder nach vorn sehen. Der Laster war jetzt zur Hälfte an ihr vorbei, schien aber an Fahrt zu verlieren. Elin blickte auf ihren Tacho, sie war bei fünfundfünfzig – ging dem Lkw jetzt die Puste aus? Irritiert sah sie nach vorn, zum Glück kein Gegenverkehr. Sie verringerte ihre Geschwindigkeit noch weiter, der Laster schob sich dadurch ein Stück weiter nach vorn. Aber was machte er jetzt? Zum Teufel, er bremste. Die roten Bremslichter strahlten grell auf. Und nun zog er auf ihre Seite herüber. Warum? Die Baumstämme kamen bedrohlich näher, Elin hupte und ging voll in die Eisen. Sie merkte, wie ihr Wagen hinten ausbrach, während vor ihr nur noch

Räder und Holz zu sehen waren. Der Laster schnitt ihr den Weg ab! In Panik lenkte sie nach rechts rüber. In diesem Moment bekam ihr Volvo vorne einen Stoß und wurde noch weiter Richtung Straßenrand gedrängt. Sie hielt den Fuß mit aller Kraft auf der Bremse, trotzdem kam der Abhang auf sie zu. Gleich würde sie den Wagen zum Stehen bringen, gerade noch rechtzeitig. Doch da kriegte der Volvo auch von hinten einen Stoß und schlitterte den Hang hinunter. Schnee, Bäume – Elin schrie. Der Volvo drehte sich, die Räder trafen gegen ein Hindernis. Dann überschlug sich der Wagen – als Letztes bekam Elin mit, dass ihr Airbag ausgelöst wurde.

17

Yngve Fingers wohnte im Öbackavägen in Umeå, ein Fußmarsch von vierzehn Minuten vom *Clarion* Hotel entfernt. Das war eine tolle Wohngegend, zentral in Umeå, direkt am Öbackapark, hinter dem der Fluß lag. Es waren kleine Reihenhäuser mit jeweils zwei Wohnungen, die zwar sehr schmal gebaut waren, aber dafür einen kleinen Garten oder Balkon zum Park hatten und damit sicher einen schönen Blick auf das Wasser. Alle Häuser waren mit hellroten Ziegelsteinen und weißen Holzeinlagen verkleidet. Lars war beeindruckt, es konnte nicht billig sein, hier zu wohnen.

Nach dem Klingeln wurde sofort geöffnet und Yngve bat ihn herein. Er hatte eine Glatze, runde, blaue Augen und war kräftig gebaut, aber ein ganzes Stück kleiner als Lars. Er wirkte freundlich, auch seine Stimme war angenehm, wenn auch etwas hoch. Nachdem Lars die Stiefel ausgezogen und seinen Parka aufgehängt hatte, folgte er Yngve ins Wohnzimmer. Wie er vermutet hatte, war der Blick über den Balkon hinweg wunderschön, im Sommer musste es fantastisch sein. Die Wohnung war modern und geschmackvoll eingerichtet.

Lars nickte anerkennend. „Tolle Wohnung. Der Ausblick ist hier in Umeå wohl kaum zu toppen.“

„Ja, wir haben lange warten müssen, bis wir endlich eine solche Wohnung bekommen haben.“

„Du wohnst hier mit ...?“

„... meinem Freund.“ Yngve zuckte mit den Schultern. „Ich bin schwul.“

„Okay.“ Damit hatte Lars kein Problem.

„In Stockholm wird das ja gut akzeptiert, aber hier gibt es immer wieder Ressentiments. Trotzdem leben wir lieber in Norrland.“

Lars erzählte, dass er selbst aus dem Norden stammte. Yngve war sofort interessiert und wollte genau wissen, von wo.

„Aber du wolltest über Berit sprechen?“ Er setzte sich an den Tisch und bot Lars Mineralwasser an.

„Ja.“ Lars setzte sich dazu und erklärte die Hintergründe.

Yngve nickte. „Tor hatte mich schon informiert. Er war nicht begeistert, dass ihr das wieder aufrollt.“

„Das hat er auch sehr deutlich gemacht.“ Lars grinste. „Überhaupt gibt es fast niemanden hier, der das toll findet. Wir sind schon froh, wenn die Leute überhaupt mit uns sprechen.“

„Das musst du verstehen. Alle waren froh, dass der Fall so schnell aufgeklärt war und der Kerl hinter Schloss und Riegel kam. Keiner ist interessiert daran, ihn wieder laufen zu lassen.“

Lars sah ihn aufmerksam an. „Wie geht dir das? Du bist ja deutlich mehr betroffen als die meisten anderen …“

Yngve runzelte die Stirn. „Ja, wie geht es mir damit? Ich bin auch nicht scharf darauf, dass alles wieder von vorne losgeht. Auf der anderen Seite will ich schon sicher sein, dass der Richtige verurteilt wurde. Wenn ihr das noch mal bestätigt – und du sagst ja, ihr arbeitet ohne vorgefasste Meinung – ist mir das sehr recht. Falls es wirklich ernst zu nehmende Zweifel an seiner Verurteilung gibt, will ich natürlich, dass der wirkliche Mörder gefasst wird. Deshalb bin ich gerne bereit, dich zu unterstützen."

Das war ja mal eine ganz neue Einstellung – Yngve war der Erste hier, der so an die Sache heranging. Lars hoffte, dass es nicht nur ein Lippenbekenntnis war. „Das freut mich. Wir werden unser Bestes geben. Was kannst du mir denn über deine Schwester erzählen? Was war sie für ein Mensch?"

„Oh, viel." Yngve lachte. „Sie war meine große Schwester – fünf Jahre älter. Unsere Eltern waren beide beruflich stark eingespannt, auch an den Wochenenden, deshalb musste Berit viel auf mich aufpassen, als ich noch klein war. Das hat ihr nie gefallen, irgendwie glaube ich, sie hat mir das nie verziehen."

„Wart ihr die einzigen Geschwister?"

Yngve nickte. „Ja."

„Was ist mit euren Eltern? Wo leben die?"

„Die sind beide tot. Sie waren schon über vierzig, als ich kam. Ich denke, ich war nicht wirklich geplant ..." Er grinste gequält, das schien ihn immer noch zu bedrücken. „Meine Mutter starb an Brustkrebs, und mein Vater bekam kurz danach einen Herzinfarkt. Der Arzt meinte, es sei das gebrochene Herz." Er zuckte die Achseln.

Lars gab es einen Stich, als er das mit dem Brustkrebs hörte, er musste sofort an Lisa denken. Aber so war es nun einmal – in Skandinavien gab es mehr Brustkrebsfälle als in den anderen europäischen

Ländern. Lisa hatte gemeint, das sei wohl genetisch. „Das tut mir leid. Wann war das?“

„Oh, das war schon 2005, ist also schon lange her.“

„Wenn deine Eltern so stark engagiert waren, gab es da eine große Erbschaft?“

„Nein, leider nicht. Mein Vater hatte eine eigene Firma, die pleiteging, als er sechzig Jahre alt war. Er hat es nie geschafft, die Schulden aus dem Bankrott abzuzahlen. Deshalb blieb da nichts für uns.“

„Verstehe. Noch mal zurück zu Berit. Wie war sie so?“

„Ich will ehrlich sein. Sie war nicht einfach. Also mich hat sie nie richtig ernst genommen, ich war eben immer der kleine Bruder. Aber sie konnte zu allen schroff und abweisend sein. Es kam oft zu Streit.“

„Irgendwelche größeren Konflikte mit jemandem?“

„Nein, immer nur so kleine Sachen. Sie ärgerte sich über jemanden und machte sich dann Luft. Dann war die Sache auch meistens ausgestanden. Für sie zumindest. Sie hatte eine scharfe Zunge und konnte sehr verletzend sein. Zum Beispiel wenn es um mein Anderssein ging …“

„Wie war ihre Ehe?“

Yngve trank einen Schluck Wasser. „Tor hatte es nicht einfach. Berit war nie mit ihm zufrieden. Sie hat ihn herumkommandiert und ausgeschimpft. Er hat mir oft leidgetan.“

„Entschuldigung, wenn ich so direkt bin, aber dass Tor Berit umgebracht hat, das kannst du dir nicht vorstellen?"

„Schon okay, das müsst ihr euch ja fragen. Nein, wirklich nicht. Tor hat Berit geliebt, auch wenn sie oft gemein zu ihm war. Der hätte ihr nie etwas getan."

„Und Berit? Hat sie erwogen, sich von ihm zu trennen?"

„Nicht, dass ich wüsste." Er legte den Finger auf seine Wange. „Auf der anderen Seite wäre ich nicht der Erste gewesen, dem sie so etwas erzählt hätte ... Wir hatten nicht gerade ein enges Verhältnis."

„Wem hätte sie so etwas erzählt?"

Yngve lachte. „Ha, gute Frage. Keine Ahnung. Ich glaube, sie hätte es wohl mit sich selbst ausgemacht und dann alle vor vollendete Tatsachen gestellt. So war sie."

Ja, das passte zu den Aussagen der Kollegin. „Wie war das für dich, als sie starb? Ich meine, wenn ihr euch nicht so nahestandet ..."

Er verzog das Gesicht. „Es war ein Schock. Damit hatte keiner gerechnet, also ich meine, wenn jemand lange krank ist, dann muss man sich darauf einrichten. Aber Berit war kerngesund. Und sie wurde ermordet. Auch wenn wir nicht so eng waren, sie war immerhin meine Schwester. Das hat mich ganz schön mitgenommen."

„Tor erzählte, dass du auch etwas geerbt hast?"

„Nein, offiziell geerbt nicht. Das ging ja alles an Tor. Aber er hat mir von dem, was Berit von unserer Tante geerbt hatte, etwas abgegeben. Das hätte er nicht gemusst, das war wirklich anständig von ihm. Mit Tor bin ich auch immer gut ausgekommen, besser als mit Berit. Der ist in Ordnung."

„Warum warst du nicht von deiner Tante berücksichtigt worden?"

Er zuckte die Schultern. „Wir hatten nicht viel Kontakt. Sie war sehr konservativ, wie viele hier auf dem Land. Sie konnte es nicht verstehen, dass ich mit einem Mann zusammenlebe."

Das war plausibel, das konnte Lars sich gut vorstellen. „Wollte Berit dir denn etwas von der Erbschaft abgeben?"

„Nein, auf keinen Fall." Yngve lachte verächtlich. „Sie meinte, ich hätte mich nicht um die Tante gekümmert, deshalb stünde mir auch nichts zu. Ich hätte mich schon gern gekümmert, aber die Dame wollte ja leider nichts von mir wissen. Von daher war ich wirklich dankbar, dass Tor sich so anständig verhalten hat."

„So hattest du doch einen Vorteil von ihrem Tod ..."

„Haha, war ja klar, dass du das anführen würdest. Stimmt, ich habe 150.000 Kronen bekommen. Wenn du meinst, dass ich dafür meine Schwester umbringe ... Außerdem war es ja vorher nicht sicher, dass Tor mir das Geld geben würde."

„Ihr habt vor ihrem Tod nicht darüber gesprochen, was er für eine Meinung dazu hatte?“

„Mann, du gibst nicht auf, oder? Verstehe, du meinst, ich hätte mit Tor gemeinsame Sache gemacht und dann hinterher das Geld aufgeteilt?“ Yngve sah ihn belustigt an.

Lars tat es fast leid, die Verdächtigungen so direkt auszusprechen, der Mann war ihm durchaus sympathisch. Zum Glück schien er es mit Humor zu nehmen – Lars war sicher, dass Tor nicht darüber gelacht hätte. „Ja, sorry, ist mein Job ...“

„Nein, kannst du dir abschminken. Ich habe nur mit Berit über eine Beteiligung an der Erbschaft gesprochen. Hätte das Geld damals gut gebrauchen können, weil mir das Auto kaputtgegangen war. Aber ich hatte keine Ahnung, wie Tor darüber dachte. Spielte auch keine Rolle, denn Berit machte sowieso, was sie wollte.“ Er sah ihm direkt in die Augen. „Und wirklich, ich habe nichts mit Berits Tod zu tun. Sie konnte ein Aas sein, aber deshalb tötet man jemanden nicht. Ich finde es schrecklich, wie sie gestorben ist – das hat sie auf keinen Fall verdient.“

Lars glaubte ihm, Yngve schien sehr ehrlich. Auch wenn man sich da nie sicher sein konnte. Doch hier wirkte alles plausibel und authentisch. Yngve wanderte nach ganz unten auf seiner Liste der Verdächtigen.

***

Jetzt rief er zum dritten Mal bei Elin an. Jedes Mal klingelte es eine Weile, dann kam die Standarddurchsage der Mailbox. Beim zweiten Anruf hatte er eine Nachricht hinterlassen und um Rückruf gebeten. Trotzdem hatte Elin sich nicht gemeldet. Wieder ging er in die App für die GPS-Sender der Firma. Nach dem zweiten Anruf hatte er schon nachgeschaut, da befand Elin sich offenbar auf dem Rückweg von Hummelmark nach Umeå. Wahrscheinlich hatte sie ihr Handy auf leise gestellt, das machte er auch oft, wenn er wichtige Gespräche führte. Aber jetzt wunderte er sich doch, der Sender schien sich in den letzten fünfzehn Minuten nicht bewegt zu haben. Er stellte die Karte auf Satellitenansicht und zoomte auf mehr Details. Merkwürdig, an der Stelle gab es nichts, kein Haus weit und breit, nur Wald. Warum hatte Elin dort angehalten? War das Benzin alle? Nein, so viel waren sie noch gar nicht gefahren, außerdem war es schwer, die entsprechenden Warnlampen zu übersehen. Vielleicht ein Motorschaden? Aber dann hätte sie sich doch bestimmt bei ihm gemeldet. Oder hatte sie etwa den Sender verloren, und der lag jetzt am Straßenrand? Dann wäre Elin mit dem Wagen längst im Hotel. So etwas kam sehr selten vor, denn die Dinger saßen extrem fest. Ein einziges Mal hatte Lars das erlebt, da war beim Fahren ein großer Karton unter das Auto geraten und hatte den Sender mitgerissen. Deshalb setzte Lars den Tracker gern in den Radkasten, da konnte so etwas nicht passieren. Er wusste aber nicht, wo Elin das Ding angebracht hatte, darauf hatte er überhaupt nicht geachtet.

Er rief die Rezeption an und ließ sich mit Elins Zimmer verbinden. Keine Antwort. Die Rezeptionistin konnte auch nicht sagen, ob Elin zurückgekommen war. Das war der Nachteil der modernen Schlüsselkarten: Man konnte ein- und ausgehen, wie man wollte, ohne dass die Rezeption etwas davon mitbekam. Früher genügte ein Blick auf das Schlüsselbrett und man wusste, ob der Gast im Hotel war oder nicht. Lars checkte noch einmal die Position des Trackers – nach wie vor keine Änderung. Bei Elins Handy ebenfalls das gleiche Spiel. Langsam machte er sich Sorgen. Könnte natürlich sein, dass sie den Sender verloren hatte, den Wagen im Hotel geparkt hatte und jetzt irgendwo bummeln war oder sich aufs Ohr gelegt hatte. Gut, aber dann musste der Volvo in der Tiefgarage stehen. Lars nahm den Fahrstuhl nach unten und wanderte durch das Deck. Der Wagen stand nicht auf dem Platz, den sie gewöhnlich benutzten, obwohl der frei war, und er war auch nirgendwo anders in der Garage geparkt. Mist, hier stimmte etwas nicht.

Lars fuhr wieder nach oben, probierte nochmals das Handy und kontrollierte die GPS-Position, mit demselben Ergebnis wie zuvor. Dann ließ er sich von der Rezeption ein Taxi bestellen. Er wollte zu der Stelle fahren, wo er den Tracker geortet hatte. Wenn es falscher Alarm war, konnte er den wenigsten einsammeln. Das Taxi kam nach fünf Minuten, auch hier – wie in Stockholm – war der Chauffeur ein Ausländer, der mit starkem Akzent sprach. Er versuchte, Lars in ein Gespräch zu verwickeln, und stellte alle möglichen Fragen, aber Lars war dazu nicht aufgelegt und antwortete so kurzsilbig wie möglich. Er hatte Hummelmark als Ziel angegeben, aber schon angekündigt, dass er vorher noch einmal anhalten wollte. Als sie nach zwanzig Minuten die Position des Senders erreicht hatten, bat Lars den Fahrer, zu halten. Doch er weigerte sich, da es hier keine Standspur oder Parkbucht gab und er Angst hatte, dass ihm jemand hinten auffuhr. Zum Glück gab es hundert Meter weiter eine Einfahrt in einen kleinen Waldweg, die er zum Parken nutzen konnte. Lars öffnete die Tür und sagte, dass er in zehn Minuten zurück sei.

„Nee, nee. Erst zahlen", sagte der Mann.

„Klar, und dann fährst du weg, und ich stehe hier mitten im Wald." Lars schüttelte den Kopf.

„Aber wenn du nicht wiederkommst, wie bekomme ich dann mein Geld?"

„Wo soll ich denn hier hin? Du siehst doch, dass hier nichts ist."

Lars stieg aus und kümmerte sich nicht um die weiteren Proteste des Fahrers. Als sie an der angezeigten Position vorbeigefahren waren, hatte Lars kein Auto oder sonst irgendetwas Auffälliges gesehen. Deshalb ging er davon aus, dass der Sender dort irgendwo am Straßenrand lag. Er wechselte auf die andere Seite und ging zurück. Es war zwar nicht viel Verkehr, aber da es vollständig dunkel war, lief er zur Sicherheit ein Stück neben der Straße im knöcheltiefen Schnee. Zum Glück hatte er halbhohe Stiefel an. Es blies ein eisiger Wind, Lars zog den Reißverschluss seines Parkas bis oben zu. Ein Auto passierte, und er bekam eine Breitseite mit Spritzwasser ab. Die Hose würde er nachher wechseln müssen. Das Handy vor sich haltend verglich er seine Position mit der des Trackers. Kurz bevor er die richtige Stelle erreicht hatte, stieß er auf Reifenspuren im Schnee, die von der Straße wegführten. Doch hier gab es nichts, wo ein Auto abbiegen konnte – im Gegenteil: Es ging abschüssig einen Hang hinunter. Vorsichtig, um nicht ins Rutschen zu kommen, kletterte er den Spuren hinterher, schließlich schaltete er die Taschenlampenfunktion seines Smartphones ein und leuchtete voraus. Verdammt, dort unten lag ein Auto mit den Reifen nach oben. Da war jemand von der Straße abgekommen und hatte sich überschlagen. Das war doch hoffentlich nicht Elin? Während er so schnell wie möglich den Rest des Abhangs bewältigte, kalkulierte er die Wahrscheinlichkeiten im Kopf: Elin meldete sich nicht, ihr Sender zeigte diese Position hier an, und dort lag ein Auto umgedreht im Schnee. Es war fast unmöglich, dass es nicht Elin war. Kalt lief es ihm den Rücken herunter.

Unten angekommen, pflügte er durch den Schnee, der hier kniehoch lag. Er sah sofort, dass es sich um ihren Mietwagen handelte, der dort wie ein Käfer auf dem Rücken lag. Ein Baum hatte den Wagen offenbar zum Halten gebracht. Als er um den Wagen herum gestapft war, konnte er sehen, dass ein Ast durch die Windschutzscheibe in den Innenraum ragte. Er beugte sich hinab und leuchtete in das Innere. Entsetzt zuckte er zurück, Elin hing kopfüber in ihrem Gurt, ihr Gesicht war blutverschmiert. Er klopfte gegen die Scheibe und rief ihren Namen, aber sie reagierte nicht, sie musste bewusstlos sein. Er hoffte inständig, dass es nichts Schlimmeres war. Er zog an dem Türgriff, aber die Tür rührte sich nicht, wahrscheinlich war sie durch den Aufprall verzogen. Lars hastete um das Auto herum zur Beifahrerseite, aber dort bekam er die Tür ebenfalls nicht auf. Er brauchte Hilfe. Mit zitternden Fingern wählte er die 112. Er machte die üblichen Angaben, beschrieb seine Position und forderte einen Rettungswagen und die Feuerwehr an. Der Wagen musste ja wohl aufgesägt werden.

Es folgten die längsten zwanzig Minuten seines Lebens. Er war Elin so nah, aber er konnte ihr nicht helfen, sondern musste abwarten, bis endlich der Rettungsdienst eintraf. Elin war nicht nur seine langjährige Partnerin, mit der er durch dick und dünn gegangen war, sondern sie beide verband inzwischen eine tiefe Freundschaft. Er wollte sich gar nicht ausmalen, wie es wäre, wenn ihr etwas Ernsthaftes passiert wäre. Lars versuchte wieder und wieder, irgendwie in den Volvo hineinzukommen, aber alle Türen saßen fest. Er konnte auch sehen warum – das Dach war um mindestens zehn Zentimeter eingedrückt und hatte sich mit den Türrahmen verkeilt. Er konnte nur hoffen, dass der Gurt und der Airbag Elin vor schlimmen Verletzungen bewahrt hatten. Das Blut gefiel ihm gar nicht, aber er wusste, dass selbst kleine Wunden am Kopf sehr stark bluten konnten. Natürlich hätte er die Windschutzscheibe zerschlagen können, die durch den eingedrungenen Ast unzählige Sprünge aufwies. Doch damit würde er nur jede Menge Scherben produzieren, und auch dann könnte er Elin nicht herausholen. Wahrscheinlich war es auch besser, sie nicht zu bewegen und die Bergung den Sanitätern zu überlassen. Als er sich bewusstwurde, dass er keine Chance hatte, das Auto zu öffnen, und Elin weiterhin nicht reagierte, entschloss er sich, zur Straße hochzuklettern, um den Rettungskräften den Weg zu weisen. Er stand oben an der Straße und überlegte, was wohl passiert war. Es waren keine Bremsspuren zu sehen, aber dazu stand auch zu viel Wasser auf der Fahrspur. War Elin ins Rutschen gekommen und dann von der Straße abgekommen? Er testete den Asphalt, der war zwar nass, aber ohne Eis. Vielleicht war sie müde gewesen, in Sekundenschlaf gefallen und hatte dann die Kontrolle über den Wagen verloren.

Nach endlosen Minuten hörte er schließlich die Sirene. Er hatte Tränen in den Augen, als er das Blaulicht sah – und das kam nicht vom Wind. Hektisch mit seiner Handylampe winkend signalisierte er dem Feuerwehrwagen, wo er halten musste. Die Ambulanz kam direkt dahinter. Nach einem kurzen Dialog lief alles sehr professionell ab. Zwar ging Lars die Seelenruhe, mit der die Leute den Einsatz vorbereiteten, auf den Geist, aber er wusste, dass Hektik jetzt nicht helfen würde. Drei Feuerwehrmänner stapften den Abhang hinunter, Axt, Brecheisen und Säge mit sich führend. Zwei Krankenpfleger schoben die Trage aus dem Krankenwagen und schickten sich an, den Männern zu folgen. Lars erhielt Anweisung, oben an der Straße zu warten. Er zögerte und überlegte, ob er trotzdem hinterher sollte, entschied sich dann aber eines Besseren – er konnte zu Elins Rettung nichts beitragen und würde im schlimmsten Fall nur im Weg sein. Einer der Feuerwehrleute hatte eine starke Lampe aufgestellt, sodass Lars selbst von hier oben beobachten konnte, was passierte. Die Männer schlugen die Scheibe der Beifahrertür ein und setzten das Brecheisen ein. Das schien nicht den gewünschten Erfolg zu haben, deshalb wurde die Säge angelassen. Funken sprühten und ein grässliches Geräusch drang nach oben. Lars hielt die Luft an. Wieder kam der Mann mit dem Brecheisen, der andere hakte die Axt in der Tür ein und zog. Mit einem Knarren öffnete sie sich endlich. Lars atmete aus, als er sah, wie einer der Männer in den Volvo kletterte. Einer der Krankenpfleger kam hinzu, und es gab einen Wortwechsel. Wahrscheinlich diskutierten sie, wie sie Elin am besten aus dem Autowrack bergen konnten. Die Säge wurde noch zweimal angesetzt, dann war der Beifahrersitz ausgebaut. Danach wurde der Ast, der in der Windschutzscheibe steckte, abgesägt. Einer der Krankenpfleger kletterte nach hinten in den Wagen, der andere schob die Trage hinein. Lars konnte nicht erkennen, was darin vor sich ging. Aber schließlich sah er, wie Elin auf der Trage herausgeschoben wurde, sie trug bereits eine Halskrause. Schließlich kamen die beiden Sanitäter mit der Trage den Abhang herauf, einer der Feuerwehrmänner half beim Schieben. Elin war bis auf das Gesicht mit einer goldenen Folie zugedeckt.

„Ist sie okay?“, fragte er aufgeregt.

„Sie ist bewusstlos und hat ein paar Schnittwunden und eine Bauchwunde. Puls ist schwach, aber das Herz schlägt. Wir wissen noch nicht, ob es innere Verletzungen gibt.“

Lars schluckte und stand stocksteif da, während Elin eingeladen wurde. „Kann ich mitfahren?“, brachte er schließlich heraus.

Der Sanitäter zögerte, dann nickte er.

Da hörte Lars eine Stimme hinter sich. „Aber erst bezahlen, Meister."

Er drehte sich um – dort stand der Taxifahrer. Den hatte er total vergessen.

18

Sie kam langsam zu sich und öffnete die Augen. Die Umgebung war verschwommen – wie im Nebel. Alles war weiß, ein Piepen im Hintergrund. Ihr Kopf dröhnte. Sie versuchte sich aufzurichten.

„Bleib liegen, Elin. Alles ist gut."

War das Lars? Mühsam drehte sie den Kopf. Jemand saß neben ihr. Wieder wurde alles schwarz, dann kam das Bild zurück. Es dauerte eine Weile, bis alles im Fokus war. Ja, das war Lars.

„Was ...", krächzte sie.

„Willst du etwas trinken?“ Lars presste ihr ein feuchtes Tuch auf den Mund, Elin saugte die Flüssigkeit gierig ein.

„Was ... was ist passiert?“, stieß sie hervor. In ihrer linken Hand steckte eine Braunüle, die an einem Tropf angeschlossen war.

„Du hattest einen Autounfall. Aber du hast Glück gehabt. Nichts Ernstes.“

„Warum kann ich mich nicht erinnern? Ich war bei den Beckmans und dann ...“ Sie hatte einen Filmriss.

„Du hast eine Gehirnerschütterung. Da kann es leicht zu einem Gedächtnisverlust kommen. Das ist ganz normal. Wahrscheinlich kommt die Erinnerung nach einer Weile zurück. War bei mir genauso beim letzten Mal.“

„Entschuldigung.“ Eine Frauenstimme hinter Lars, der Platz machte.

„Ich bin Dr. Koivisto. Du bist in Norrlands Universitätsklinik. Ich will dich kurz untersuchen.“ Finnischer Akzent, ein kantiges Gesicht und ein weißer Kittel.

Die Frau leuchtete ihr in die Augen, dann fragte sie nach Elins Namen, ihrem Alter und dem heutigen Tag. Elin konnte alles beantworten.

„Gut. Alles so weit in Ordnung. Du hast eine kräftige Gehirnerschütterung, eine Platzwunde am Kopf und mehrere kleine Schnittverletzungen, die wir alle versorgt haben und die wieder abheilen werden. Außerdem mussten wir dir einen Ast aus deinem

Bauch herausoperieren, der hat aber zum Glück keine inneren Organe verletzt. Du wirst noch ein paar Tage hierbleiben müssen." Zu Lars gewandt. „Zehn Minuten kannst du noch mit ihr sprechen, dann ist es genug für heute."

Schon war sie wieder weg.

„Wer hat mich gefunden?" Langsam kam ihr Gehirn in Gang.

„Ich. Hab mir Sorgen gemacht, als ich dich nicht erreichen konnte. Dann bin ich zur Position des GPS-Senders gefahren. Dort habe ich den Wagen gefunden."

Elin wollte schmunzeln, aber das tat weh. „Hat die Tracker-Regel also doch ihren Sinn ..."

Lars nickte. „Könnte sein, dass dir der Tracker das Leben gerettet hat. Dein Wagen hat sich überschlagen und ist einen Abhang runtergerollt. Wer weiß, wann dich dort jemand gefunden hätte. Du hingst kopfüber in den Seilen und hattest diese Bauchwunde, ich weiß nicht, wie lange dein Kreislauf da mitgemacht hätte ..."

„Hat es gebrannt? Hätte der Wagen explodieren können?"

Lars schüttelte den Kopf. „Nein, das gibt es nur im Kino. Dazu braucht es ein Leck im Tank oder der Benzinleitung und natürlich einen Funken – passiert sehr selten. Noch dazu waren die Temperaturen niedrig. Aber glaub mir – es war so schon dramatisch genug."

Langsam wurde Elin die Dimension des Ganzen klar – sie war dem Tod von der Schippe gesprungen, und Lars hatte sie gerettet. „Danke, Lars."

„Kein Thema, Elin. Ich bin wirklich froh, dass es nicht schlimmer gekommen ist. Als ich dich dort in dem Auto hängen sah ... Mir war ganz anders. Und ich konnte das Auto nicht öffnen, die Feuerwehr musste kommen und die Tür aufsägen. Ich stand nur da und konnte nichts tun – außer auf Hilfe warten. War ein Scheißgefühl."

„Danke, Lars. Kannst du Maja anrufen?"

„Klar, mache ich."

Ihr fiel etwas ein. „Du, ich war doch bei dem Haus, wo Willmar immer hingefahren ist."

Lars nickte.

„Da wohnen die Johanssons. Aber erst seit vier Jahren. Sie haben das Haus von, warte mal, von Malte und Lovisa Matson gekauft." Sie war froh, dass ihre Erinnerung bis dahin komplett war. „Die müssen wir finden. Willmar muss einen der beiden getroffen haben."

„Verstehe. Danke, ich kümmere mich darum."

Ihr wurde wieder schwummerig, sie schloss die Augen. „Ich bin so müde."

„Okay Elin, ich komme morgen wieder. Ruh' dich aus und gute Besserung."

Sie hörte, wie er den Raum verließ. Sie versuchte, sich zu erinnern. Bei den Beckmans war sie in den Volvo gestiegen und wollte zurück zum Hotel. Aber dann? Danach war alles weg. Irgendwie hatte sie das Gefühl, dass auf der Straße etwas Wichtiges passiert war. Doch was?

***

Maja war da. Sie hielt ihre Hand und weinte.

„Maja, was machst du hier? Was ist denn?"

„Oh, Elin. Du bist wach." Maja wischte sich die Tränen mit dem Handrücken ab, ihr Mascara verschmierte. „Ich habe mir solche Sorgen gemacht."

„Wegen mir? Ich bin okay."

Maja lachte mit verzerrtem Gesicht. „Haha, du bist okay? Möchte wissen, was passieren muss, damit du nicht okay bist. Ich habe einen solchen Schreck gekriegt, als Lars mich angerufen hat, ich bin sofort hergeflogen." Vorsichtig umarmte sie Elin. „Aber es ist gut, dass du schon wieder so gut drauf bist. Hast du Schmerzen?" Sie sah sie ernst an.

„Der Kopf tut etwas weh. Ist aber nicht so schlimm." Sie sah sich um, sie war in einem anderen Zimmer als heute früh. Es standen noch zwei weitere Betten darin, ihr eigenes direkt an der Tür, neben ihr lag eine alte Dame, am Fenster eine Frau mit Gipsarm.

„Was ist denn passiert? Kannst du dich erinnern?"

Elin forschte in ihrem Gehirn nach. Nun kamen einige Bruchstücke mehr als heute früh. „Ich war in Hummelmark. Habe erst die Adresse besucht, bei der Willmar sich immer donnerstags aufgehalten hat. Da wohnen jetzt andere Leute, aber ich habe die Namen von den Vorbesitzern bekommen, die habe ich Lars schon gegeben. Dann war ich noch mal bei den Beckmans, das sind die Nachbarn vom Mordopfer. Dabei kam aber nichts heraus. Dann wollte ich wieder zum Hotel fahren." Sie überlegte. „Es war dunkel, die Straße war nass. Ich hatte Angst, dass es glatt sein könnte, und bin sehr langsam gefahren. Hinter mir war einer, der mich mit seinem Licht geblendet hat." An mehr konnte sie sich nicht erinnern. „Danach ist alles weg. Ich bin heute Morgen hier aufgewacht. Aber an die Fahrt konnte ich mich heute früh noch nicht erinnern. Glaubst du, der Rest kommt auch zurück?"

„Ich drücke dir die Daumen. Aber Hauptsache, du wirst wieder vollständig fit. Was sagen denn die Ärzte?"

„Ein paar Tage soll ich noch hierbleiben. Wegen der Gehirnerschütterung. Vielleicht auch wegen meinem Bauch. Da hatte sich so ein kleiner Ast reingebohrt. Deshalb kriege ich Antibiotika."

„Meine arme kleine Maus. Was machst du nur für Sachen?"

„Wenn ich das nur wüsste." Elin grinste. „Ich zermartere mir schon das Gehirn, aber da fehlt noch irgendetwas."

„Entspann dich, du kannst es nicht erzwingen. Es kommt von allein, oder es kommt gar nicht."

„Ja, du hast recht. Was hast du vor? Wann willst du wieder zurückfliegen?"

„Oh, ich bleibe ein paar Tage. Vielleicht, bis du wieder hier rauskommst."

„Wo wohnst du?"

Maja zuckte mit den Schultern. „Noch nirgendwo. Ich bin vom Flugplatz direkt ins Krankenhaus gefahren."

„Du kannst ja mein Zimmer nehmen. Die Schlüsselkarte muss in meinen Sachen sein." Sie blickte sich um. „Weiß gar nicht, wo die sind."

Maja stand auf. „Ich suche mal."

19

Nachdem er das Krankenhaus verlassen hatte, war Lars ziemlich beschäftigt. Als Erstes rief er Maja an, die natürlich einen großen Schreck bekam und sich sofort in den nächsten Flieger setzen wollte. Lars konnte sie verstehen. Und es war sicher auch gut für Elin, wenn Maja herkam.

Anschließend besorgte er sich einen neuen fahrbaren Untersatz. Vom Krankenhaus fuhr er mit einem Taxi zum Flughafen und ging dort wieder zu Hertz. Die ersten Formalitäten wegen des zerstörten Mietwagens konnte er bereits erledigen. Elin musste später allerdings noch eine Beschreibung des Unfalls abliefern. Dann mietete er gleich ein neues Auto. Den V60, den sie vorher hatten, gab es gerade nicht, aber Lars bekam einen XC60, der ihm noch besser gefiel: ein SUV, natürlich auch mit Allradantrieb, selbst wenn Elin das offenbar nicht viel genutzt hatte. Er nahm einen schnellen Lunch am Flughafen ein und rief Tobias an, um ihn zu informieren, was passiert war. Der war richtig besorgt um Elin und bot sogar an, zur Unterstützung nach Umeå zu kommen, was Lars aber fürs Erste ablehnte.

Nachdem er den Wagen in der Tiefgarage geparkt hatte, ging er aufs Zimmer, um im Internet nach den Matsons zu suchen. Er startete seinen Laptop und ging auf merinfo.se – dieses Verzeichnis gefiel ihm am besten. Bei den meisten anderen Online-Registern reichte eine Mail, um seine Angaben entfernen zu lassen. Bei merinfo war das nicht möglich, die zeigten immer ein aktuelles Abbild des offiziellen Melderegisters, das vom *Skatteverket*, dem schwedischen Finanzamt, geführt wurde. Dort konnte man zwar eine geschützte Adresse beantragen, dafür musste es aber handfeste Gründe, meist eine nachgewiesene Bedrohung, geben. Schweden war eben sehr transparent.

Die Suche gestaltete sich allerdings viel schwieriger, als er angenommen hatte. Erst einmal gab es vier Schreibweisen – Matson, Matsson, Mattsson und Mattson. Er hatte leider versäumt, Elin nach der richtigen Version zu fragen; vielleicht wusste sie es aber auch gar nicht. Er fand über 16.000 in Schweden und allein 200 in Umeå. Mit dem Vornamen Malte gab es davon über zehn in Schweden, aber nur einen Malte Matson in Umeå, doch dieser wohnte mit einer Madeleine Sjöberg zusammen und nicht mit einer Lovisa. Die Kombination mit dem Vornamen Lovisa gab es fünfunddreißigmal im Land, wiederum nur einmal in Umeå. In diesem Fall wurde der Nachname mit Doppel-t und Doppel-s geschrieben, allerdings wohnte diese Lovisa allein und war erst fünfundzwanzig und daher eigentlich zu jung, um bereits vor vier Jahren ein Haus verkauft zu haben. Er konnte kein Paar mit einem dieser Nachnamen und den Vornamen Lovisa und Malte finden, die an derselben Adresse gemeldet waren.

Lars sah ein, dass er so nicht weiterkam. Entweder hatten Malte und Lovisa eine heimliche Adresse, oder sie hatten sich getrennt und waren aus Umeå weggezogen oder sogar beides. Elin wollte er nicht fragen, die sollte sich heute noch ausruhen. Er entschloss sich daher, die Johanssons zu kontaktieren.

Die waren einfach im Register zu finden – Sofia und Håkon, Mobil- und Festnetznummern waren aufgeführt. Er probierte erst die Festnetznummer, bekam aber keine Antwort, wahrscheinlich waren beide auf der Arbeit. Dann versuchte er es beim Handy von Håkon, aber dort meldete sich nur der Anrufbeantworter. Bei Sofia hatte er mehr Glück und sie bestätigte auch sofort, dass sie gestern mit Elin gesprochen hatte. Sie war ziemlich bestürzt, als er ihr von dem Unfall berichtete, und war wohl auch deshalb besonders hilfsbereit.

„Ich glaube, die schrieben sich mit einem t und einem s, aber ich bin nicht ganz sicher."

„Könntest du mir die Personennummern heraussuchen? Die müssen ja im Kaufvertrag stehen." Jeder Schwede hatte eine solche Nummer, die für alle offiziellen Angelegenheiten notwendig war. Sie bestand aus dem Geburtsdatum und vier individuellen Ziffern.

„Gerne. Das mache ich sofort, wenn ich nach Hause komme. Das wird so in zwei Stunden sein, okay?"

„Das wäre super - vielen Dank."

„Keine Ursache. Und gute Besserung für deine Kollegin."

Lars legte auf und rief bei der Anwaltskanzlei Nordahl & Brunn an. Nach kurzer Wartezeit wurde er mit Edvard verbunden. Lars erzählte ihm, was passiert war, und Edvard bot sofort an, die Nachforschungen erst einmal auszusetzen. Davon wollte Lars aber nichts wissen, schließlich half es Elin nicht, wenn er jetzt nicht weitermachte. Im Gegenteil, so wie er sie kannte, wollte sie jetzt erst recht, dass sie den Fall verfolgten. Schließlich war die Information über die Matsons auch eines der ersten Dinge gewesen, an das sie im Krankenhaus gedacht hatte. Lars versprach Edvard, ihn auf dem Laufenden zu halten.

Nachdem Lars einen Kaffee getrunken hatte und wieder auf seinem Zimmer war, summte sein Telefon. Die SMS von Sofia Johansson war auf dem Display. Es stimmte – Matson mit je einem s und t, die Personennummern hatte sie auch geschickt. Er setzte sich sofort an seinen PC und loggte sich bei merinfo ein. Dort konnte man eine Person auch anhand der Nummer suchen, wenn man ein registrierter Anwender war wie Lars. Malte Matson war der Mann, den er in Umeå gefunden hatte, während Lovisa jetzt den Nachnamen Alexandersson hatte und allein in Lund wohnte – das war an der Südspitze von Schweden, etwa 1000 Kilometer Luftlinie von Umeå. Die beiden hatten sich also getrennt, und Lovisa hatte entweder wieder ihren Mädchennamen angenommen oder neu geheiratet. Lars überlegte, wie er weiter vorgehen sollte. Es konnte sein, dass Willmar diesen Malte besucht hatte – vielleicht waren sie Freunde oder hatten irgendein gemeinsames Interesse. Wenn es Lovisa war, die er getroffen hatte, dann dachte man natürlich eher an eine Liebesaffäre, auch wenn Willmar ihm nicht gerade wie der Typ dafür erschien

– doch man konnte ja nie wissen. In jedem Fall waren diese Gespräche nichts für das Telefon, sondern er wollte die beiden persönlich sprechen, um zu sehen, wie sie reagierten. Wenn man den Leuten gegenüberstand, war es auch schwerer für sie, ihn einfach mit ein paar Floskeln abzuwimmeln. Da die Reise nach Lund einen deutlich größeren Aufwand darstellte, entschloss er sich, jetzt zu Malte Matson zu fahren, um zu sehen, was der wusste. Er nahm einen GPS-Tracker aus seinem Kit mit, es schien ratsam, auch bei dem neuen Mietwagen einen anzubringen.

Die Autofahrt dauerte eine knappe Viertelstunde. Als er am Universitätskrankenhaus vorbeifuhr, dachte er an Elin. Es war dunkel und hatte begonnen zu schneien. Lars fuhr vorsichtig, man konnte nie wissen, ob es glatt war. Malte wohnte in Tomtebo, einer Neubausiedlung, die durch eine zwei Kilometer lange Strecke durch den Wald vom Rest der Stadt abgetrennt war. Hier gab es sowohl frei stehende Häuser mit großzügigen Grundstücken als auch Reihenhäuser. Vor einem der Reihenhäuser stand ein großes Trampolin im Vorgarten, und das Nachbarhaus hatte die gesuchte Adresse. Lars parkte hinter einem anderen Volvo in der Auffahrt. Hier war der Vorgarten schneebedeckt, eine Schaukel stand in der Mitte.

Eine junge Frau mit einem Baby auf dem Arm öffnete. Das Baby hatte ein Lätzchen um und einen gelb verschmierten Mund.

„*Hej*, ich suche Malte Matson."

Sie drehte sich um und rief ins Haus. „Malte. Besuch für dich." Zu Lars sagte sie: „Komm herein. Es wird sonst zu kalt für die Kleine."

Lars machte einen Schritt über die Schwelle und zog die Tür hinter sich zu.

Die Frau lächelte ihn entschuldigend an. „Kannst du hier warten? Malte kommt bestimmt gleich. Ich bin gerade dabei, die Kleine zu füttern."

„Kein Problem." Lars sah sich um, es war nicht besonders ordentlich – wie in vielen Haushalten mit Kindern, wenn beide Eltern berufstätig waren.

Ein Mann kam die Treppe herunter, er hatte feuchte Haare und war im Anzug.

„Ich bin Malte. Worum geht es?"

„Ich bin Privatdetektiv und hätte ein paar Fragen zu deiner Zeit in Hummelmark."

„Aha. Okay, wenn es nicht so lange dauert. Ich bin nämlich dabei, mich fertigzumachen. Ich habe noch einen Termin."

„Ja, es dauert nur ein paar Minuten."

„Gut, komm, wir setzen uns in mein Arbeitszimmer."

Lars zog die Schuhe aus und folgte Malte nach oben. Dort gab es ein kleines Zimmer mit Schreibtisch und Regalen. Malte nahm den Drehstuhl, Lars einen kleinen Hocker.

„Was arbeitest du?", fragte Lars zur Auflockerung.

„Ich bin Versicherungsmakler. Und viele Termine sind abends."

„Welche Versicherung, wenn ich fragen darf?“ Gab es da etwa eine Verbindung zu Berit, die bei Trygg-Hansa gearbeitet hatte?

„Skandia.“ Das war ebenfalls eine der großen Gesellschaften, ein Konkurrent der Versicherung, bei der Berit angestellt gewesen war.

Lars kam zum Thema. „Wie gesagt, ich wollte über deine Zeit in Hummelmark sprechen. Bis wann hast du dort gewohnt?“

„Oh, warte mal, das war ziemlich genau vor vier Jahren, als ich dort weg bin.“

„Da warst du noch mit Lovisa verheiratet.“

„Stimmt. Wir haben uns damals getrennt. Deshalb haben wir auch das Haus verkauft.“

„Und Lovisa ist dann nach Lund gezogen?“

Malte runzelte die Stirn. „Warum willst du das alles wissen? Wofür ist das wichtig?“

Lars erzählte ihm von Willmar und ihrem Auftrag.

„Ich erinnere mich an die Geschichte. War ja eine große Sache in Hummelmark. War auch nicht gut für uns, weil das Haus sich nicht so gut verkaufen ließ. Aber was hat das mit mir zu tun?“

„Wir haben Hinweise, dass Willmar sich einige Tage vor der Tat ein paar Stunden in eurem Haus aufgehalten hat.“ Lars wollte erst mal lieber nichts von den regelmäßigen Aufenthalten erzählen. „Hast du dafür eine Erklärung? Kanntest du Willmar Björkman?“

Malte schüttelte den Kopf. „Nein, ich hatte noch nie von ihm gehört."

„Hattet ihr ihn vielleicht für einen Job engagiert? Er war Elektriker."

„Wüsste ich nicht. Was war das für ein Tag?"

„Donnerstag, so um die Mittagszeit."

„Da musst du mit Lovisa sprechen. Die hatte damals einen Halbzeitjob, von Montag bis Mittwoch. Ich habe im Büro gearbeitet, war jeden Tag von neun bis fünf weg."

Das hatte Lars befürchtet – die Reise nach Lund würde ihm nicht erspart bleiben. Er stand auf. „Gut, das werde ich machen. Danke für deine Hilfe. Dann will ich dich nicht länger aufhalten."

„Okay."

Lars hielt inne. „Eine letzte Frage noch. Warum habt ihr euch getrennt? Du und Lovisa."

Malte zuckte mit den Schultern. „Wir passten nicht zusammen. Lief nicht gut. Zum Glück hatten wir keine Kinder, deshalb war alles unproblematisch."

„Verstehe." Offensichtlich schien die neue Beziehung besser zu laufen – vor vier Jahren hatte er sich von Lovisa getrennt und nun bereits ein Baby mit einer anderen Frau.

Lars verabschiedete sich und ging zu seinem Wagen. Er überlegte bereits, wie er am besten an den Kontakt mit Lovisa heranging. Wenn er ihr schon am Telefon erzählte, worum es ging, würde sie ihn vielleicht nicht mehr treffen wollen, denn es war offensichtlich, dass sie es war, die sich regelmäßig mit Willmar getroffen hatte – immer donnerstags, wenn sie frei hatte und ohne dass ihr Mann davon wusste. Das konnte eigentlich nur eines bedeuten, und darüber redete sie möglicherweise nicht so gern. Auf der anderen Seite – auf gut Glück nach Lund zu fahren, war auch nicht gut. Am besten rief er sie an, erzählte nichts von Willmar und Umeå und bat lediglich um eine kurze Unterredung. Dann war er sicher, dass sie dort war, und hatte sie trotzdem nicht vorgewarnt.

20

Maja schlenderte durch die Fußgängerzone in Umeå. Es war ein wunderschöner Tag – strahlend blauer Himmel, auch wenn die Sonne hier so nahe des Polarkreises nicht weit über den Horizont kam. Es war ein paar Grad unter null, der Schnee war festgefroren, aber die Gehwege waren gut geräumt. In Umeå war zwar alles um Dimensionen kleiner als in Stockholm, aber es war nett. Und die

Leute waren sehr freundlich, nicht so wie in der Großstadt. Schade, dass sie nicht mit Elin zusammen hier herumlaufen konnte. Aber vielleicht konnten sie das in ein paar Tagen nachholen, wenn sie wieder fit war. Maja plante, noch ein bisschen länger hier zu bleiben, sie sah es als eine Art Kurzurlaub. Den ganzen Tag im Krankenhaus bei Elin sitzen ging sowieso nicht. Elin lag in einem Dreibettzimmer, und man war nie ungestört. Außerdem hatte sie Elin heute ihren Laptop und ihre Unterlagen mitgebracht. Bereits gestern Abend hatte Elin danach gefragt. Maja war erst skeptisch gewesen, denn sie befürchtete, dass es noch zu anstrengend für Elin sei. Doch Lars, der selbst schon ein paar Mal eine Gehirnerschütterung gehabt hatte, meinte, solange Elin es nicht übertrieb, wäre es in Ordnung. Man bekomme schnell Kopfschmerzen, wenn man sich übernehme, und höre dann von selbst wieder auf, sagte er. Gestern, als Elin aufgewacht war, war sie noch ganz schön angeschlagen gewesen, aber am Abend war sie schon mit Maja den Korridor auf und ab gewandert. Heute war sie schon fast die Alte gewesen, abgesehen von den Pflastern im Gesicht und dem Bauchverband natürlich.

Maja wollte am späten Nachmittag noch einmal zu Elin gehen, dann im Hotel zu Abend essen und sehen, was im Fernsehen lief. Die hatten hier alle möglichen Kabelkanäle, die sie zu Hause nicht abonniert hatten, da würde sich schon etwas finden. Jetzt wollte sie erst einmal einen Kaffee trinken, vielleicht kam auch ein

Stück Kuchen dazu. Dort an der Ecke war ein Café, das einladend aussah: das *Alte Bibliothekscafé*. Dort würde sie sich eine Weile hinsetzen.

***

Elin wartete schon aufgeregt auf sie. Sie hatte ihren Computer auf den Knien.

„Endlich. Komm, ich muss dir etwas erzählen."

„Gibt es etwas Neues von den Ärzten?" Maja zog ihren Mantel aus.

„Nein, aber stell dir vor: Ich kann mich wieder erinnern." Elin flüsterte.

Maja setzte sich auf die Bettkante und sah sie gespannt an. „An alles?"

Elin nickte. „Ja, bis ich den Abhang runtergeschlittert bin."

„Erzähle."

„Da war ein Laster. Zuerst war er ein Stück hinter mir, aber dann kam er immer näher. Ich bin nämlich ziemlich langsam gefahren. Als er anfing, von hinten zu drängeln, bin ich etwas schneller geworden, aber immer noch unter der erlaubten Geschwindigkeit. Dann lag eine freie Strecke vor mir, und er setzte zum Überholen an. Erst war ich froh, ich dachte, dann bin ich ihn los. Aber statt vorbeizuziehen, blieb der neben mir und drängte mich immer weiter von der Straße. Es war so ein Holzlaster mit Anhänger, voll beladen mit Baumstämmen. Ich habe dann gebremst, aber da hat er mir von hinten einen Schubs verpasst, sodass ich von der Straße abkam."

Maja starrte sie entsetzt an. „Meinst du, der hat das mit Absicht gemacht?"

Elin nickte. „Ich habe sogar noch gehupt. Und er hat gebremst, als er neben mir war."

Maja konnte das nicht glauben. „Wenn man in so einem großen Laster sitzt, bekommt man das vielleicht gar nicht mit. Und wenn man dann noch laut Musik hört ..."

„Nein. Der wusste, dass er mich überholt. Da guckt man doch in den Seitenspiegel. Der muss gemerkt haben, dass ich dort runtergerollt bin. Da hält man doch an oder setzt zumindest einen Notruf ab. Der Kerl hat mich mit Absicht abgedrängt und ist dann seelenruhig weitergefahren. Der wollte das so."

Maja legte die Hand vor den Mund. „Aber Elin. Warum sollte das jemand tun?"

„Das ist nicht das erste Mal, dass so etwas in diesem Fall passiert. Hier." Elin drehte den Laptop zu ihr hin. „Lies mal."

Maja beugte sich hinunter. Es war ein Artikel aus dem *Folkbladet*, einer lokalen Zeitung hier in Norrland. Es ging um einen Rechtsanwalt, der offenbar von einem Holzlaster von der Straße gedrängt worden war und nun im Koma lag. Der Fahrer des Lasters hatte Fahrerflucht begangen.

„Das war vor fünf Jahren. Der Anwalt ist später gestorben. Es war der Anwalt von unserem Mandanten, er konnte ihn dann im Prozess nicht vertreten. Sein Juniorpartner musste einspringen, und der war mit dem Fall vollständig überfordert. Der Fahrer des Holzlasters wurde nie gefunden."

Maja sah auf das Datum des Artikels: 2. November 2014. „Elin, was willst du damit sagen? Der Mörder dieses Anwalts hat jetzt auch versucht, dich umzubringen?"

„Liegt nahe, oder? Was einmal geklappt hat, versucht man wieder."

„Aber ... aber ich dachte, du glaubst, dass euer Mandant gar nicht unschuldig ist?"

Elin drehte die Handfläche nach oben. „Vielleicht ist er es doch. Wenn jemand bei dem Rechtsanwalt nachgeholfen hat und jetzt bei mir, dann gibt es offensichtlich jemanden, der nicht will, dass Willmar freikommt. Und wer hat dafür das beste Motiv? Genau, der wirkliche Mörder von Berit Sundquist. Der sehr zufrieden damit ist, dass Willmar für ihn im Knast sitzt."

Maja hielt es nicht mehr auf dem Bett, sie stand auf. „Puh, das ist starker Tobak." Sie ging ein paar Schritte. Dann wandte sie sich zurück zu Elin. „Und du bist sicher, dass es bei dir so war? Dass da wirklich ein Laster kam?"

Elin verdrehte die Augen. „Maja. Meinst du, ich denke mir das nur aus?"

„Naja, du weißt, das Unterbewusstsein kann einem auch Streiche spielen. Gestern konntest du dich an gar nichts erinnern. Heute liest du über diesen Unfall von dem Anwalt, und da hat dein Gedächtnis das irgendwie zusammengebastelt ..."

„Klar." Elin sah sie enttäuscht an. „Am besten lässt du mich gleich in die Psychiatrie einweisen. Jetzt glaubst du schon, ich spinne. Wirklich, das hätte ich nicht von dir erwartet." Sie schüttelte verstimmt den Kopf. „Hätte ich dir bloß nichts erzählt."

Maja stand wieder am Bett. „Nein, so habe ich das nicht gemeint. Entschuldigung. Ich wollte doch nur, dass du auch ganz sicher bist."

„Maja, ich sehe das plastisch vor mir. Wie dieser Laster immer näher kam. Die Bremslichter. Der Abhang. Das bilde ich mir nicht ein. Das habe ich auch nicht geträumt. Das ist wirklich passiert. Und das finde ich überhaupt nicht lustig."

Maja setzte sich wieder aufs Bett und nahm Elins Hand. „Das verstehe ich. Was willst du denn jetzt machen? Mit der Polizei reden?"

„Na, wenn du mir schon nicht glaubst ... Gestern waren zwei von denen hier, aber da konnte ich mich noch an nichts erinnern."

„Vielleicht können sie wieder Spuren finden, so wie bei dem Anwalt. Dann glauben sie dir schon."

„Ja, vielleicht." Elin blickte nachdenklich auf die Bettdecke. „Ich glaube, ich rede erst mal mit Lars. Mal sehen, was der meint. Hast du ihn heute getroffen? Er war noch gar nicht hier ..."

„Lars ist heute nach Lund geflogen, wegen irgendeiner Spur. Ich habe gestern Abend mit ihm gesprochen, und da wusste er noch nicht, wann er nach Umeå zurückkommt. Heute ist ja Freitag, und er wollte wahrscheinlich das Wochenende in Stockholm verbringen."

„Mm." Elin machte ein enttäuschtes Gesicht. „Er hat sich gar nicht bei mir gemeldet."

„Ich glaube, er wollte, dass du dich erst mal schonst. Er ruft bestimmt heute noch an." Maja lehnte sich zurück und dachte nach. „Aber Elin. Wenn es wirklich so war, dass jemand versucht hat, dich umzubringen ..."

„Du redest schon wieder im Konjunktiv", unterbrach Elin sie barsch. „Das war Realität."

„Okay, okay. Also, wenn jemand einmal versucht hat, dich umzubringen, dann bist du wahrscheinlich immer noch in Gefahr." Das gefiel Maja überhaupt nicht.

„Na, hier im Krankenhaus kann mir wohl nicht viel passieren. Viel wichtiger ist, warum der Kerl mich im wahrsten Sinn des Wortes aus dem Weg haben wollte. Liegt es daran, dass wir irgendetwas aufgedeckt haben? Nur was? Wir sind weit entfernt von einem Durchbruch. Es sei denn, diese Matsons haben irgendetwas mit der Sache zu tun." Elin erzählte Maja im Detail von Willmars Kontakt in Hummelmark.

„Du meinst, das könnten Komplizen von Willmar sein?"

„Das ist eine Möglichkeit. Oder sie haben ihn irgendwie hereingelegt. Aber warum deckt Willmar sie dann immer noch? Vielleicht weil er sich nicht vorstellen kann, dass sie dahinterstecken? Ich weiß es nicht. Aber irgendetwas ist faul hier ..."

21

Das hatte super geklappt. Haha, wie der Volvo den Abhang 'runtergerollt war. Er war ordentlich auf die Bremsen getreten, um das Schauspiel noch beobachten zu können. Schade nur, dass der Wagen nicht in Flammen aufgegangen war, dann wäre es mit Sicherheit eine endgültige Lösung gewesen. Aber bestimmt hatte es so auch gereicht. Wahrscheinlich hatte man die blöde Schnüfflerin erst am nächsten Tag gefunden, dann war mit Sicherheit alles zu spät für sie – es waren minus fünf Grad gewesen in der Nacht. Oder sie lag sogar immer noch dort, denn in der Zeitung hatte er keine Nachricht dazu gesehen. Das würde ihre dusselige Untersuchung wohl beenden.

Sein Laster war in Ordnung. Er hatte alles sorgfältig abgesucht, es gab nur ein paar Lackspuren vom Volvo, die er sofort entfernt hatte. Ansonsten kein Kratzer. Er hatte sie mit der unteren Kante der Ladefläche erwischt – die war aus Stahl und hielt was aus. An dem Volvo dürfte auch nicht zu erkennen sein, dass jemand nachgeholfen hatte. Der war nach dem Überschlagen sicher so verbeult, dass der eine Kratzer mehr sicher nicht auffallen würde. Es sah alles wie ein Unfall aus, als wenn die dumme Kuh die Kontrolle über ihren Wagen verloren hätte. Alle würden annehmen, dass es auf der Straße glatt und sie zu schnell unterwegs gewesen ist. Großstadtfahrerin aus Stockholm eben, konnte mit den Wetterverhältnissen hier nicht umgehen.

Während der letzten Tage hatte er bei Melker seinen Beobachtungsposten bezogen. Dem hatte er für eine Woche ein Hotel finanziert. Er war ihm einfach viel zu nervös, nicht dass der sich noch verplapperte. Schließlich war die kleine Schnüfflerin zum dritten Mal innerhalb einer Woche in Hummelmark aufgetaucht. Als sie dann bei den Beckmans losfuhr, war er zum Laster gerannt und ihr hinterhergefahren. Zum Glück fuhr sie langsam, sonst wäre es schwer gewesen, sie einzuholen. Dann hätte er es beim nächsten Mal versuchen müssen.

Laut seinem Kumpel im Gefängnis war Willmar einfach zu optimistisch seit dem letzten Treffen mit den Detektiven. Vielleicht prahlte der Idiot bloß herum, aber man konnte kein Risiko eingehen. Lieber alles im Keim ersticken, bevor die Kiste aus dem Ruder lief. So hatte er es damals auch gehalten, und alles war so gekommen, wie er es wollte. Der Junioranwalt hatte den Prozess versuppt, und Willmar hatte es auslöffeln müssen. Das sollte sich jetzt nicht ändern.

Heute hatte er sich ein Bier und ein paar Kurze verdient. Er öffnete den Kühlschrank und holte eine Flasche Bier und das gebratene Hähnchen heraus, das dort noch von gestern stand. Schnell in die Mikrowelle, das Bier geöffnet, den Schnaps aus dem Gefrierfach, und schon war sein Abendessen klar – die verdiente Belohnung für seinen Einsatz in den letzten Tagen. Nun konnte er aufatmen und sich wieder um seine Firma kümmern. Die Beobachtung in Hummelmark war hoffentlich für immer abgeschlossen.

22

Lars flog nach Stockholm, und von dort weiter nach Malmö. Er hatte nur wenig Zeit, den Anschlussflug zu bekommen, aber es klappte gerade so eben. Da er nur Handgepäck mit sich führte, war das Umsteigen weniger kompliziert. Vom Flughafen Malmö nach Lund dauerte es nur eine halbe Stunde mit dem Taxi, sodass er kurz vor zwölf dort eintraf. Lovisa arbeitete als Krankenschwester am Universitätskrankenhaus und hatte heute von zwölf bis eins Mittagspause. Seine Reise war ein wenig auf Risiko kalkuliert, bei Verspätungen hätte er den Termin nicht geschafft. Lovisa hatte aber um sechzehn Uhr Dienstschluss, sodass es heute eine zweite Option für einen Termin gab, auch wenn er dann seinen Rückflug nach Stockholm um 17 Uhr 30 verpassen würde. Aber alles klappte wie geplant, und er war gespannt, was dieses Gespräch ergeben würde. Lovisa war neugierig gewesen, worum es ging, hatte sich aber ohne weitere Erklärungen einverstanden erklärt, ihn zu treffen.

Das Krankenhaus war ein riesiger zehnstöckiger Kasten mit zahlreichen Nebengebäuden. Lars ging durch den großen Haupteingang und folgte dem Schild zum *Bistro A*, wo sie sich verabredet hatten. Zum Glück musste er in der Haupthalle nur nach rechts gehen und war mit wenigen Schritten dort. Er blieb an der Tür stehen und sah sich um. Zur Rechten stand eine Glastheke, in der Essen auslag. Hier gab es Salate, Sandwiches und Tartes, hinter einem Aquarium fanden sich in einem Selbstbedienungsbereich auch eine Reihe warmer Speisen. Der Raum selbst war durch große viereckige Säulen untergliedert, zwischen denen braune Tische mit schwarzen Stühlen standen.

Überall waren weiße Kittel und grüne Hemden zu sehen, aber an vielen Tischen saßen auch Leute in Zivil, entweder Patienten oder Besucher. Das *Bistro A* war gut besucht, doch waren noch viele Plätze frei. Lars hatte zwar schon Hunger, entschloss sich aber, die Zeit für das Gespräch zu nutzen und seinen Lunch danach zu kaufen. Er holte sich lediglich ein Glas Wasser und rief die Handynummer von Lovisa an. Sie meldete sich sofort und lotste ihn zu ihrem Tisch. Sie hatte einen Platz in einer Ecke am Fenster gefunden, die anderen Stühle am Tisch waren nicht besetzt. Das war gut, so konnten sie sich relativ ungestört unterhalten.

Lovisa trug grüne Schwesternkleidung mit einem weißen Namensschild. Sie hatte recht kurze braune Haare, war leicht dicklich und lächelte ihn mit ihrem rundlichen Gesicht freundlich an. Ein Teller mit verschiedenen Salaten stand vor ihr. Lars reichte ihr die Hand und stellte sich vor.

„Ich habe noch nie mit einem Privatdetektiv gesprochen. Bin schon gespannt, worum es geht. Du hast ja sehr geheimnisvoll getan …“

Lars setzte sich. „Es geht um deine Zeit in Umeå.“ Am Telefon hatte er sich als Privatdetektiv aus Stockholm vorgestellt und nichts von Umeå gesagt.

„Oh.“ Lovisa wollte die Gabel zum Mund führen, hielt aber inne. Das schien sie zu überraschen.

„Ist dir das unangenehm?“

Sie schluckte den Bissen hinunter. „Kommt darauf an."

Lars hatte sich vorher überlegt, wie er das Gespräch am besten angehen sollte, und war zu dem Ergebnis gekommen, den Stier direkt bei den Hörnern zu packen. „Willmar Björkman. Der Name sagt dir etwas, stimmt's?"

Lovisa starrte ihn an. „Das hatte ich nicht erwartet. Warum fragst du das?"

„Wir haben einen Auftrag von ihm. Wir sollen seine Unschuld beweisen."

Sie schluckte, ihr Blick wanderte im Raum herum, als wenn sie dort die Antwort finden könnte, wie sie auf Lars' Frage reagieren sollte. Schließlich schien sie sich ein Herz zu fassen. „Ich habe nie geglaubt, dass er die Frau umgebracht hat."

Damit hatte sie schon einmal zugegeben, dass sie Willmar kannte. So weit, so gut. „Warum nicht?"

„Warum hätte er das tun sollen? Wegen dem bisschen Geld? Ich meine, ja, er hatte immer irgendwelche Geldsorgen. Aber so viel war das ja nicht, was es dort zu erbeuten gegeben hat."

„Zwanzigtausend."

„Genau. Dafür bringt man doch niemanden um."

„Vielleicht glaubte er, dass es viel mehr zu holen gab."

Sie zuckte mit den Schultern und wandte sich wieder ihrem Salat zu.

„Wusstest du, dass die Sundquists Bargeld zu Hause hatten? Ihr wohntet ja im selben Ort."

„Ja, das wusste jeder. Aber nicht, wie viel es genau war."

„Hast du mit Willmar je darüber geredet?"

Sie schüttelte den Kopf. „Kann ich mich nicht daran erinnern."

Lars wollte mehr wissen. „Also, wir wissen, dass Willmar regelmäßig in eurem Haus war. Und dein Ex-Mann wusste nichts davon."

Sie hielt wieder inne und sah ihm in die Augen, sagte aber nichts.

„Warum hat er dich besucht? Jeden Donnerstag?"

Sie senkte den Blick. „Wonach sieht es denn aus?" Heftig stach sie auf ein Stück Paprika ein. „Wir hatten eine Affäre."

Also doch. Lars hatte sich das immer noch nicht recht vorstellen können. „Hätte gar nicht gedacht, dass Willmar der Typ dafür ist ..."

„Ich weiß, er kann schwierig sein. Aber zu mir war er immer wirklich lieb." Sie lächelte ihn verlegen an.

„Wie lange ging das zwischen euch?"

Lovisa sah nach draußen, wo es zu regnen begann. „Ungefähr ein halbes Jahr."

„Und am Tag des Mordes?" Lars beobachtete ihre Reaktion genau, aber sie zuckte nur mit den Achseln.

„Da war er nicht bei mir. An dem Tag war ich bei der Arbeit. Deshalb konnte ich ihm nicht helfen. Wollte er auch nicht."

Was meinte sie damit? „Was wollte er nicht?“

„Er wollte nicht, dass ich beim Prozess aussage. Ließ er mir durch seinen Anwalt ausrichten. Ich sollte ihn auch nicht besuchen.“

„Warum nicht? Hast du eine Erklärung dafür?“

„Er wollte nicht, dass es Ärger mit meinem Mann gibt. Obwohl, wenn ich ihm ein Alibi hätte geben können, hätte mich das nicht gehindert. Das mit Malte lief sowieso nicht gut. Ist ja dann auch auseinander gegangen …“

„Das heißt, ihr habt euch nicht wegen Willmar getrennt?“

„Nein, zumindest nicht direkt. Aber die Beziehung mit Willmar hat mir schon klargemacht, dass Malte nicht der Richtige war. Dann stellte sich ein halbes Jahr später heraus, dass er auch eine Affäre hatte, und das war’s dann.“ Sie machte eine Wegwerfbewegung über die Schulter.

Und dann war sie an das andere Ende des Landes gezogen, so weit weg wie nur möglich, dachte Lars. „Also, dein Mann wusste nichts von deiner Affäre mit Willmar, auch nicht als ihr euch getrennt habt?“

„Nein, ich habe es ihm nie erzählt. Wozu auch? Niemand wusste davon – glaube ich wenigstens.“

„Verstehe.“ Lars merkte, dass hier nicht viel mehr zu holen war. „Ich komme noch mal auf den Mord an Berit zurück. Am Donnerstag in der Woche davor hat Willmar ja Elektroarbeiten bei Berit ausgeführt. Da war er dann anschließend bei dir, stimmt das?“

Sie nickte. „Ja. Das fand er praktisch, dass er Dienst und Spaß verbinden konnte.“ Sie schmunzelte, als sie daran zurückdachte. „Er hat noch Witze darüber gemacht.“

„Was hat er außerdem darüber erzählt?“

„Nicht viel. Berit war eine Zicke, er fand sie nicht gerade nett, aber war mit ihr zurechtgekommen. Hat den Job gemacht, und sie war zufrieden.“

„Sonst nichts?“

Lovisa schüttelte den Kopf. „Nein, nichts. Wir haben nicht weiter darüber geredet.“

„Und in der Woche danach? Als der Mord passiert ist?“

„Da ist er nicht gekommen. Die Polizei hat ihn an dem Tag festgenommen. Der Tag, an dem er bei Berit war, war das letzte Mal, dass er bei mir war. Deshalb kann ich mich so gut daran erinnern.“ Lovisa seufzte. Sie hatte ihren Salat aufgegessen und schob den Teller weg. Dann trank sie einen Schluck Wasser.

„Und danach habt ihr nicht mehr geredet? Weder persönlich noch am Telefon?“

„Doch einmal. Ich hatte geglaubt, er wird freigesprochen, und deshalb abgewartet. Aber als er dann verurteilt worden war, habe ich ihn im Gefängnis besucht. Da war er völlig anders. Verbittert, frustriert. Und bat mich, nicht mehr wiederzukommen. Ich sollte mein Leben ohne ihn weiterleben.“

„Das hat er gesagt?“

Sie nickte.

Lars war erstaunt – Willmar schien doch Qualitäten zu haben, die er bisher gut versteckt hatte. Gegenüber Lovisa hatte er sich offenbar mehr als fair verhalten. Überhaupt nicht eigensüchtig. „Hat er was zu dem Mord und seiner Verurteilung gesagt?"

„Ja, dass er es nicht getan hat. Mehr wollte er dazu nicht sagen. Ich habe ihm geglaubt." Sie sah Lars mit großen Augen an.

Das stellte Willmar in einem ganz anderen Licht dar. Jedenfalls gab es bei dieser Affäre nichts, was ihn belastete. Leider auch nichts, das ihn entlasten konnte. „Wenn du überzeugt bist, dass Willmar damit nichts zu tun hatte – hast du jemand anderen in Verdacht?"

„Nein, keine Ahnung. Ich hatte auch kaum Kontakt zu Berit. Und die Leute im Dorf hielten alle Willmar für den Täter."

Das half ihm nicht weiter. Lars überlegte. „Eine andere Frage noch. Welcher Anwalt war es, der dich kontaktiert hat?"

„Oh, wie hieß der? Er hatte einen Unfall kurz vor dem Prozess."

„Torkel Frost?"

„Genau."

„Mit dem Vertreter, Erling Ek, hast du nichts zu tun gehabt?"

Sie schüttelte den Kopf. „Nein."

Dann wusste Erling wahrscheinlich gar nichts von Lovisa – Willmar hätte es bestimmt nur preisgegeben, wenn es unbedingt nötig gewesen wäre. Das war gut so, denn wer eine Sache verschweigt, hat vielleicht noch mehr Geheimnisse. So konnte Lars weiterhin davon ausgehen, dass Erling ihm alles erzählt hatte, wovon er Kenntnis hatte.

Lars bedankte sich, und Lovisa stand auf, sie musste zurück auf ihre Station. „Ich hoffe, ich konnte dir helfen. Meinst du, dass ihr Willmar freibekommt?"

Was sollte er darauf antworten, er wusste es selbst nicht. „Willmar wollte uns nichts von dir erzählen, er bewahrt dieses Geheimnis offenbar immer noch. Deshalb ist es gut, dass du mir reinen Wein eingeschenkt hast. Damit verstehen wir zumindest, warum er so oft in Hummelmark gewesen ist." Er runzelte die Stirn. „Wir sind immer noch am Anfang unserer Ermittlungen, deshalb kann ich nichts darüber sagen, wie Willmars Chancen stehen. Wir geben unser Bestes, aber es liegt alles schon eine ganze Weile zurück. Das macht es nicht gerade einfach."

„Viel Glück. Kannst du mir Bescheid geben, wenn es zu einem neuen Prozess kommt?"

„Ja, gerne." Er zögerte. „Ich hoffe, ich vergesse es nicht. Aber hier ist meine Karte, du kannst dich gern bei mir melden." Lars reichte ihr eine seiner Visitenkarten. „Warum? Willst du wieder Kontakt mit ihm aufnehmen?"

Sie ließ die Schultern hängen und starrte auf seine Karte. „Ich weiß nicht. Vielleicht." Sie sah durch das

Fenster nach draußen, wo es nun in Strömen regnete. Dann verabschiedete sie sich und wandte sich zum Gehen. Nach einem Schritt drehte sie sich noch einmal um. „Grüß ihn von mir, ja?“

„Mach ich.“ Lars sah ihr nach, wie sie zwischen den Tischen hindurch Richtung Ausgang lief. Offensichtlich hatte sie ihr privates Glück auch in Lund nicht gefunden.

Sein Magen knurrte. Er sah auf die Uhr, es war bald eins. Er konnte gemütlich hier den Lunch einnehmen und dann zum Flughafen zurückfahren, er hatte jede Menge Zeit.

***

Lars saß am Flughafen, zwei Stunden musste er noch totschlagen. Bevor er ins Wochenende zu seiner Familie fuhr, wollte er Elin anrufen und sie auf den neuesten Stand bringen. Mal sehen, wie es ihr ging. Er suchte sich eine ruhige Ecke im Wartebereich und ließ es klingeln. Sie meldete sich sofort.

„Lars? Endlich.“

„Hallo Elin. Wie geht es dir?“

„Gut. Du wirst es nicht glauben, ich kann mich erinnern. An alles.“ Sie klang aufgeregt. Offensichtlich hatte sie sich bereits erholt.

„Prima. Das freut mich.“

„Sitzt du? Es wird dich umhauen.“

„Ja, ich sitze.“ Lars musste schmunzeln. Was kam denn jetzt?

„Du weißt doch, was mit Willmars Anwalt, diesem Torkel Frost, passiert ist?“

„Der Unfall mit dem Holzlaster, der so negative Folgen für Willmar hatte, ja klar.“ Über den Anwalt hatte er gerade mit Lovisa gesprochen.

„Das ist mir auch passiert“, platzte sie heraus. „Genauso.“

Das hatte er nicht erwartet. „Was ... Wie meinst du das? Beinahe-Zusammenstoß und Fahrerflucht?“

„Bei mir war es Absicht. Und ich wette, bei dem Anwalt war es dasselbe.“

Lars schluckte. Die Gedanken schossen ihm nur so durch den Kopf. Die ganze Zeit hatte er das Gefühl gehabt, dass der angebliche Unfall des Anwalts zu diesem Zeitpunkt, kurz vor dem Prozess, kein Zufall sein konnte. Wenn das Gleiche jetzt mit Elin passiert war, dann konnte das nur eines bedeuten. Und das änderte alles.

„Mit wem hast du darüber geredet?“

„Nur mit Maja.“

„Gut, behalte es für dich. Und sage Maja, sie soll es niemandem erzählen. Ich komme so schnell es geht nach Umeå. Ich weiß nicht, ob es heute Abend noch einen Flug von Stockholm gibt. Wenn nicht, komme ich morgen früh. Dann reden wir weiter.“

Er legte auf, raffte seine Sachen zusammen und lief zum SAS-Schalter.

23

Elin aß gerade ihr Mittagessen, als Lars ins Zimmer stürmte. Er sah sich um, er wollte wohl sicherstellen, dass sie allein waren. Die Frau mit dem Gipsarm war gestern entlassen worden, die andere war nach dem Essen aus dem Zimmer gegangen. Elin wusste auch, wohin – sie stank immer nach Zigarettenrauch, wenn sie zurückkam.

„Hallo Lars.“ Sie freute sich, dass er endlich da war. Am Abend vorher hatte es keinen Flieger mehr nach Umeå gegeben, sodass sie ihre Ungeduld hatte bezähmen müssen.

Lars setzte sich. Sie sah ihn gespannt an.

Er kam sofort zur Sache. „Erzähle mir jetzt alles ganz genau. Was ist am Mittwoch passiert?“

Elin schob ihren Teller weg, sie war fast fertig, und so toll schmeckte das Krankenhausessen sowieso nicht. Sie begann bei dem Zeitpunkt, an dem sie sich am Mittwoch getrennt hatten, nach dem Gespräch bei der Scheidungsanwältin. Sie berichtete detailliert, wie sie nach Hummelmark gefahren war, über das Treffen mit Sofia Johansson, und das kurze Gespräch mit Inga Beckman. Dann ihre Fahrt zurück im Dunkeln und das Auftauchen des Lasters mit dem darauffolgenden Abdrängen von der Straße.

Lars schüttelte ungläubig den Kopf. „Das gibt es doch nicht. Tut mir leid, Elin, ich hätte dich nicht allein dorthin fahren lassen sollen.“

„Na, hör mal. Das konnte doch niemand ahnen. Außerdem hätten wir dann wahrscheinlich beide da unten gelegen …“

Lars atmete hörbar aus. „Das verändert den ganzen Fall. Willmar konnte den Lkw ja schlecht selbst fahren … Weder damals noch jetzt.“

„Er könnte jemanden engagiert haben.“ Elin grinste. „Aber wozu? Wenn er nicht will, dass wir ermitteln, braucht er ja nur den Auftrag zurückziehen. Außerdem hat er nichts mehr zu verlieren. Er sitzt schließlich schon für den Mord.“

„Es spricht alles dafür, dass jemand anders den Mord an Berit begangen hat und jetzt verhindern will, dass die Wahrheit ans Licht kommt. Nur wer?“

„Viele Verdächtige haben wir nicht. Den Ehemann natürlich. Wie war es mit dem Bruder?“

Lars erzählte von seinem Gespräch mit Yngve. „Aus meiner Sicht kommt der nicht in Frage. Und er hielt auch den Ehemann für unschuldig. Der soll Berit sehr geliebt haben …“

„Ja, aber wenn sie sich scheiden lassen wollte.“ Elin schob ihre Unterlippe vor. Sie konnte sich vorstellen, dass jemandem wie Tor schon mal die Sicherungen durchbrennen konnten, wenn ihm plötzlich der Boden unter den Füßen weggezogen wurde – Scheidung, Haus, sein ganzes Leben infrage gestellt.

„Ich rede nochmal mit ihm“, nickte Lars.

„Aber besser irgendwo, wo Zeugen dabei sind.“ Elin sah ihn ernst an. Wenn Tor hinter den Unfällen mit dem Holzlaster steckte, war mit dem nicht zu spaßen.

Lars nickte. „Ja, irgendwo in der Öffentlichkeit. So wie beim letzten Mal.“

Elin blätterte in ihren Notizen. Es hatte noch eine Spur gegeben. Ja, da war es. „Dann haben wir noch diesen Fußballkumpel von Willmar, diesen Jimmy. Ich glaube nicht, dass er irgendetwas mit dem Fall zu tun hat, aber vielleicht sollten wir ihn trotzdem abchecken. Vielleicht weiß er irgendetwas, das Willmar uns nicht erzählt. Man könnte versuchen, ihn in einer der anderen drei Sportsbaren anzutreffen. Vielleicht trinkt er jetzt dort sein Bier, nachdem das *Allstar* geschlossen hat.“

„Kann ich heute Abend machen. Ich werde ein bisschen um die Häuser ziehen."

„Gut, ich schicke dir die Adressen, die hatte ich schon rausgesucht. Nimm doch Maja mit. Die langweilt sich sowieso."

„Ist sie noch hier?", fragte Lars verwundert.

Elin nickte. „Ja, sie will hierbleiben, bis ich entlassen werde."

„Okay, gute Idee."

Elin griff nach ihrem Laptop. „Zurück zu dem Laster. Ich habe ein wenig nachgeforscht. Hatte ja weiter nichts zu tun heute Vormittag. Leider nicht mit dem Resultat, auf das ich gehofft hatte." Sie zuckte mit den Schultern. „Ich hatte gedacht, dass ich den Fahrer von dem Laster über sein Handy identifizieren kann. Habe mich daher bei Telia eingehackt und die Daten auf der Landstraße am Donnerstag abgerufen. Mein eigenes Telefon war natürlich gelistet, aber keines, das sich zur selben Zeit in dieselbe Richtung bewegt hat. War eine komplizierte Analyse. Mir sind mehrere Autofahrer entgegengekommen, und von denen waren drei Telefone kurzzeitig in meiner Nähe eingeloggt. Zwei davon habe ich namentlich identifizieren können, vielleicht haben die den Laster gesehen." Sie sah Lars an. „Aber das Blöde ist: Der Lkw-Fahrer hatte kein Handy dabei oder es vorsorglich ausgeschaltet."

„Was ihn noch mehr verdächtig macht. Das Ganze war also geplant." Lars zückte seinen Block. „Gib mir mal die beiden Namen und die dritte Telefonnummer, ich werde die mal kontaktieren. Auch wenn ich da nicht viel Hoffnung habe. Es war dunkel, der Laster ist ihnen entgegengekommen. Wenn es da nicht irgendetwas Außergewöhnliches gegeben hat …"

„Ja, ich weiß." Elin hatte sich schon die gleichen Gedanken gemacht. Sie war schon drauf und dran gewesen, die Leute selbst anzurufen, hatte dann aber doch lieber das Gespräch mit Lars abwarten wollen. „Aber lass mich das doch machen. Ich habe hier ja sonst nicht viel zu tun. Oder wolltest du sie persönlich aufsuchen?"

„Nein, das ist nicht notwendig. Sie haben ja keinen Grund, mit irgendetwas hinterm Berg zu halten. Okay, dann machst du das."

Lars verschränkte die Arme hinter seinem Kopf, er schien zu überlegen. Schließlich wandte er sich ihr zu. „Aber warte mal. Wenn der Kerl das geplant hat, woher wusste er, dass du dort entlangfahren würdest? Du hattest doch keinen Termin gebucht, sondern wir hatten spontan entschieden, dass du am Nachmittag nach Hummelmark fahren würdest, stimmt's?"

„So ist es. Der muss mir auf gut Glück aufgelauert haben."

„Du hast ihn aber vorher nicht bemerkt? Also, ich meine, dass er in einer Einfahrt stand oder am Straßenrand, oder?"

Elin schüttelte den Kopf. „Nein, am Straßenrand wäre er mir sicher aufgefallen, aber in einer Einfahrt hätte ich ihn möglicherweise nicht bemerkt. Zumindest nicht, wenn er das Licht ausgeschaltet hatte."

„Aber wenn er irgendwo auf dem Weg versteckt war, dann war es auch für ihn nicht einfach, dich zu erkennen. Solche Volvos gibt es viele, es war dunkel und beim Vorbeifahren das Nummernschild abzulesen – ich weiß nicht, das kann ich mir schwer vorstellen."

„Stimmt, daran habe ich noch gar nicht gedacht. Vielleicht hatte er einen Komplizen, der ihm Bescheid gesagt hat, als ich in Hummelmark weggefahren bin."

„Ja." Lars nickte. „Oder er hat selbst in Hummelmark gewartet und dich schon dort abgepasst."

Elin war skeptisch. „Einen solchen Laster kann man dort aber schwer verstecken."

„Im Dunkeln? Auf einem der Grundstücke? Check doch mal, ob es dort ein Handy gab, das vor deinem Wegfahren dort eingeloggt war und dann ausgeschaltet wurde. Ich halte es für unwahrscheinlich, dass der Kerl das Handy nicht dabeihatte oder beim Warten auf dich die ganze Zeit ausgeschaltet hatte. Erst als er sich entschlossen hat, dich zu verfolgen, macht es Sinn, dass er nicht eingeloggt sein wollte."

Das war eine gute Idee. Dann würde sie noch einmal in den Server eindringen müssen. „Ja, das kann ich versuchen." Wenn Lars weg war, würde sie sofort damit anfangen. Zu gerne wollte sie das Schwein finden, das sie hatte umbringen wollen. Dass Willmar damit aus dem Schneider war, war ihr inzwischen auch egal. Apropos, da war doch noch etwas. „Hattest du eigentlich die Spur der Matsons verfolgt? Oder weswegen warst du überhaupt in Lund?“

Lars machte eine Wegwerfbewegung. „Hat nichts ergeben, war eigentlich nicht relevant für unseren Fall. Stellt allerdings den guten Willmar in einem etwas anderen Licht dar. Er hatte eine Affäre mit dieser Lovisa und wollte nicht, dass sie bei dem Prozess in Erscheinung tritt. Allerdings hätte er sich wahrscheinlich nur noch mehr verdächtig gemacht, wenn herausgekommen wäre, dass er ständig in Hummelmark gewesen ist. Ein Alibi für den Mord konnte sie ihm sowieso nicht geben. Aber sie war die Erste, die ihn in einem positiven Licht sieht. Immer noch übrigens.“

Lars berichtete von seinem Besuch bei Malte und seiner Reise nach Lund. Es war eine Sackgasse, aber vervollständigte das Bild des Falles.

„Warum hat Willmar uns das nicht einfach erzählt? Das hätte uns eine Menge Arbeit erspart.“

Lars zuckte mit den Schultern. „Ich denke, er hat einfach gern seine Geheimnisse.“

Elin schüttelte verständnislos den Kopf. „So ein Idiot.“ Auch wenn es sich nun zeigen sollte, dass er unschuldig war, mochte sie ihn immer noch nicht. Musste sie aber auch nicht.

„Gut“, sagte Lars. „Dann haben wir die Aufgaben verteilt. Du checkst noch mal die Telefone in Hummelmark und rufst die Autofahrer an. Ich spreche noch mal mit Berits Ex und klappere die drei Bars nach diesem Jimmy ab.“ Er sah sie an. „Du scheinst ja schon wieder fit zu sein.“

„Ja, der Kopf ist viel besser, nur diese Bauchwunde schmerzt noch, wenn ich mich bewege. Egal – ich hoffe, dass ich am Montag hier rauskomme.“

Sie sprachen noch eine Weile über ihre Genesung, die Versorgung im Krankenhaus, das schlechte Essen und dies und das. Sie kamen überein, die Tatsache, dass der Unfall ein Anschlag gewesen war, erst einmal unter dem Deckel zu halten. Lars wollte mit Tobias darüber sprechen, meinte aber, dass Elin dann am Montag eine Anzeige bei der Polizei machen sollte.

Schließlich brach Lars auf, um ins Hotel zu fahren. Elin wandte sich sofort ihrem Computer zu und startete das Hacker-Programm. Während das Programm lief, wollte sie schon einmal versuchen, die Besitzer der drei Nummern zu erreichen.

24

Elin hatte Lars die Namen und Adressen der drei verbliebenen Sportsbaren geschickt. Er fuhr zuerst zum Restaurant *Maria*, das als Einziges außerhalb der Innenstadt lag. Es war eine Pizzeria, und in der einen Hälfte des Restaurants waren mehrere große Flachbildfernseher installiert, auf denen Sportübertragungen liefen. Nach der Einrichtung und dem Angebot der Speisen und Getränke zu urteilen, handelte es sich aber eher um ein Familienrestaurant. Schon der Anblick von außen stimmte Lars skeptisch, ob dieses Restaurant ein guter Ersatz für das *Allstar* sein könnte. Und folgerichtig kannte auch niemand der Angestellten einen Jimmy.

Die zweite Sportsbar, das *Bishops Arms*, lag um die Ecke von den ehemaligen Räumlichkeiten des *Allstars* und damit auch nicht weit von Lars' Hotel. Deshalb lief er zu Fuß dorthin, nachdem er den Wagen in der Tiefgarage abgestellt hatte. Zuerst hatte er überlegt, Elins Vorschlag zu folgen und Maja mitzunehmen, aber er wollte sie nicht in diesen Fall hineinziehen. Das war auch Tobias' Meinung gewesen, der völlig entsetzt war, dass jemand einen Anschlag auf seine Mitarbeiterin verübt hatte. Er wollte am nächsten Tag nach Umeå kommen und Lars unterstützen – es gefiel ihm nicht, dass Lars jetzt auf sich allein gestellt war, insbesondere da es hier offenbar jemanden gab, der vor nichts zurückschreckte. So würden sie dann gemeinsam mit Berits Ex-Mann sprechen. Im *Bishops Arms* gab es viele verschiedene Biersorten und offenbar recht gutes Essen – es roch lecker, und die Speisekarte hörte sich wirklich verlockend an. Aber Fernseher hatten sie nicht. Der Barkeeper meinte zwar, dass ein Jimmy hier schon einmal aufgetaucht sei, zählte ihn aber nicht zu den Stammgästen.

So blieb das *O'Learys*, das nun wirklich eine typische Sportsbar war. Hier konnte man nicht nur an zahlreichen Bildschirmen verschiedene Sportaktivitäten verfolgen, man konnte sich auch aktiv einbringen: Es gab Bowlingbahnen, Billardtische, eine Reihe Spielautomaten und sogar eine Indoor-Minigolfbahn. Der Laden war gut gefüllt, überall standen und saßen Gäste, und die Kellner wuselten mit den Bestellungen dazwischen hindurch.

Der Mann hinter der Bar war ziemlich beschäftigt, es dauerte eine Weile, bis er sich Lars widmete.

„Was darf's sein?"

„Ich suche Jimmy Heck. Ist der hier?"

„Jimmy? Ja, den habe ich schon gesehen. Warte mal." Er blickte sich im Raum um. „Ja, der sitzt da hinten in dem braunen Ledersessel, wo das Fußballspiel läuft." Er zeigte auf eine Ecke hinter Lars.

Lars drehte sich um und sah einen kräftigen Mann von hinten. „Danke. Was trinkt er üblicherweise?“

„Jimmy ist Fan von Brooklyn Pale Ale.“

„Gut, zwei Große davon.“

„Kommt sofort.“ Er schnappte sich zwei Gläser und fing an zu zapfen. Die beiden Biere waren im Nu fertig, das war der Vorteil von Ale, das schäumte nicht wie Lager. Lars bezahlte und bahnte sich einen Weg zu der Sitzecke mit den Sesseln. Der Mann hielt ein fast leeres Bierglas in der Hand und schaute auf den Bildschirm, auf dem ein Spiel der englischen Liga lief.

„Bist du Jimmy Heck?“, fragte Lars.

Langsam schaute der Mann zu ihm auf. Er war breit und vierschrötig, das Haar war rot und dünn, dafür trug er einen kräftigen Bart in derselben Farbe. Er hob seine dunklen Augenbrauen. „Wer will das wissen?“, fragte er mit rauchiger Stimme.

Lars stellte sich vor und fragte, ob er ihm ein Bier spendieren könnte. Der Kerl schaute ihn skeptisch an, trank dann aber sein Bier aus und nahm das von Lars angebotene in Empfang.

„Ich will dich nicht lange von dem Spiel abhalten, ich habe nur ein paar kurze Fragen.“

Jimmy trank den ersten Schluck. „Worum geht es?“ Er sah ihn misstrauisch an.

„Du bist doch Jimmy Heck, oder?“

„Haake, nicht Heck.“

„Aha, sorry." Lars hob entschuldigend sein Glas und trank davon. War guter Stoff. „Es geht um Willmar Björkman. Den kennst du doch?"

Jimmy starrte ihn an. „Schon lange nicht mehr."

„Ihr habt mal zusammen Fußball gespielt."

Jimmy wischte sich mit dem Handrücken den Schaum vom Bart. „Das ist Ewigkeiten her."

„Ja, aber dann habt ihr vor ein paar Jahren Streit gehabt. Es kam sogar zu einer Anzeige."

Der Mann hielt inne. „Ja, und?"

„Warum hast du ihn angezeigt? Konntet ihr das nicht unter euch klären?"

„Wollte mein Geld kriegen."

Das hatte Willmar anders erzählt. „Willmar sagt, du schuldetest ihm Geld und nicht umgekehrt."

„Haha, typisch Willmar. Der verdreht immer alles." Er trank wieder von seinem Bier und fuhr dann fort: „Also, das war so: Wir hatten gewettet. Fußball. Er hat verloren. Dann weigerte er sich zu zahlen, und ich wollte mein Geld. Da hat er angefangen, auf mich einzuschlagen. Ich bin dann zur Polizei und hab ihm gesagt, wenn er zahlt, ziehe ich alles zurück." Er wandte seinen Blick wieder dem Spiel zu. Dort fiel gerade ein Schuss auf ein Tor. „Mist, daneben."

„Und was ist dann passiert?"

Er sah Lars wieder an. „Willmar hat gezahlt. Kam angekrochen und hat sich entschuldigt. Damit war das für mich erledigt."

„Wie viel Geld war das?"

„Zehntausend."

„Verstehe." Das war natürlich eine Wette in ordentlicher Höhe. „Und seitdem?"

„Wollte nichts mehr mit ihm zu tun haben. Hat ja dann auch andere schlimme Sachen gemacht. Habe ich gehört." Er sah ihn vielsagend an.

„Keinen Kontakt mehr? Auch nicht im *Allstar*?"

„Nein, hab nicht mehr mit ihm geredet. Und jetzt sitzt er ja schon eine Weile im Knast ..."

„Kanntest du Berit Sundquist?"

Jimmys Mundwinkel zuckte, dann sah er ihn fragend an. „Wer soll das sein?"

„Das Mordopfer."

Er schüttelte den Kopf. „Ach so. Nein, nur vom Namen her."

„Du wohnst nicht in Hummelmark, oder?"

Er lachte verächtlich. „Ganz sicher nicht."

Lars trank den Rest seines Biers. Wieder einmal eine Geschichte von Willmar, die nicht stimmte. Auch wenn Lars natürlich nicht beweisen konnte, wer von den beiden die richtige Version erzählte. Aber egal, mehr war hier in jedem Fall nicht zu holen. Der Kerl war ihm zwar nicht sympathisch, aber er konnte keine Verbindung zu ihrem Fall erkennen. Hatte er eigentlich auch nicht erwartet. Es war eben nur so ein loses Ende, das er hatte nachverfolgen wollen. Er bedankte sich und stand auf. Jimmy wandte sich wieder seinem Spiel zu.

Lars ging zurück zum Hotel. Er hatte Maja zwar nicht auf seine Erkundungen mitnehmen wollen, sie aber gefragt, ob sie stattdessen wieder zusammen Abendessen wollten. Jetzt hatte er noch eine halbe Stunde Zeit und wollte kurz bei Lisa anrufen. Sie hatte ihm am Nachmittag eine SMS geschickt und berichtet, dass Stina heute drei Tore geschossen und damit das wichtige Spiel gegen Rinkeby mit 3:2 entschieden hatte. Sie war so von der Mannschaft gefeiert worden, dass sie sie sogar versprochen hatte, nächste Woche zum Training zu kommen. Lars freute sich darüber. Es war gut für Stina, wenn sie außer der Beschäftigung mit elektronischen Medien auch ein Hobby hatte, bei dem sie sich bewegen musste und mit anderen Jugendlichen zusammenkam. Eigentlich hatte Lars Stina heute zu dem Spiel begleiten wollen, aber durch seine sofortige Weiterreise nach Umeå hatte auch Lisa ihre Pläne ändern müssen. Doch sie hatte Verständnis gezeigt, als er ihr von Elins wiedergewonnenen Erinnerungen erzählte. Sie hatte auch in der SMS gefragt, ob es etwas Neues gäbe. Nun wollte er ihr kurz am Telefon berichten, was heute passiert war, und hören, was seine Familie so machte.

***

Lars hatte einen Tisch im *Rex* reserviert. Die Kellnerin begrüßte ihn schon wie einen Stammgast und warf einen erstaunten Blick auf Maja. Wahrscheinlich wunderte sie sich, dass Lars diesmal mit einer anderen Frau hier antanzte. Wie sollte sie auch wissen, dass Lars mit keiner der beiden eine Beziehung hatte und beide überhaupt nicht an Männern interessiert waren.

Maja sah wirklich sehr attraktiv aus: Nicht nur, dass sie eine tolle Figur hatte – groß, schlank und durchtrainiert –, heute Abend trug sie ihre langen, dunklen Haare offen, und der dunkelrote Lippenstift bildete einen augenfälligen Kontrast dazu. Lars bemerkte, wie andere Männer ihr Blicke zuwarfen, als sie durch das Lokal gingen – sie fiel auf.

Sie nahmen einander gegenüber Platz. Die Kellnerin reichte ihnen die Speisekarte und fragte nach den Getränken. Lars hatte Lust auf ein weiteres IPA, nachdem er im *O'Learys* damit schon begonnen hatte. Maja bestellte einen Cider. Als die Kellnerin dann mit den Gläsern zurückkam, hatten sie sich schon für ein Gericht entschieden: Maja begann mit einem Toast Skagen, gefolgt von dem vegetarischen Kichererbsen-Pfannkuchen. Lars wählte rohes Hackfleisch mit Ei als Vorspeise und ein Entrecôte mit Ratatouille, das den witzigen Namen *brottmålet* trug, also: Strafsache. Maja machte sich sofort darüber lustig und meinte, dass er wohl nie abschalten könne. Daraufhin versprach er, heute Abend nicht von seiner Arbeit zu sprechen.

Während sie auf das Essen warteten, erzählte Maja, was sie bisher von Umeå gesehen hatte, und Lars berichtete von seiner Kindheit in Norrland.

Als die Vorspeisen kamen, fragte er: „Elin geht es schon wieder besser, oder?"

Maja schob ihr Haar hinter die Ohren und schnitt ein Stück von ihrem Toast ab. „Stimmt. Sie hat sich schnell erholt. Ich dachte erst, es wäre viel schlimmer. Doch nun sieht alles so aus, als wenn sie am Montag schon wieder entlassen wird."

„Was habt ihr dann vor? Fahrt ihr sofort nach Stockholm?"

Sie schüttelte den Kopf, während sie noch kaute. „Ich denke, wir bleiben noch ein oder zwei Tage hier. Ich hoffe nur, sie will nicht gleich wieder an eurem Fall arbeiten. Du kennst sie ja."

Ja, Lars wusste, dass Elin sich in solche Fälle verbeißen konnte. Außerdem war sie jetzt auch noch persönlich betroffen. Er konnte sich kaum vorstellen, dass sie nach Stockholm abreiste und alles Weitere ihm überließ. „Sie wird ja bestimmt krankgeschrieben werden."

„Als wenn sie das hindern könnte." Maja sah ihn belustigt an.

„Die Gehirnerschütterung ist meistens nach ein paar Tagen vorüber, aber ich weiß nicht, wie das mit ihrer Bauchwunde ist."

„Die war zum Glück nicht besonders tief, es scheint keine große Sache zu sein."

„Und du? Wie lange hast du dir frei genommen?“

„Ich will am Mittwoch wieder in Stockholm sein. Kann aber notfalls noch ein paar Tage dranhängen. Allerdings habe ich am Montag in der darauffolgenden Woche einen wichtigen Termin. Und eigentlich wollte Elin mich begleiten.“ Sie sah ihn vielsagend an.

Lars konnte sich schon denken, worum es ging. „Elin hat mir erzählt, dass ihr ein Kind wollt. Hat es damit zu tun?“

„Genau.“ Maja lächelte. „Ich will sie gern dabeihaben, auch wenn sie technisch nicht benötigt wird.“ Sie zwinkerte mit dem rechten Auge.

„Finde ich toll, dass ihr diesen Schritt geht. Aber es wird euer Leben verändern – kann ich aus eigener Erfahrung sagen.“

Maja aß ihren Toast auf. „Ich weiß, sagen meine Geschwister auch – die haben beide schon Kinder. Ich habe es mir schon länger gewünscht, aber nur zusammen mit einer Partnerin, die da mitzieht. Mit Elin fühlt sich das für mich richtig an. Auch wenn ich nicht weiß, wie es für sie wird, wenn das Kind da ist. Also, ich weiß natürlich, dass sie Kinder mag, aber ich will nicht, dass sie das Gefühl hat, dass es mein Kind ist und sie nur eine Art Stiefmutter. Ich meine, genetisch wird das Kind ja nicht mit ihr verwandt sein. Verstehst du?“

Das war richtig, so weit hatte er noch gar nicht gedacht. „Elin hat nichts von solchen Erwägungen gesagt. Ich denke, ihr müsst einfach von Anfang an darüber hinwegsehen. Und du musst sie in alles mit einbeziehen, damit sie sich genauso verantwortlich fühlt. Dann darfst du natürlich keine Alleingänge machen …“

Maja nickte. „Ja, ich werde mich zurücknehmen müssen. Ich will in jedem Fall erreichen, dass sie genauso die Mutter wird wie ich. Doch ich werde ihr schon die Schwangerschaft voraushaben, danach muss sie einiges aufholen.“

Wenn er richtig darüber nachdachte, konnte er sich auch nicht vorstellen, wie das für Elin würde. Bisher war ihr der Job als Detektivin immer das wichtigste Ziel gewesen. Aber inzwischen wusste sie auch, dass das eine Menge Routinearbeiten mit sich brachte, die sie ziemlich langweilig fand. Da war dann vielleicht doch Platz für ein Familienleben.

Lars hob sein Glas. „Viel Glück. Ich wünsche euch, dass alles klappt und ihr eine glückliche Familie werdet.“

Maja strahlte. „Genau das ist mein Wunsch. *Skål.*“

Nachdem sie beide getrunken hatten, sagte Maja: „Das Essen ist wirklich toll hier. Ich kann verstehen, dass ihr so oft hierhergeht. Freue mich schon auf den Hauptgang.“

„Ja, du solltest noch einen Abend mit Elin herkommen.“

Maja schmunzelte. „Das hatte ich auch schon überlegt.“

Die Kellnerin kam, um die Teller abzuräumen, und fragte, ob alles geschmeckt habe. Beide lobten die Vorspeisen. Lars hatte zum Glück noch genug Platz für das Steak und freute sich darauf.

25

Es war zum Mäusemelken. Nichts kam bei ihren Aktionen heraus. Sie saß hier im Krankenhaus und brachte nur Nullnummern zustande. Mehrmals hatte sie bei den drei Nummern anrufen müssen, bis endlich jemand rangegangen war. Und ja, alle waren am Donnerstag auf dem Weg Richtung Hummelmark unterwegs gewesen. Keiner konnte sich an einen Holzlaster erinnern. „Die fahren hier doch ständig herum“, sagte der Erste. „Nur einer?“, war der andere Kommentar.

Blieb noch die Idee von Lars, dass jemand sie in Hummelmark abgepasst und dann sein Handy ausgeschaltet hatte, bevor er die Verfolgung aufnahm. Den Server zu hacken war kein Problem. Das hatte sie mittlerweile so oft getan, dass es schon Routine war, auch wenn sie bei der Anwendung des Krankenhaus-Internets noch ein paar Vorsichtsmaßregeln einbauen musste – der Angriff lief über einen Elite-Server, der Elins IP-Adresse komplett verschleierte. Nachdem sie die Daten heruntergeladen und analysiert hatte, konnte sie tatsächlich die Nummer eines Telefons identifizieren, das sich fast den ganzen Tag in Hummelmark aufgehalten hatte, dann aber zu der Zeit von Elins Abfahrt ausgeloggt wurde. Nur leider war diese Nummer nirgendwo registriert, wahrscheinlich war es eine Prepaid-Karte. Sie versuchte anzurufen – natürlich ohne dem Gegenpart ihre eigene Nummer zu zeigen –, aber es kam immer nur die Ansage, dass die Nummer zurzeit nicht erreichbar sei. Sie fand heraus, zu welchem Operator die Nummer gehörte, und stieg daraufhin bei dessen Server ein, um Bewegungs- und Gesprächsdaten abzurufen. Das ergab auch nichts, diese SIM-Karte war nur während einer Woche in Benutzung gewesen und war nicht für Gespräche verwendet worden. Wahrscheinlich nur zum Surfen und zur Kommunikation über Chats. Das machte diese Nummer zwar noch mehr verdächtig, half ihr aber auch nicht weiter. Eine Sackgasse. Der Kerl kannte sich aus.

Das einzig interessante Detail war, dass das Telefon so ziemlich überall in Hummelmark gewesen war, also nicht gerade bei Sundquists, mehr jenseits der Beckmans. Auffällig waren stundenlange Aufenthalte in der Nähe des Grundstücks von Melker Gunnarson. Vielleicht half ihnen das irgendwie weiter, mit dem wollten sie sowieso noch mal sprechen, wegen seiner Zeugenaussage beim Zaunstreichen. Blöd nur, dass das Telefon seit Donnerstag nicht mehr eingeloggt gewesen war. Entweder hatte der Besitzer die Karte weggeschmissen oder hielt sich jetzt nicht mehr in Hummelmark auf oder beides. Klar, sie lag ja nun hier im Krankenhaus, da musste er ihr nicht länger auflauern.

Maja hatte sie besucht, hatte sie aber auch nicht aufheitern können. Sie hatte inzwischen die gesamte Innenstadt erkundet und schon zwei Museen unsicher gemacht. Elin war klar, dass sie darauf wartete, etwas mit ihr zusammen zu unternehmen. Das ging ihr genauso. Sie hoffte inständig, dass die Ärztin am Montag nicht irgendeinen blöden Grund fand, um sie hierzubehalten.

Sie sah auf die Uhr, fast sechs. Neben dem Bett stand ihr Abendessen, das hier schon seit einer Stunde wartete. Sehr appetitlich wirkte es nicht. Zwei Brote, etwas Aufschnitt und ein Salatblatt. Sie fing an, eine der Brotscheiben zu belegen. Sie wollte noch etwas fernsehen, dann schlafen. Mal sehen, vielleicht fiel ihr morgen noch etwas ein, wie sie weiterkam. Oder Lars brachte neue Ergebnisse mit.

***

Maja war schon gegangen, und Elin hatte gerade ihr Mittagessen bekommen, als Lars am nächsten Tag mit Tobias hereinkam. Elin machte große Augen – was machte der denn hier?

„Tobias?“

Tobias hob die Hand. Er war sportlich gekleidet, was seine durchtrainierte Figur besonders zur Geltung brachte. Er war zwar kleiner und schlanker als Lars, aber er joggte jeden Tag und hielt sich so fit. „Hallo Elin. Wie geht es dir?“

„Oh, schon besser. Du bist hoffentlich nicht wegen mir hergekommen?“

Tobias grinste. „Doch schon. Mag es nicht, wenn meine Leute im Krankenhaus landen. Außerdem wollte ich sicherstellen, dass Lars nicht etwas Ähnliches passiert. Von jetzt an machen wir alles zu zweit.“

„Verstehe.“ Er hatte recht. Elin hatte sich auch schon Gedanken gemacht, ob es gut war, wenn Lars jetzt allein unterwegs war. „Aber ich komme ja hoffentlich morgen wieder raus.“

„Macht nichts. Dann sind wir eben zu dritt. Wir gehen kein Risiko mehr ein. Und wir nageln den Kerl fest, der dir das angetan hat.“

Tobias setzte sich auf die Bettkante, Lars nahm sich einen Stuhl. „Kannst du schon aufstehen?“

„Ist der Papst katholisch? Ich laufe jeden Tag hier herum. Soll ich sogar, zur Thromboseprophylaxe.“

„Gut, ich schlage vor, du isst auf, und dann suchen wir uns eine ruhige Ecke.“ Tobias warf einen Blick zu der anderen Frau im Bett am Fenster, die auch gerade ihr Mittagessen aß. „Ich will dich bitten, mir noch mal alles von deinem Unfall zu erzählen.“ Er machte mit seinen Zeigefingern das Zeichen für Anführungsstriche.

Während Elin sich das Essen einverleibte, das im Übrigen heute ganz okay war – wahrscheinlich gaben sie sich sonntags mehr Mühe –, berichtete Lars von seinem Treffen mit Jimmy Haake.

„Aha, Haake und nicht Heck. Kein Wunder, dass ich ihn nicht gefunden habe.“ Sie machte sich innerlich eine Notiz, den neuen Namen noch einmal zu überprüfen, auch wenn Lars meinte, dass diese Sache es nicht wert sei, weiterverfolgt zu werden.

„Und danach warst du mit Maja essen, habe ich gehört.“ Elin war etwas neidisch gewesen, als Maja von dem tollen Essen im *Rex* erzählt hatte. Aber das würde sie ab morgen auch wieder genießen können, hoffte sie.

„Ja, ich wollte Maja nicht in unseren Fall hineinziehen, schließlich arbeitet sie ja nicht für uns.“ Elin nickte, das konnte sie verstehen. Auch wenn Maja schon ein paar Mal eingesprungen war, wenn sie gebraucht worden war. „Deshalb habe ich allein nach diesem Jimmy gesucht.“

„Das war aber die letzte Aktion, die allein durchgeführt wurde“, warf Tobias ein.

„Jawohl, Chef.“ Lars grinste. Dann setzte er an Elin gewandt fort: „Dafür war ich dann gestern Abend mit ihr aus. Wir haben uns nett unterhalten, und das Essen war super.“

„Hattest du ihr gar nichts davon erzählt, dass Tobias kommen würde?“ Elin wunderte sich, dass Maja das nicht erwähnt hatte.

Lars schüttelte den Kopf. „Nein, wir haben den Fall und unseren Job völlig ausgeklammert und über andere Themen geredet.“

Ja, davon hatte Maja erzählt. Umeå, Lars’ Vergangenheit in Norrland, Majas Kinderpläne – das war genug für einen Abend.

Elin war mit dem Essen fertig, den Nachtisch stellte sie beiseite, den konnte sie später noch essen. Sie schwang die Beine aus dem Bett, schnappte sich den Bademantel und zog die Pantoffeln an. „Gehen wir?“

Lars hielt ihr die Tür auf, und alle drei betraten den Korridor. Elin wusste, dass am rechten Ende eine kleine Sitzecke lag, in der meist wenig Leute saßen, und führte ihre beiden Kollegen dorthin. Tatsächlich war im Augenblick niemand dort, sodass Elin ohne Zuhörer noch einmal von ihrer Begegnung mit dem Holzlaster berichten konnte. Tobias hörte aufmerksam zu und stellte Detailfragen. Elin erzählte auch von ihren gestrigen Nachforschungen.

„Hab ich mir schon gedacht, dass sich niemand an den Laster erinnern kann. Davon gibt es hier einfach zu viele. In Stockholm würde so ein Ding viel mehr auffallen.“ Lars kratzte sich am Hinterkopf. „Aber das mit diesem Prepaid-Telefon ist interessant. Es könnte sich lohnen, das zu suchen.“

Tobias nickte ernst. „Auf jeden Fall. Wir fahren sowieso nach Hummelmark, da wir diesen Sundquist dort treffen. Dann können wir uns ja mal umhören.“

„Genau“, stimmte Lars zu. „Wir fragen die Beckmans, die waren ja immer relativ aufgeschlossen. Und falls an dem Abend ein solcher Holzlaster bei ihnen vorbeigefahren ist, könnte ihnen das aufgefallen sein. Und mit Melker wollten wir sowieso noch sprechen. Wegen seiner Zeugenaussage.“

Tobias schaute auf sein Handy. „Wir müssen jetzt auch los. Oder wie lange brauchen wir bis dahin?“

Lars nickte. „Ja, so langsam. Es dauert eine knappe halbe Stunde.“ Sie waren für dreizehn Uhr verabredet.

Die beiden begleiteten Elin zurück zu ihrem Zimmer, das gerade leer war - ihre Mitpatientin war mit dem Essen fertig und bestimmt wieder beim Rauchen. Tobias versicherte Elin noch einmal, wie leid es ihm tat, dass sie verletzt worden war, und wünschte ihr weiterhin gute Besserung. Dann verschwanden die beiden.

Elin machte es sich im Bett bequem und aß ihren Nachtisch – Früchte aus der Dose mit einem Klecks Joghurt. Gerne wollte sie noch etwas zur Lösung des Falls beitragen, aber irgendwie gab es überall nur Sackgassen. Dann fiel ihr Lars' Bericht über die Begegnung mit Jimmy im *O'Learys* ein. Sie schnappte sich ihren Laptop und suchte nach Jimmy Haake. Merkwürdig, der Name war auch nicht gelistet. Es gab zwar fünf Männer mit dem Nachnamen Haake, aber weder in Kombination mit Jim noch Jimmy. In ganz Schweden gab es lediglich einen Jim Hage, doch der wohnte in der Nähe von Uppsala. Elin überlegte. Entweder hatte der Typ eine heimliche Adresse, oder Lars hatte etwas falsch verstanden. Sie würde ihn später noch einmal fragen. Frustriert klappte sie ihren Laptop zu.

26

Verdammt, jetzt waren sie ihm auf den Fersen. Diese scheiß Privatschnüffler. Er hatte gedacht, die Frau erledigt zu haben, aber irgendwer hatte sie rechtzeitig gefunden, und sie war offenbar nur leicht verletzt. Stand wenigstens in der Zeitung. Er hoffte, dass sie zumindest erst mal außer Gefecht war. Doch da gab es noch diesen Lars. Der offenbar nicht aufgab. Was sollte er machen? Noch mal den Laster einsetzen war zu riskant. Langsam fiel das auf. In Hummelmark wollte er sich auch erst mal nicht mehr sehen lassen. Er überlegte, seine Schrotflinte einzusetzen. Das war eine sichere Sache und nicht nachzuverfolgen. Schrotflinten gab es hier viele, und die Munition konnte nicht einer bestimmten Waffe zugeordnet werden, vorausgesetzt man ließ die Patronenhülsen nicht am Tatort liegen. Nur würde keiner an einen Unfall glauben. Scheiße. Wie hatte es so weit kommen können? War er doch zu vorschnell aus der Deckung gekommen? Wenn er bloß abgewartet hätte – vielleicht wären die einfach unverrichteter Dinge wieder abgezogen. Wäre eh schwer gewesen, die Spur zu ihm zu finden. Aber wenn die kleine Tussi sich an den Laster erinnern konnte, dann wussten die Schnüffler jetzt, dass jemand etwas zu verbergen hatte. Und suchten möglicherweise nach dem Fahrzeug. *Hatte die Polizei damals ja auch gemacht. Sogar bei ihm auf dem Hof waren sie gewesen, aber der Laster hatte keinen Kratzer, und das Rücklicht war schon ausgewechselt. Teufel, er hatte das Risiko nicht gut genug kalkuliert. Er war fest davon ausgegangen, dass es wieder so laufen würde wie damals mit dem Anwalt. Verdammte Scheiße, er brauchte einen neuen Plan.*

Er ging quer über den Hof. Vielleicht kam ihm eine Idee, wenn er in seiner großen Fahrzeughalle herumlief. Dort standen so viele Sachen herum: Werkzeug, Waffen, Fahrzeuge und andere Geräte. Irgendetwas, das ihn auf eine Idee bringen könnte. Außerdem war diese Halle ihm etwas schuldig – schließlich hatte mit ihr alles angefangen. Die alte Scheune war schon ziemlich baufällig gewesen, und als dort aus Versehen ein kleines Feuer ausbrach, half er ein wenig nach. Ein paar Kanister Benzin an den richtigen Stellen und der alte Kasten brannte ruckzuck ab. Seinen Trecker fuhr er noch vorher raus, sonst war nichts Wichtiges drin. Außerdem bezahlte die Versicherung für alles. Warum nur ließ Berit, diese blöde Kuh, die Sache nicht auf sich beruhen? Nein, misstrauisch ist sie gewesen, kreuzte sogar hier auf dem Hof auf und schnüffelte überall herum. Drohte ihm mit einer Untersuchung von Experten. Dann bot sie ihm an, ihr stattdessen etwas zu bezahlen. Einen großen Teil vom Kuchen wollte sie. Dafür wollte sie die Schadensmeldung durchwinken. Er wusste genau, dass er diese Frau nie wieder losgeworden wäre – zumindest nicht innerhalb der Verjährungsfrist. Sie hätte ihn ausgequetscht wie eine Zitrone – immer wieder mit einer Wiederaufnahme gedroht. Nee, nicht mit ihm. Anstatt zu bezahlen, schlug er zu – und bekam dabei sogar noch ein bisschen Bargeld obendrauf, das er bei der Durchsuchung des Hauses fand. Auch wenn er einen Teil davon benutzte, um Willmar, diesem Arsch, das Ganze in die Schuhe zu schieben. Nach der Geschichte mit der Wette war da sowieso noch eine Rechnung offen. Zwei Fliegen mit einer Klappe. Als Berit dann aus dem Weg war, hatte die Versicherung keine Schwierigkeiten gemacht. Die neue Halle war größer, moderner und einfach praktisch. Also – gab es darin die Antwort auf sein Problem?

27

Sie waren auf dem Weg nach Hummelmark, Lars am Steuer. Tobias neben ihm berichtete von den letzten Entwicklungen mit dem Coronavirus. Lisa hatte ihm zwar schon davon erzählt, aber es gab jeden Tag etwas Neues und viele verschiedene Aspekte. Das Außenministerium riet nun von Reisen nach China, Iran und Italien ab, wo das Virus inzwischen ziemlich wütete. Alte Menschen und Personen mit Lungenproblemen oder geschwächter Immunabwehr waren besonders betroffen, Kinder schienen dagegen weniger anfällig zu sein. In Schweden gab es inzwischen schon über 200 Infizierte, fast alle in Stockholm, doch zum Glück noch keine Todesfälle. Hier in Umeå mussten sie sich wohl erst mal keine Sorgen machen, aber Lars war unwohl bei dem Gedanken an Lisa. Nun war es zwar schon eine Weile her, dass sie die Chemo überstanden hatte, aber wer wusste schon, wie lange es dauerte, bis sich ihr Immunsystem hundertprozentig erholt hatte. Wahrscheinlich gehörte sie auch zu einer Risikogruppe. Er nahm sich vor, mit ihr darüber zu sprechen.

In Hummelmark angekommen, erklärte er Tobias die Örtlichkeiten. Er bog bei Sundquists ein und parkte neben einem Ford Pickup. Tor hatte sie schon erwartet und öffnete die Tür. Nachdem Lars Tobias vorgestellt hatte und das Händeschütteln erfolgt war, bat er sie herein. Sie zogen die Stiefel aus, ihre Parkas hatten sie im Auto gelassen.

„Wollt ihr einen Kaffee?"

Sie nahmen dankend an. Lars schaute sich um, alles sah ziemlich unverändert aus, verglichen mit den Fotos im Polizeibericht. Er war ja nun das erste Mal am damaligen Tatort.

Tor reichte ihnen den dampfenden Kaffee, sie nahmen alle in der Küche Platz.

„Du hast nicht erwogen, dir ein anderes Domizil zu suchen?“ Lars wollte das Gespräch etwas auflockern.

Tor sah ihn ernst an. „Durchaus. Am Anfang war es echt merkwürdig, hier zu wohnen. Man denkt immer, als Polizist ist man abgebrüht, aber wenn es an die eigene Familie geht … Nee, ich habe mich die ersten paar Monate in diesem Haus nicht wohlgefühlt. Doch dann ging es plötzlich, und daraufhin habe ich entschieden, hierzubleiben. Ich mag den Ort, kenne die Leute, und das Haus ist praktisch.“ Er breitete die Hand aus, dann fügt er hinzu: „Außerdem voller guter Erinnerungen.“

Lars nickte.

„Aber deswegen seid ihr nicht gekommen, oder?“ Er schaute Tobias an. „Jetzt sogar mit Verstärkung. Wo ist denn eure kleine Kollegin?“

„Im Krankenhaus.“ Lars ließ die Nachricht wirken.

Tor wandte sich ihm zu, er war ehrlich überrascht. „Oh, was ist passiert?“

„Hatte am Donnerstag ein Zusammentreffen mit einem Holzlaster, als sie von hier wegfuhr.“ Lars beobachtete seine Reaktion genau. Er hatte das mit Tobias diskutiert, und sie hatten sich entschieden, es nicht länger geheim zu halten.

„Was?“ Tor riss die Augen auf. „Ach, der Unfall neulich Abend? Das war eure Kollegin? Das tut mir leid. Wie geht es ihr?“

„Sie hat Glück gehabt. Nichts Ernstes, wahrscheinlich kommt sie morgen oder übermorgen aus dem Krankenhaus. Aber der Wagen hat Totalschaden."

„Ich dachte, da wäre jemand von der Straße abgekommen. Von einem Laster habe ich noch nichts gehört."

„Ist auch noch nicht offiziell. Sie konnte sich erst nicht erinnern. Morgen wird sie deine Kollegen informieren und Anzeige erstatten."

„Puh. Ja, leider passiert das öfter hier. Die kriegen das oft gar nicht mit."

„Schon das zweite Mal in diesem Fall ..."

„Wie meinst du das?" Tor runzelte die Stirn. „Ach, du meinst diesen Anwalt damals?"

„Genau. Torkel Frost."

„Seht ihr da einen Zusammenhang?" Tor nahm einen Schluck von seinem Kaffee.

Lars lehnte sich vor. „Na, sagen wir mal so – bei dem Anwalt damals konnte man ja noch spekulieren, ob es lediglich ein Unfall war und ob es überhaupt mit dem Mord an deiner Frau zu tun hatte. Aber bei Elin gibt es eigentlich nur eine Person, die einen Grund hatte, sie aus dem Weg zu räumen."

Tor kniff die Augenbrauen zusammen. „Vorausgesetzt, es ist mit Absicht geschehen."

„Davon gehen wir aus", warf Tobias ein. „Nur um das abzuklären: Wo warst du am Donnerstag zwischen fünf und sechs?"

Tor schluckte. „Ach, so läuft das jetzt. Wollt ihr mir das anhängen?"

„Nein." Tobias schüttelte den Kopf. „Wir wollen dich gerne ausschließen."

Tor lächelte. „Ja, das Spiel kenne ich. Nicht lustig von dieser Seite. Aber gut. Ich hatte Dienst bis ungefähr um acht. Wir hatten eine Radarfalle an einer Baustelle auf der E12 vor Holmsund aufgestellt und haben da abkassiert. Könnt ihr gerne überprüfen. Von dem Unfall hier habe ich über den Polizeifunk gehört, aber wir waren zu weit weg, sonst hätten wir das gern übernommen."

Solange Lars am Unfallort gewesen war, hatte sich die Polizei nicht blicken lassen, die musste gekommen sein, als er schon weg war. Wenn das stimmte, was Tor sagte, hatte er ein handfestes Alibi. Aber genauso gut hätte er jemanden engagiert haben können, um den Unfall herbeizuführen.

„Hört sich gut an. Wir haben trotzdem noch ein paar Fragen zu dir und Berit. Es gibt Hinweise, dass eure Ehe nicht so gut war, wie du uns weismachen wolltest."

Tor wurde rot. „Wie kommt ihr darauf?"

„Sie hatte einen Termin bei einer Scheidungsanwältin. Wir haben am Mittwoch mit ihr gesprochen."

Tor sah auf seine Tasse. Lars wartete. Schließlich sah der Mann auf. „Ich wusste nicht, dass es schon so weit war“, sagte er leise. „Sie hatte davon geredet, aber ich dachte, ich könnte sie noch umstimmen.“

„Was warf sie dir vor?“

Er zuckte die Achseln. „Ich weiß auch nicht. Berit hatte eine schwierige Phase. War mit allem unzufrieden. Suchte Streit, auch bei Kleinigkeiten. Ich habe versucht, ihr alles recht zu machen, aber es war nicht leicht. Ich hatte gehofft, dass es wieder besser würde. Doch dann war sie plötzlich tot …“ Er sah sie an, er hatte Tränen in den Augen. „Ich habe sie geliebt, es gab nie eine andere für mich.“

Lars sah Tobias an, der machte eine mitleidige Geste. Tor war entweder ein super Schauspieler, oder er litt wirklich immer noch unter seinem Verlust. „Okay, danke. Tut uns leid, dass wir das alles noch mal aufwühlen. Aber ich glaube mittlerweile, dass der wirkliche Mörder deiner Frau noch frei herumläuft.“

Tor verzog das Gesicht. „Ich weiß nicht, ob ich das glauben will. Aber wenn ihr das beweisen könnt …“

Sie standen auf und verabschiedeten sich.

„Bestelle deiner Kollegin gute Besserung. Tut mir wirklich leid, dass ihr das passiert ist“, beteuerte Tor.

Lars fragte ihn noch nach Holzlastern, die durch den Ort fuhren, aber er konnte dazu keine weiteren Angaben liefern außer der Tatsache, dass es viele waren.

Als sie wieder im Auto saßen, meinte Tobias trocken: „Überzeugende Vorstellung, oder was meinst du?“

Lars nickte. „Ja, schon. Er war heute ganz anders als bei unserem letzten Treffen. Da war er in Uniform, und es war in einem Restaurant. Jetzt zu Hause in Zivil war er überhaupt nicht arrogant, fast ein wenig gefühlsduselig."

„Ein Kandidat weniger?"

„Wahrscheinlich. Ganz abschreiben will ich ihn dennoch nicht. Er hat mehrere Motive – die angedrohte Scheidung, die Erbschaft. Er hätte das angeblich gestohlene Geld leicht aus dem Haus bringen und einen Teil bei Willmar einstecken können. Wie stark sein Alibi ist, weiß ich nicht. Mit seinem Partner haben wir noch nicht gesprochen."

„Wen haben wir denn überhaupt noch?"

Lars hatte Tobias am Morgen auf den Stand der Ermittlungen gebracht, sie hatten Berits Ehemann als den am meisten Verdächtigen diskutiert. „Ehrlich gesagt, wir sind ziemlich am Ende. Vielleicht ist es jemand, der in dem ganzen Fall noch gar nicht in Erscheinung getreten ist. Wenn wir den Kerl finden, der den Anschlag auf Elin verübt hat, wird sich wahrscheinlich alles aufklären. Deshalb fragen wir jetzt weiter nach dem Holzlaster. Die Beckmans sind dafür unsere besten Kandidaten."

Lars fuhr zur Straße zurück und bog nach rechts ab. Inga öffnete ihnen die Tür und bat sie herein. Lars und Tobias blieben hinter der Tür stehen. „Wir wollen gar nicht länger stören. Wir haben nur eine kurze Frage."

„Ja?“ Inga Beckman hielt ihr Telefon in der Hand, offenbar war sie gerade dabei gewesen, darin etwas nachzuschauen oder jemanden anzurufen.

„Fahren bei euch öfters mal Holzlaster vorbei? Du weißt, diese Riesendinger, die ganze Bäume transportieren.“

„Ja, schon. Hier im Wald wird immer wieder abgeholzt. Auch wenn das jetzt im Winter seltener ist. Warum?“

Lars antwortete nicht auf diese Frage. „Wie war das letzten Donnerstag? Als meine Kollegin hier abgefahren ist.“

Inga überlegte. „Ich kann mich nicht erinnern. Es ist mir zumindest nichts aufgefallen.“

„Und dein Mann?“

„Der war bei dem Gespräch gar nicht dabei. Aber … Åke? Kommst du mal?“

Ihr Mann kam nach einem kurzen Moment die Treppe herunter. Lars erklärte, worum es ging. Åke schüttelte den Kopf. „Nein. Keine Ahnung. Ich war oben am PC beschäftigt. Habe überhaupt nicht auf die Straße geachtet.“

Lars bedankte sich und legte die Hand auf den Türgriff.

„Aber eines war komisch“, sagte Åke in dem Moment. „Irgendwann letzte Woche, ich weiß nicht mehr, welcher Tag das war, fuhr hier morgens ein Laster auf der Straße Richtung Wald. Was mich wunderte, war, dass der schon voll beladen war.

Normalerweise fahren die leer in den Wald und kommen beladen wieder heraus. Ich hatte mich gefragt, was der wohl vorhatte."

„Vielen Dank. Das ist ein interessantes Detail. Ruf mich an, wenn dir noch etwas einfällt."

„Vielleicht fragt ihr noch mal bei Melker. Der kennt einen von den Leuten, die den Wald bearbeiten."

„Woher weißt du das?"

„Ich habe ihn ein paar Mal mit in den Wald fahren sehen."

Das war interessant. Auf Melkers Grundstück hatte Elin auch das verdächtige Handy geortet. „Gut. Zu dem wollen wir sowieso, danke."

Sie stiegen in den Volvo und fuhren ein paar Häuser weiter zu Melker Gunnarson. Der Neuschnee war nicht geräumt, Reifenspuren gab es keine, und ein Auto war auch nicht zu sehen, aber vielleicht stand es in der Garage. Lars und Tobias stiegen die kleine Treppe hinauf und klingelten. Man hörte das Dingdong, aber sonst nichts. Lars versuchte es noch zweimal, aber niemand kam, um zu öffnen.

Lars zuckte die Achseln. „Das war schon letzte Woche so. Entweder ist der viel unterwegs oder verreist. Wir werden es in den nächsten Tagen noch mal probieren."

Sie wollten gerade ins Auto einsteigen, als Lars' Telefon klingelte. Es war Elin.

„*Hej* Elin."

„Hallo Lars. Hat sich bei euch etwas ergeben?"

„Nicht wirklich. Melker ist nicht da, Tor war ehrlich bestürzt über deine Verletzungen, und Beckmans haben hier niemanden Auffälliges herumfahren sehen. Allerdings fährt hier öfter mal ein Holzlaster in den Wald. Merkwürdig ist nur, dass Åke Beckman letzte Woche einmal einen solchen Laster in den Wald hat hineinfahren sehen, der schon beladen war. Meint er wenigstens. Wir wollen mal versuchen, herauszufinden, wer hier die Abholzungsrechte hat. Vielleicht lohnt es sich auch, einen Beobachtungsposten aufzustellen und den Fahrer abzufangen. Sorry, mehr leider nicht. Details kommen später."

„Okay. Ich habe auch etwas herausgefunden."

„Aha." Lars lauschte. „Erzähle."

„Du hattest doch gestern diesen Jimmy getroffen. Und hast gesagt, sein Nachname sei Haake. Mit zwei a und k?"

„So habe ich es verstanden, ja."

„Den gibt es so nicht im Register."

Das passierte leider manchmal. „Heimliche Nummer?"

„Habe ich auch erst gedacht. Aber dann kam mir der Name Haake irgendwie bekannt vor. Ich hatte das Gefühl, den schon mal im Zusammenhang mit unserem Fall gesehen zu haben. In den Polizei- und Gerichtsakten fand ich ihn aber nicht. Doch dann kam mir die Idee. Du weißt, diese Liste mit den Spediteuren?"

„Klar, die wir von Arne bekommen haben. Ist er da drauf?“

„Auf der Liste gibt es einen Ingemar Haake. Hat ein Fuhrunternehmen, unter anderem für Holz.“

„Ingemar.“ Lars überlegte. Dann kam er darauf. „Natürlich: Ingemar – Gemmi – Jimmy. Das ist sein Spitzname.“

„Super, du hast es sogar hergeleitet.“ Elin gluckste. „Dann ist der das bestimmt. Ich glaube, du solltest dem noch mal auf den Zahn fühlen.“

„Auf jeden Fall. Schick’ mir die Adresse. Dann fahren wir sofort hin.“

„Mach ich. Ist in Brännland, im Westen von Umeå.“

„Super, Elin. Danke.“

„Seid vorsichtig.“

„Klar doch.“ Er legte auf.

Tobias sah ihn gespannt an. „Gibt es etwas Neues?“

„Ja, eine neue Spur. Der Kerl von gestern. Kommt vielleicht doch infrage. Ich erzähle es dir während der Fahrt.“

Sie stiegen ein, und Lars startete den Volvo. Sein Handy piepte – Elin hatte die Adresse geschickt. Lars gab sie ins Navi ein. Danach erzählte er Tobias von Elins Ergebnissen.

„Das könnte also unser Mann sein. Und da fahren wir jetzt hin?“

Lars nickte. „Ja, zumindest mal gucken. Will schon gerne wissen, ob da so ein Laster herumsteht.“

„Schade, dass ich keine Bewaffnung mitbringen konnte. Das würde uns jetzt gut zupasskommen.“ Tobias war Reserveoffizier und verfügte über ein ansehnliches Waffenarsenal, inklusive Schusswaffen, für die er auch die entsprechenden Lizenzen hatte. Aber im Flugzeug konnte er Waffen nicht so ohne Weiteres mitnehmen. „Ich denke, wir sollten ihn trotzdem konfrontieren. Wir sind schließlich zwei gegen einen.“

Lars konnte sich denken, dass Tobias das gefallen würde. Seine Leute hatten sich zwei Wochen die Hacken abgelaufen, doch wenn er dazu kam, war im Nu die richtige Person gefunden und überführt: Veni, vidi, vici – ich kam, sah und siegte. Lars war nicht so sicher, dass alles so einfach laufen würde. Zumal er gestern keinen Verdacht geschöpft hatte, als er Jimmy getroffen hatte. Allerdings – da war diese kleine Reaktion gewesen, als Lars Berits Namen genannt hatte. Gestern hatte er nichts darauf gegeben, aber zusammen mit Elins Ergebnissen sah er das heute in einem anderen Licht.

„Lass uns erst mal schauen, wie es dort aussieht. Wir entscheiden vor Ort, wie wir weiter vorgehen.“

Die Fahrt von Hummelmark nach Brännland dauerte vierzig Minuten. Die Adresse, die Elin geschickt hatte, lag in einem Industriegebiet außerhalb des kleinen Ortes. Sie fuhren an einem großen Werk der Firma Ålö vorbei, laut Google bauten die Landmaschinen, wie Tobias herausfand. Die Straße führte um das Werk herum, auf der Rückseite war ein großer Parkplatz, dahinter standen grüne Baracken mit dem Schild einer Catering-Firma. Die Firma von Ingemar Haake lag ein Stück weiter auf der anderen Seite, zur Linken. Lars fuhr langsam dorthin.

Das Doppeltor stand weit offen, aber es war kein Betrieb auf dem Hof. Niemand war zu sehen. Doch es stand eine ganze Reihe großer Fahrzeuge auf dem Hof. Dahinter waren mehrere Gebäude: zwei Lagerhallen und ein Wohn- oder Bürogebäude.

„Fahre auf den Hof. Wir sprechen mit dem Kerl. Mal sehen, wie er reagiert."

Lars schüttelte den Kopf. „Tobias, wir haben nicht genug. Wir können nichts beweisen. Und mir fehlt nach wie vor die Verbindung zu Berit – was soll sein Motiv gewesen sein?"

Tobias sah ihn enttäuscht an. „Was dann? Einfach wieder abfahren?"

„Erst mal checken, wie viele von solchen Holzlastern es hier gibt. Die könnten wir dann untersuchen. Vielleicht finden wir irgendwelche Spuren von einem Zusammenstoß." Lars fuhr ein Stück weiter und parkte den Volvo am Straßenrand.

„Gut." Das gefiel Tobias. Sie stiegen beide aus. Er blickte sich um. „Durch das Tor? Das steht ja offen."

Lars war skeptisch. „Ja, ist aber auch gut einsehbar."

Tobias breitete die Arme aus. „Rundherum ist ein Zaun. Und der ist ganz schön hoch. Noch dazu oben mit Stacheldraht gesichert.“

Er hatte recht. Das war ein wenig viel Aufwand, wenn sie eigentlich nur durch das Tor spazieren mussten. „Okay, wir gehen an der Seite der Einfahrt durch. Aber schnell.“

Sie huschten geduckt zum Tor. Lars schaute sich um, auf dem Hof war niemand zu sehen. Links standen verschiedene Laster, einer davon für Baumstämme. Rechts vor der großen Halle waren zwei Holzlaster geparkt, beide mit Anhänger. „Nimmst du den Laster links? Ich schau mir die beiden vor der Halle an“, flüsterte Lars.

Tobias nickte und verschwand zwischen den Fahrzeugen. Lars wandte sich nach rechts und ging an dem Laster entlang, der dem Zaun am nächsten stand. Der gesuchte Laster hatte Elin überholt – wenn es Spuren gab, mussten sie also auf der rechten Seite des Fahrzeugs zu finden sein. Der Volvo war weiß lackiert gewesen, vielleicht hätte er Tobias das auch noch sagen müssen. Sorgfältig suchte er die Seite des Anhängers und Lasters ab. Natürlich gab es mehrere Kratzer und Dellen, aber die sahen alle schon älter aus und hatten bereits Rost angesetzt. Weiße Lackspuren fand er nirgends. Er ging um das Fahrerhaus herum und wandte sich dem zweiten Lkw zu. Dieser schien neuer zu sein, es gab fast überhaupt keine Gebrauchsspuren. Am Ende angekommen, wunderte er sich, wo Tobias blieb. Der hatte schließlich nur einen Holzlaster zu untersuchen, oder hatte er sich die anderen Fahrzeuge auch gleich angeschaut? Lars blickte hinüber, konnte Tobias aber nirgendwo sehen. Wahrscheinlich war er noch zwischen den Fahrzeugen. Der Holzlaster auf Tobias' Seite stand etwas weiter im Hof, versetzt zu dem, den Lars sich vorgenommen hatte. Er entschloss sich dort hinüber zu schleichen.

Als er das hintere Ende des Fahrzeugs umrundete, blieb er schockiert stehen. Er blickte in den doppelläufigen Lauf einer Schrotflinte. Dahinter grinste Jimmy unter seinem roten Bart.

„Jetzt mal schön die Flossen hoch." Er wedelte mit der Flinte. „Wen haben wir denn da? Den Schnüffler von gestern Abend." Seine rauchige Stimme hatte einen süffisanten Tonfall.

Lars hob die Hände. Langsam fasste er sich wieder. „Hallo Jimmy. Was soll das Gewehr?"

Jimmy spannte den Hahn. „Hier ist Schluss mit Fragenstellen. Nun machst du einfach, was ich sage." Er sah ihn grimmig an und winkte mit der Flinte. „Umdrehen und zur Halle gehen. Schön langsam und keine dummen Sachen."

Lars tat wie befohlen. Fieberhaft überlegte er, wo Tobias sein könnte. Würde er ihm zu Hilfe kommen oder sich in Sicherheit bringen und die Polizei verständigen? Lars wusste nicht, was die bessere Option war. Jimmy war bewaffnet, Tobias nicht. Auf der anderen Seite konnte es ewig dauern, bis hier ein Polizist auftauchte.

Die Halle war offen, langsam schritt Lars hinein. Hier standen Fahrzeuge, große Anhänger, verschiedene Landmaschinen und jede Menge Werkzeug. Vor ihm war ein Laster, daneben ein großer roter Trecker. Lars erwog eine Flucht zur Seite, aber Jimmy hielt genau den richtigen Abstand – die Flinte außerhalb von Lars' Reichweite, aber nahe genug, dass ein Weglaufen zu riskant war. „Wohin jetzt?"

„Links an dem Trecker vorbei."

Lars ging um das riesige Hinterrad herum. Vor ihm war eine große Luke im Boden, die weit offenstand. In dem Loch darunter war es vollkommen dunkel.

„So ist's brav. Jetzt alle Taschen ausleeren. Handy, Schlüssel, Portemonnaie, alles."

„Sage mal, können wir nicht wie vernünftige Leute reden ..."

„Maul halten." Jimmy versetzte ihm mit der Flinte einen Stoß in den Rücken. Lars konnte sich gerade noch halten und den Fall in das Loch vermeiden. „Los jetzt. Ausleeren und alles auf den Boden legen."

Lars fischte sein Handy heraus, die Autoschlüssel, dann seine Brieftasche mit den Kreditkarten und der Karte für sein Hotelzimmer. Schließlich gab es noch eine Packung Fisherman's Friend und ein paar Taschentücher.

„Gut. Jetzt da 'rein. Die Treppe runter."

Lars guckte in das Loch. Tatsächlich, eine steile Holztreppe führte nach unten. Vorsichtig setzte er einen Fuß auf die erste Stufe. Einen Handlauf gab es nicht, daher stützte er sich an der Wand auf der rechten Seite ab.

„Nicht so lahm. Mach hin.“

Lars nahm weitere Stufen. Er hatte noch nicht den Boden erreicht, als die Luke über ihm mit einem Knall zufiel. Vor Schreck zog er den Kopf ein, auch wenn er bereits tief genug stand, sodass keine Gefahr bestand, mit der Klappe in Berührung zu kommen. Nun war es vollständig dunkel. Er stützte sich mit beiden Händen ab und nahm vorsichtig tastend die letzten Stufen. Es roch muffig hier unten. Der Boden war uneben, die Wand war aus hartem Beton. So ein Mist. Was fiel diesem Jimmy ein? Weswegen reagierte er so übertrieben? Das konnte nur eines bedeuten – der Kerl hatte erheblichen Dreck am Stecken und wollte die Aufklärung verhindern. Doch sie hatten ja bis jetzt noch gar nichts gegen ihn in der Hand. Drehte der Kerl durch? Zum Glück war Tobias mitgekommen, wenn er allein gewesen wäre, säße er jetzt richtig in der Tinte.

Lars fing gerade an, die Grube zu erkunden, als oben die Luke geöffnet wurde. Er hoffte schon, dass Jimmy doch noch mit sich reden lassen würde, wurde aber enttäuscht.

„Hier. Fang deinen Kumpel auf, wenn du nicht willst, dass er sich das Genick bricht.“

Oben stand Jimmy und hielt den leblosen Körper von Tobias in den Händen. Lars eilte zum Fuß der Treppe, die in dem von oben einfallenden Licht lag. Er wollte die Treppe hochsteigen, aber Jimmy hievte seinen Kollegen bereits in die Grube. Tobias rollte die Treppe herunter. Lars versuchte sein Bestes, ihn abzufangen, wurde aber von der Wucht mitgerissen und fiel rücklings auf den Boden. Tobias landete auf seiner Brust und ihm blieb kurzzeitig die Luft weg. Schon wurde die Luke wieder geschlossen. Er hörte, wie ein Riegel vorgeschoben wurde, dann war alles dunkel und beunruhigend still. All seine Hoffnung hatte er auf Tobias gesetzt. Wer konnte ihnen jetzt noch helfen? Elin war im Krankenhaus, sonst wusste keiner, wo sie waren.

28

Den ganzen Tag hatte er überlegt, wie er es anstellen sollte, und jetzt waren die Schnüffler ihm einfach so vor die Füße gerollt. Die Bewegungsmelder hatten ihm sofort angezeigt, dass jemand auf seinem Hof war, diese App war wirklich gut. Nicht, dass damit alle Probleme gelöst wären. Aber es war zumindest klar, was er tun musste. Erst einmal musste der Wagen verschwinden. Nur wie? Er könnte ihn auf seinen Anhänger hieven und dann irgendwo hinfahren, zum Beispiel in einem der Seen versenken – da kannte er mehrere Stellen. Bei einem davon gab es einen schroffen Felsen, zehn Meter über dem Wasser – wenn er den Wagen dort hinunterfallen ließ, würde die Eisschicht mit Sicherheit brechen und das Auto auf den Grund sinken. Nur wenn ihn jemand sah, wie er mit dem Volvo auf dem Anhänger vom Hof fuhr, hatte er wieder den Schwarzen Peter. Lieber mit der Kiste hier wegfahren, dann sah es so aus, als wenn die beiden wieder abgezogen wären. Doch wenn er den Wagen dann verschwinden ließ, wie kam er wieder nach Hause? Er könnte natürlich sein Moped hinten einladen, reinpassen würde es. Doch bei dieser Witterung benutzte er es eigentlich nicht. Und wenn ihn jemand darauf sah, hatte er Probleme, es zu erklären. Nein, so ging es auch nicht.

Schließlich kam ihm die Erleuchtung. Er würde den Wagen nehmen und dann in den Waldweg einbiegen. Der führte nicht weit hinter seinem Hof vorbei, von dort konnte er zu Fuß zurück. Wahrscheinlich lag da ordentlich Schnee, aber mit den Schneeschuhen war das kein Thema. Danach den Laster nehmen, zu dem Volvo fahren, ihn aufladen und dann ab zum See. Dass er mit dem Laster unterwegs war, würde niemandem auffallen.

Wenn das erledigt war, musste er eine Lösung für die beiden Schnüffler finden. Das wurden immer mehr. Die Kleine im Krankenhaus plus die zwei Kerle. Die Tussi war wohl erst mal kampfunfähig, für die musste er noch eine andere Lösung finden, das kam später. Erst einmal würde er sich um die beiden Kerle kümmern. Die durften nicht wieder auftauchen, sonst kam er in Teufels Küche. Wie machte er es am besten? Darüber musste er noch nachdenken. Ein Kumpel von ihm hatte einen Stall voller Schweine. Die fraßen alles, da blieb nichts übrig. Nur wie kam er unbemerkt in den Stall? Mit zwei schweren Leichen? Er konnte seinen Kumpel schlecht einweihen … Oder ebenfalls in den See? Mit schweren Gewichten könnte das gehen.

Dann war da noch die Frage, wie er die beiden kalt machte. Schrotflinte wäre das Einfachste, aber das gab eine ziemliche Sauerei. Und heutzutage konnten sie alles nachweisen. Er sah immer die Dokumentarserie Forensic Files – da konnte man viel lernen. Schon der kleinste Blutstropfen war nachweisbar. Dann eine DNS-Analyse und schon saß man in der Tinte. Nein, er musste es irgendwie anders hinkriegen, vielleicht mit Gift oder Gas. Genau, das war es: einfach die Abgase vom Audi in die Grube leiten, schon war das Problem erledigt. Der stand eh in der Halle, nicht weit von der Luke … Bis dahin waren die beiden dort gut untergebracht, da kam niemand heraus.

29

Tobias schien zu sich zu kommen, er stöhnte. Lars hatte ihn an die Wand gesetzt, mehr hatte er nicht für ihn tun können. Da es völlig dunkel war, konnte er ihn auch nicht richtig auf Verletzungen untersuchen. Er tastete mit der Hand in Tobias' Taschen, aber er fand weder Handy noch irgendetwas anderes. Also hockte er sich neben ihn.

„Tobias? Hörst du mich?"

„Mm."

„Bist du wach?"

„Ich kann nichts sehen."

„Ja, es ist dunkel hier. Das liegt nicht an dir." Er legte die Hand auf seine Schulter.

Tobias stöhnte wieder. „Oh, mein Kopf."

„Was ist passiert?"

Lars merkte, wie Tobias sich mit der Hand an den Kopf fasste. „Keine Ahnung. Ich habe diesen Laster untersucht. Dann hat mir einer von hinten einen Schlag verpasst."

„Tut dir sonst noch etwas weh?"

„Ich, ich weiß nicht. Wahrscheinlich ein paar blaue Flecke. Wo sind wir?"

„In einer Art Grube, unterhalb der großen Lagerhalle.“

„Hat er dich auch erwischt?“

„Dieser Jimmy hat mich mit einer Schrotflinte bedroht und gezwungen, hier runterzusteigen. Dann hat er dich auch reingeworfen.“

„Spinnt der?“

„Ja, er scheint nicht lange zu fackeln. Immerhin besteht jetzt ja wohl kein Zweifel mehr, dass der Kerl für den Anschlag auf Elin verantwortlich ist. Der war ja auch völlig überzogen. Ich meine, bis gestern hatten wir den Kerl nie gesprochen. Und bis heute zählte er noch nicht einmal zum Kreis der Verdächtigen.“

„Was machen wir jetzt? Was ist mit unseren Handys?“

„Die hat er uns abgenommen. Ich musste meine Taschen komplett leeren. Dich hat er wohl auch gefilzt. Ich habe nichts gefunden.“

Tobias bewegte sich, er schien das noch einmal zu überprüfen. „Mist.“

„Tobias, wir müssen irgendetwas tun. Dem Kerl ist alles zuzutrauen. Ich fürchte, wir sind in großer Gefahr.“

„Kann man hier stehen?“

„Ja.“ Lars half ihm hoch. Die Decke war für ihn gerade erreichbar, wenn er sich auf die Zehenspitzen stellte, die Grube musste fast zwei Meter vierzig tief sein.

„Gibt es hier Licht?“

„Ich fürchte nicht. Ich habe die Wände bereits rundherum abgesucht, da ist nirgendwo ein Schalter."

Tobias stand unsicher, er stützte sich an die Wand. „Hilf mir mal, mich zu orientieren. Wo ist die Treppe?"

Lars führte Tobias zur Treppe, dann durch die Grube an der Wand entlang. Das ganze Loch war vielleicht fünf Meter lang und zwei Meter breit. Die Treppe war an der einen Wand angebracht und etwa einen Meter breit.

Die Grube schien leer zu sein, sie stießen auf keinerlei Hindernisse. Das hatte Lars vorher auch bereits getestet.

„Lass uns mal die Treppe hochgehen."

„Die Luke ist von oben verriegelt. Ich habe auch schon versucht, sie aufzustoßen."

„Wir können es ja noch mal zusammen probieren."

Lars hatte wenig Hoffnung, aber stieg neben Tobias bis nach oben. Sie drückten mit vereinten Kräften gegen die Luke, aber die gab nur etwa einen Zentimeter nach, danach rührte sich nichts mehr. Die Luke war aus dickem Holz gefertigt, ohne Werkzeug war der nicht beizukommen.

Tobias befühlte sie von allen Seiten. „Massives Holz. Hier sind die Scharniere. Mit zwei Ladenbändern aus Eisen. Die sind mit je drei Schrauben an der Luke verschraubt. Verdammt." Lars hörte, wie Tobias die Decke abtastete. „Oh, was ist das?"

Ein Klickgeräusch ertönte, dann ging im hinteren Teil der Grube eine Lampe an, die an der Decke hing. „Haha, jetzt haben wir Licht", triumphierte Tobias.

Lars sah verwundert auf den Schalter. Der war hinter einem der Scharniere an der Decke angebracht, deshalb hatte er ihn nicht bemerkt. „Super. Lass uns suchen, ob wir irgendetwas finden, das wir benutzen können, um die Luke zu bearbeiten."

Tobias ging vor ihm die Treppe hinunter. Lars sah eine dicke Beule an seinem Hinterkopf, die blutverkrustet war. Aber was half es in dieser Situation, ihn darauf hinzuweisen? Das Einzige, was im Augenblick zählte, war hier herauszukommen. Wenn sie das nicht schafften, spielte eine Beule mehr oder weniger wahrscheinlich keine Rolle mehr. Er machte sich keine Illusionen, was Jimmy mit ihnen vorhatte. Sie mussten jede Chance nutzen.

Lars schaute sich um. Die Wände waren leer, nichts hing daran, noch nicht einmal ein Nagel, den man hätte herausziehen können. Tobias begann, den Boden im hinteren Teil der Grube abzusuchen. Lars drehte sich um und begutachtete den Raum unter der Treppe. Der Boden bestand aus festgestampftem Lehm. Vielleicht lohnte es sich, die ersten paar Zentimeter umzugraben, irgendetwas konnte dort durchaus versteckt liegen. Sonst war nichts zu finden, alles war leer. Offenbar war diese Grube sorgfältig leergeräumt worden und zurzeit nicht in Benutzung. Er wollte schon aufgeben, als er eine Form unter der untersten

Stufe erspähte. Er ging auf die Knie und schob seine Hand darunter. Ein Metallstück. Er holte es hervor und sah es sich an. Es war ein Stück Beschlag, von einem Fenster oder einem Schrank.

„Tobias, guck mal.“ Lars hielt ihm das Teil hin.

„Oh, das könnte funktionieren. Gib mal her.“ Tobias griff sich das Metall und kletterte die Treppe hinauf. Er setzte die eine Seite an einer der Schrauben an. „Ja, die fasst. Verdammt, sitzt die Schraube fest.“ Tobias stieg eine Stufe weiter hoch und umfasste das Metallstück mit beiden Händen. Er stöhnte vor Anstrengung. „Aha, jetzt.“ Er drehte weiter, die Schraube löste sich. Schließlich hatte er sie herausgedreht. Blieben noch fünf weitere.

„Ich kann dich ablösen.“

„Eine oder zwei mache ich noch.“ Tobias war schon bei der zweiten. Die ging etwas leichter. Dafür war die dritte extrem fest. Nach einer Weile gab Tobias auf. „Die kriege ich nicht ab. Versuch du mal.“

Lars tauschte die Position mit Tobias und übernahm das Metall. Diese Schraube saß wirklich fest. Doch es gelang ihm, sie ein kleines Stück zu drehen. Leider wurde es damit nicht leichter.

„Tobias kannst du diesen Beschlag mal hochdrücken? Das ist ja die letzte Schraube an diesem Band, ich glaube, da liegt zu viel Gewicht drauf.“

Tobias stieg weiter nach oben, direkt neben Lars, und drückte mit beiden Händen gegen das Ladenband.

Jetzt ging es leichter. Lars drehte die Schraube ab, Tobias ließ das Band nach unten hängen. „Uff.“

Gemeinsam drückten sie die Ecke der Luke hoch, an der sie das Ladenband gelöst hatten. Sie ließ sich ein ganzes Stück weiter anheben. Das gab Hoffnung. Wenn sie das zweite Band noch abschraubten, konnten sie die Luke hoffentlich so weit nach oben drücken, dass zumindest einer hinausklettern konnte. Es kam natürlich darauf an, wie die Verriegelung auf der oberen Seite angebracht war. Wenn es ein Riegel war, der quer über der ganzen Luke lag, würde es schwierig werden. Sollte es dagegen nur ein kleiner Beschlag für ein Vorhängeschloss sein, wäre es kein Problem.

Tobias übernahm wieder den Job des Schraubens, und die ersten beiden Schrauben gingen ohne Probleme heraus. Die dritte allerdings saß furchtbar fest, weder Tobias noch Lars konnten sie lösen. Sie versuchten alles Mögliche – Entlastung des Ladenbands und Drehen mit gemeinsamer Kraft, auch wenn dies ob der geringen Größe des Metallstückes schwierig war. Nichts half, die letzte Schraube rührte sich nicht.

„Lass uns die Luke hochdrücken“, sagte Lars. „Vielleicht können wir die Schraube aus der Verankerung reißen. Oder zumindest so weit lösen, dass wir sie danach herausgeschraubt bekommen.“

Gesagt, getan. Gemeinsam pressten sie ihre Hände gegen die Luke. Sie war massiv und hing immer noch an der einen Schraube, aber öffnete sich deutlich weiter als vorher; trotzdem reichte es noch lange nicht, damit einer von ihnen hindurchpasste. Wieder versuchte Tobias, die Schraube zu lösen, aber ohne Erfolg.

„Scheiße, langsam nutzt sich der Schlitz in der Schraube ab. Bald fasst das Metall nicht mehr."

„Wir drücken noch mal, komm." Lars ging eine Stufe höher und stemmte die Schultern gegen das Holz, Tobias half mit den Händen. Etwa zehn Zentimeter hoben sie die Luke an.

„Los, mehr Kraft." Die Öffnung vergrößerte sich um weitere fünf Zentimeter.

Doch nun hörten sie Schritte. „Na, gefällt es euch da unten nicht?", rief Jimmy in einem sarkastischen Tonfall. Er hielt die Flinte vor den Zwischenraum. „Keine Angst, ich schicke euch gleich ein wenig Wärme hinunter."

Lars und Tobias schauten sich an. Was sollte das denn bedeuten? „Jimmy, lass uns reden. Was willst du von uns?", rief Lars. Aber der war schon wieder gegangen. Eine Tür klappte, dann wurde ein Motor angelassen. Lars versuchte, durch den Spalt etwas zu erkennen.

„Der Trecker fährt weg." Links neben der Luke konnte er sehen, wie der Traktor zurückgesetzt wurde. Lars hoffte schon, Jimmy würde wegfahren, sodass sie weiter an ihrer Befreiung arbeiten konnten. Aber das war natürlich nur ein frommer Wunsch. Jimmy hatte ja gesehen, was sie vorhatten. Da würde er sie nicht gewähren lassen. Und richtig, das Motorengeräusch wurde lauter, der Trecker kam näher. Der Spalt schloss sich mit einem Schlag, sie hatten keine Chance dagegen zu halten. Sie hörten, wie ein Rad des Treckers auf die Luke rollte.

„Verflucht. Der Mistkerl hat den Traktor da obendrauf gestellt." Tobias sah Lars verzweifelt an.

Lars nickte resigniert. Mit zusammengekniffenem Mund kletterte er die Treppe hinunter und setzte sich frustriert auf den Boden. Hätte der Kerl nicht zehn Minuten später kommen können? Dann wären sie längst aus ihrem Gefängnis hinausgekrochen und hätten entsprechende Gegenwehr leisten können. Auch wenn Jimmy diese Flinte hatte, sie waren zwei gegen einen, und es gab jede Menge Deckung in der Halle. Doch jetzt waren sie hier endgültig gefangen. Was hatte der Kerl als Nächstes vor?

Tobias kam ebenfalls herunter und hockte sich neben ihn. „Was jetzt?"

„Keine Ahnung. Bin am Ende mit meinem Latein."

„Was ist mit Elin? Wird sie nicht Verdacht schöpfen, wenn wir uns nicht melden?"

„Ich hoffe es."

„Und sie weiß, wo wir hingefahren sind."

Lars nickte grimmig. „Die Frage ist nur, wann sie anfängt, sich Sorgen zu machen. Und was sie dann tut – schließlich liegt sie im Krankenhaus. Und falls sie etwas tut, wie lange es dann dauert." Er hoffte inständig, dass Elin nicht einen längeren

Nachmittagsschlaf hielt. Vielleicht konnte sie Maja mobilisieren. Aber selbst wenn die hierherfuhr, würde sie von außen nichts sehen können – die Grube war schließlich gut versteckt in der Halle. Nur wenn Jimmy sich entschloss, sie beide von hier wegzubringen, lediglich dann gab es eine Chance, dass man von draußen etwas bemerkte. Die große Frage war: Was für Pläne hatte Jimmy?

Die Antwort kam postwendend. Oben an der Luke wurde ein Bohrer angesetzt, das Holz vibrierte trotz des Gewichtes, das von oben darauf lastete. Lars verstand nicht, warum Jimmy sie erst hier einsperrte, die Luke sicherte und nun ein Loch hineinbohrte. Aber sie konnten eh nichts anderes tun, als abzuwarten und zu beobachten. Lars konnte sich nicht vorstellen, dass Jimmy sich Sorgen um die Luftzufuhr machte. Oder doch? Nach einer Weile fiel ein Holzstück herunter. Es prallte auf einer der Stufen ab, bevor es auf dem Boden liegen blieb. Tobias griff danach, es war kreisrund und maß etwa zehn Zentimeter im Durchmesser. Der Bohrer war verstummt. Lars schaute nach oben, dort war ein rundes Loch am Rand der Luke zu sehen. Durch dieses wurde jetzt ein Blechrohr heruntergeschoben.

„Was hatte er gesagt? Er wollte uns Wärme schicken? Ist das eine Heizung?“ Tobias schüttelte ungläubig den Kopf. „He, du da oben. Rede mit uns“, rief er, bekam aber keine Antwort.

Lars schwante Übles. Er hörte, wie dort oben ein Motor angelassen wurde. Und er glaubte nicht, dass Jimmy wegfahren wollte. Kurze Zeit später wurden seine Befürchtungen bestätigt. Dunkel gefärbter Qualm waberte aus dem Rohr, es stank nach verbranntem Treibstoff.

„Was ... was ist das denn?" Tobias stand auf.

„Der leitet die Abgase von einem Fahrzeug hier rein." Lars zog seinen Parka aus, dann seinen Sweater.

„Der will uns vergiften? Ist der Kerl verrückt?" Tobias war fassungslos. Er schaute Lars an. „Was hast du vor? Ist dir zu warm?"

Lars schüttelte den Kopf. „Nein, aber wir müssen das Rohr verstopfen. Sonst war es das für uns."

Er nahm zwei Stufen und stopfte einen Teil des Sweaters in das Rohr. Mit den Ärmeln machte er einen Knoten, sodass das Ganze hielt. So weit, so gut – es kam nur noch wenig Qualm durch das Ende des Rohrs. Doch dann bemerkte Lars kleine dunkle Wölkchen weiter oben am Rohr. Wo kamen die denn her?

„Verdammt. Der Kerl hat an alles gedacht. Er hat Löcher in das Rohr gestanzt. Der Qualm kommt überall heraus." Lars versuchte, das Rohr nach oben durch das Loch zu drücken, aber es bewegte sich nur ein kleines Stück, dann war Schluss – Jimmy musste es oben arretiert haben.

Tobias zog seinen Parka aus und reichte ihn Lars. Er versuchte, diesen um das Rohr zu wickeln und damit die anderen Löcher abzudecken. Aber es bewirkte nicht besonders viel, nach wie vor strömten Abgase in die Grube. „Gib mir auch noch meinen Parka."

Damit konnte Lars die Abdeckung halbwegs gut befestigen und den Ausstoß der giftigen Gase auf ein Minimum reduzieren. Aber vollständig abdichten ließ es sich nicht, und es stank immer noch. „Besser geht es nicht. Zumindest haben wir damit etwas Zeit erkauft."

„Wie lange?" Tobias Stimme war unsicher.

„Keine Ahnung. Die Grube ist ja recht groß, also zumindest deutlich größer als der Innenraum eines Pkw." Lars erinnerte sich an ein Seminar während seines Polizeidienstes. Der Arzt hatte es ihnen genau erklärt. Früher gab es viele Selbstmörder, die die Abgase in die Fahrerkabinen leiteten. Bei denen dauerte es nur ein paar Minuten, bis sie ohnmächtig wurden. Das Kohlenmonoxid band sich unwiderruflich an die roten Blutkörperchen und führte zum inneren Ersticken. Doch seit der Einführung der Katalysatoren war in den Abgasen praktisch kein Kohlenmonoxid mehr. Das hieß, mit einem modernen Pkw dauerte es lange, bis es zum Ersticken durch Sauerstoffmangel kam, nämlich erst wenn die Luft im Innenraum im Wesentlichen aus Kohlendioxid bestand. Entweder hatte Jimmy noch eine alte Maschine, dann würde es wohl eher schnell gehen, oder er verwendete einen Motor mit Katalysator, dann hatten sie wohl ein paar Stunden, schätzte Lars, zumindest wenn die

Konstruktion mit ihren Klamotten entsprechend lange standhielt.

„Kommt das aus dem Trecker?"

„Ich denke nein. Der läuft mit Diesel, und mit den Abgasen kann man, soweit ich weiß, niemanden umbringen. Die enthalten nämlich genügend Sauerstoff." Lars runzelte die Stirn. Er wollte sich keinen falschen Hoffnungen hingeben. „Falls Jimmy das nicht weiß, sind die Abgase relativ ungefährlich. Aber es hört sich für mich nicht so an, als ob der Motor des Traktors über uns läuft. Ich glaube, es ist ein anderes Fahrzeug oder irgendeine Maschine in der Halle."

„Das heißt, wir haben maximal ein paar Stunden?"

„Ich fürchte ja."

Tobias sah sich um. „Ist es besser hier unten auf dem Boden oder oben auf der Treppe? Wo haben wir länger?"

„Ich glaube, das spielt keine Rolle. Diese Gase verteilen sich ziemlich gleichmäßig."

Tobias sah ihm in die Augen. „Das war's dann also für uns?"

Lars zuckte die Schultern. Es war ausweglos. „Wenn nicht noch ein Wunder geschieht ..."

Sie waren so nahe dran gewesen, sich zu befreien. Und jetzt konnten sie nichts mehr tun. Sollte es hier für sie enden? In diesem Loch, wo sie womöglich nie jemand finden würde. Lars dachte an Lisa, um die er solche Angst gehabt hatte. Sollte er jetzt vor ihr sterben? Und sie und seine Kinder zurücklassen? Er hatte Tränen in den Augen. So konnte es doch nicht enden. Wenn er ihnen wenigstens eine Nachricht hinterlassen könnte. Doch wer sollte die überbringen? Jimmy wohl nicht.

30

Elin sah zum wiederholten Male auf die Uhr. Warum meldeten die beiden sich nicht? Sie hatte Lars um zehn vor zwei angerufen, danach wollten sie sofort nach Brännland. Dann hätten sie eigentlich um halb drei bei diesem Ingemar sein müssen, wenn sie sich nicht verfahren hatten. Aber der Wagen hatte schließlich ein Navi. Jetzt war es fast vier. Was dauerte so lange? Und warum ging niemand an das Telefon? Sie checkte die App mit den GPS-Tracker. Nur ein Signal in Umeå, das war der Sender, den sie an dem Volvo angebracht hatte, mit dem sie von der Straße abgekommen war – der stand jetzt auf einem Schrottplatz im Norden von Umeå. Hatte Lars an dem neuen Mietwagen etwa keinen Sender angebracht? Das war blöd. Wieder versuchte sie, die Handys von Lars und Tobias zu erreichen. Bei beiden meldete sich direkt die Mailbox. Waren die irgendwo, wo es keinen Empfang gab? Aber überall rund um Umeå war das eigentlich kein Problem, und in diesem Ort Brännland gab es Industrie, und außerdem führte die E12 hindurch – dort konnte kein Funkloch sein. Sie rief Maja an, die sich sofort meldete. Elin berichtete von ihrer Unruhe und ihren Versuchen, die beiden zu erreichen und zu lokalisieren.

„Ja, merkwürdig. Und du meinst, dass Lars vergessen hat, einen Sender zu verwenden? Nachdem dieses Ding dir wahrscheinlich gerade das Leben gerettet hat?"

„Ich bin auch überrascht. Aber ich finde kein Signal."

„Vielleicht ist der Sender an dem Auto beschädigt worden und sendet jetzt nicht mehr. Kann man nicht die vorhergehenden Daten irgendwie aufrufen?"

„Schon." Elin überlegte. Das Problem war, dass man dazu wissen musste, um welchen Sender es ging. „Dazu muss ich allerdings jeden Tracker einzeln aufrufen. Das kann ich probieren."

„Gut. Mach das doch erst mal. Ich komme zu dir. Dann beraten wir weiter. Vielleicht melden sie sich auch bis dahin."

„Okay, bis gleich."

Elin öffnete die App. Es gab fünfzig Sender. Aber es waren Sets mit jeweils fünf Sendern, die mit fortlaufenden Nummern gekennzeichnet waren. Der Sender, den Elin verwendet hatte, trug die Nummer siebzehn. Deshalb fing sie bei der Nummer fünfzehn an und arbeitete sich hoch. Die ersten Nummern ergaben keine Ergebnisse in Umeå, die Daten lagen außerdem zeitlich länger zurück. Aber die letzte des Sets, Nummer neunzehn, zeigte Bewegungen in den letzten Tagen. Bingo! Richtig, heute Morgen die Tour zum Flughafen und zurück war verzeichnet, dann die Fahrt zum Krankenhaus. Um kurz vor eins waren sie in Hummelmark gewesen und etwa eine Stunde später dort weggefahren. Und zwar nach Brännland. Wie Elin berechnet hatte, waren sie dort um 14 Uhr 32 angekommen, bei der Adresse, die sie Lars geschickt hatte. Zwanzig Minuten später war der Wagen wieder bewegt worden, zu einem Platz auf der Rückseite des Hofes von Ingemar, dort stand das Auto circa eine halbe Stunde auf einem Waldweg. Dann kam die letzte Tour: den Waldweg zurück und ein Stück weiter nördlich wieder in den Wald bis zu einem kleinen See. Dort verschwand das Signal um 15 Uhr 45. Was bedeutete das? War der Sender dort kaputtgegangen? Den Batteriestand konnte sie ebenfalls in der App ablesen. Der hatte zuletzt bei achtzig Prozent gelegen – das konnte nicht das Problem sein. Und warum waren Lars und Tobias zu diesem See gefahren? Mitten im Wald. Laut Google Maps gab es dort keinerlei Gebäude. Sie konnte ja noch verstehen, dass sie zur Rückseite des Hofes gefahren waren. Vielleicht war der Hof von dort besser einsehbar, oder der Wagen wäre auf der Straße zu sehr aufgefallen. Aber was danach passiert war, war ihr schleierhaft. Vor allem verstand sie nicht, dass die beiden sich nicht bei ihr gemeldet hatten. Wenigstens einen Zwischenbericht hätten sie ja geben können. Nein, hier stimmte etwas nicht. Elin schwang die Beine aus dem Bett.

Als Maja die Tür öffnete, war Elin schon fast fertig angezogen, nur mit den Stiefeln hatte sie Probleme. Die Wunde am Bauch schmerzte, wenn sie sich so weit herunterbeugte.

„Was passiert denn jetzt?“, fragte Maja verdattert.

„Kannst du mir mit den Stiefeln helfen?“

„Natürlich. Aber warum? Was hast du vor? Bist du entlassen?“ Maja sah sie konsterniert an.

„Ich muss überprüfen, was mit Lars und Tobias passiert ist.“ Sie berichtete von den Bewegungen des Senders.

Maja war nicht überzeugt. „Elin. Bitte. Du bist noch nicht wieder richtig gesund.“ Sie legte ihr die Hand auf den Arm. „Du solltest dich noch schonen.“

„Ich fahre dorthin. Egal, was du sagst“, antwortete Elin trotzig. „Hilfst du mir jetzt mit den Schuhen?“

Maja schüttelte resigniert den Kopf, kniete aber neben ihr nieder und zog die Reißverschlüsse zu. „Ich kann doch dort hinfahren.“

„Wir machen das zusammen. Wenn dort etwas passiert ist, reicht einer allein nicht."

Maja blickte sie von unten an. „Und die Polizei?"

Elin stöhnte. „Du weißt, was passiert, wenn ich dort anrufe." Sie äffte eine bürokratische Stimme nach. „Gibt es Hinweise auf ein Verbrechen? Seit wann sind deine Kollegen verschwunden? Oh, seit zwei Stunden. Wir können leider erst nach vierundzwanzig Stunden eine Vermisstenmeldung aufnehmen."

Maja nickte, das hatte sie überzeugt. „Okay. Wie kommen wir dorthin?"

„Ich habe ein Taxi bestellt. Das müsste schon unten sein."

Elin schnappte sich ihren Anorak und verließ das Zimmer. Maja folgte ihr. Beim Laufen hatte Elin immer noch ziehende Schmerzen im Bauch, aber sie wusste, dass es nach ein paar Schritten besser werden würde. Elin machte sich ernste Sorgen um ihre Kollegen. Sie konnte Lars jetzt auf keinen Fall hängen lassen, schon gar nicht nach dem, was er letzten Donnerstag für sie getan hatte. Im schlimmsten Fall war alles blinder Alarm, und sie hatten einen Ausflug nach Brännland gemacht, der völlig unnötig gewesen war. Das wäre Elin die liebste Lösung, aber sie glaubte nicht daran.

Unten wartete das Taxi mit laufendem Motor. Sie stiegen beide hinten ein. Der Fahrer drehte sich um und sah sie fragend an.

„Gibt es hier ein JULA?", fragte Elin.

„Ja“, nickte der Fahrer. „Nicht weit weg. Aber ich weiß nicht, ob die noch aufhaben. Ist ja Sonntag heute.“

„Fahre hin.“ Elin rief die Website von JULA auf und navigierte zum Warenhaus in Umeå. Sie hatten heute bis siebzehn Uhr geöffnet. Sie sah auf die Uhr, es war zwanzig nach vier.

„Ich dachte, wir wollen nach diesem Brännland?“, wunderte Maja sich.

Elin lehnte sich dicht an Maja. „Wir brauchen möglicherweise etwas Ausrüstung“, sagte sie leise. „Ich habe mir das Gelände auf Street View angesehen, da ist ein großer Drahtzaun drum herum.“

„Du willst dort wirklich einsteigen?“ Maja riss die dunklen Augen auf.

„Wenn es sein muss.“

„Aber die letzte Fahrt war doch zu diesem See ...“

„Ja, aber wenn mit den beiden etwas passiert ist, dann ist es schon früher passiert. Ich hatte schon einige Zeit lang versucht, die beiden zu erreichen. Wenn sie mit dem Wagen zu diesem See gefahren wären, hätten sie geantwortet.“

„Du meinst ... Was glaubst du dann, warum das Auto dann zum See ...“ Maja hielt die Hand vor den Mund.

„Ja, genau.“ Elin nickte. „Ich will gar nicht weiter darüber nachdenken.“

„Aber die Seen sind doch alle zugefroren“, wandte Maja ein.

Elin zuckte die Schultern. „Keine Ahnung. Ich weiß nur, dass der Sender dort den Geist aufgegeben hat. Unter Wasser funktioniert er nicht … In jedem Fall können wir dort an dem See nichts tun."

Beide schwiegen eine Weile. Das Taxi bog auf einen großen Parkplatz ein – links war WILLY:S, rechts JULA. Elin gab dem Chauffeur ihre Identitätskarte als Sicherheit, dann gingen sie zum Einkaufen. JULA hatte alles Mögliche an Arbeitskleidung, Haushaltsgeräten, Baumaterialien und eben Werkzeug. Elin fand schon nach kurzem Suchen einen kräftigen Seitenschneider, der laut Beschreibung bis zu fünf Millimeter dicken Draht kappen konnte. Dann griff sie sich noch zwei Mora-Messer. Sie stand schon an der Kasse, als Maja auftauchte. Sie hielt ein Brennball-Set in den Händen.

Elin nickte anerkennend. „Gute Idee." Das Set enthielt zwei Holzschläger, die zwar nicht so kräftig wie Baseballschläger waren, sich aber durchaus zum Nahkampf eigneten.

Sie bezahlte die vier Sachen und stürmte zum Taxi. Jetzt ging es nach Brännland. Zumindest waren sie gut gerüstet. Sie hoffte nur, dass sie nicht zu spät kamen. Wenn der Kerl Lars und Tobias etwas angetan hatte, dann konnte er sich auf etwas gefasst machen.

***

Maja zog ihren Parka zu. Es war kalt, sicher mehrere Grad unter null, und der Wind blies eisig. Sie sah sich den Hof an. Es war ein großes Areal, von einem hohen Drahtzaun umgeben, das Doppeltor war geschlossen. Die Sonne stand direkt über dem Horizont, es war bereits dämmerig, aber der Schnee hellte alles etwas auf. In dem Wohnhaus und in einer der Lagerhallen brannte Licht. Auf dem Hof stand eine Reihe Laster, verschiedene Typen, solche zum Transportieren von Baumstämmen waren auch dabei.

Sie wies auf einen der Holzlaster. „So ein Lkw hat dich von der Straße abgedrängt?"

Elin nickte mit zusammengepressten Lippen. Sie zeigte auf die rechte Seite. „Lass uns dort neben der Lagerhalle ein Loch in den Zaun schneiden. Da haben wir gute Deckung." Schon huschte sie los. Sie trug das Werkzeug und jede von ihnen einen der Schläger.

Maja folgte kopfschüttelnd. Sollten sie wirklich hier einsteigen? Sehnsüchtig sah sie zurück zu dem Parkplatz bei der Catering-Firma, wo das Taxi wartete. Elin hatte dem Fahrer ihre Kreditkarte hinterlassen, das Taxameter lief. Hinter dem Zaun standen zwei Holzlaster, daneben war die Lagerhalle. Elin reichte Maja ihren Schläger und setzte den Seitenschneider an.

Maja verstaute den zweiten Schläger unter ihrem Arm und legte die Hand auf Elins Arm. „Jetzt warte doch mal. Wollen wir nicht erst mal die Lage peilen? Wir wissen doch überhaupt nicht, ob die beiden hier sind."

Elin schüttelte den Kopf. „Glaub mir, die sind da drin. Und mein Gefühl sagt mir, wir müssen uns beeilen. Sonst kommen wir zu spät."

Maja gab auf. „Gut, du kannst ja das Loch schneiden. Aber lass mich da reingehen. Du bist doch noch gar nicht richtig fit."

„Keine Chance. Ich komme mit. Wir machen das zusammen."

Maja seufzte. Elin konnte so halsstarrig sein. Ohne an die Konsequenzen zu denken. Es dauerte nicht lange und Elin hatte einen Schlitz von über einem Meter Höhe in den Zaun geschnitten. Sie hielt die Ränder auseinander, und Maja stieg hindurch. Danach machten sie es umgekehrt. Maja gab Elin den einen Schläger zurück.

„Und jetzt?" Maja blickte nach links und rechts.

Elin wies zur Halle. „Wir schauen uns dort mal um – da drin brennt Licht."

Schon pirschte sie an der Wand der Halle entlang, Maja folgte. Als sie an den beiden Lastern vorbei waren, blieb Elin stehen und ließ ihren Blick über den Hof schweifen.

„Niemand zu sehen. Der ist bestimmt in dem Haus." Sie zeigte auf die andere Seite des Hofes. Dort waren die meisten Fenster erleuchtet. Und ja, Maja konnte in einem davon einen Schatten erkennen, der sich bewegte.

Elin war schon zum Eingang der Halle gehuscht, hatte kurz hineingeschaut und war dann darin verschwunden. Maja war nicht wohl bei der Sache, sie hoffte nur, dass der Typ in dem Haus die einzige Person war, die sich hier aufhielt. Wenn noch jemand in der Halle war und sie erwischte, sah es nicht gut aus. Sie hatten keinen Grund, hier herumzulaufen, sie hatten sogar den Zaun beschädigt ... Und wenn diese Kerle wirklich etwas mit dem Verschwinden von Lars und Tobias zu tun hatten, dann würden die bei Elin und ihr wohl auch keinen Spaß verstehen. Sie wartete und schaute zwischen der Tür, der Halle und dem Haus hin und her. In dem Haus konnte sie jetzt keinen Schatten mehr sehen, vielleicht hatte der Typ sich hingesetzt oder hielt sich im hinteren Teil des Hauses auf.

Aus der Halle ragte Elins Kopf hervor. „Tss, Maja, komm“, zischte sie.

Was blieb ihr übrig? Maja lief zur Tür und warf sich in das Innere. Elin stand an der Wand, Maja stellte sich daneben und blickte ins Innere der Halle. Drinnen standen mehrere Fahrzeuge und alle möglichen Geräte und Werkzeuge. Ein Motor brummte.

„Niemand hier drin. Habe alles gecheckt“, flüsterte Elin.

„Woher kommt dieses Motorengeräusch?“

„Von dem Audi dort hinten. Da sitzt aber niemand drin, soweit ich das sehen konnte."

„Warum läuft dann der Motor?"

„Das werde ich herausfinden. Du kannst ja hier Schmiere stehen."

Maja hielt Elin am Ärmel fest. „Nein, Elin. Jetzt ist Schluss. Ich mache das, und du hältst Wache." Sie sah ihr in die Augen. „Keine Diskussion, sonst gehe ich zurück zum Taxi."

Elin nickte widerstrebend. „Okay, okay."

Maja ging auf Zehenspitzen zu dem Laster, der vor ihnen stand und schlich langsam an dessen rechten Seite entlang, den Schläger vor sich haltend. Die Beleuchtung war nicht gut. Sie blickte nach oben, die großen Deckenleuchten waren nicht eingeschaltet, lediglich drei kleine Lampen dazwischen gaben ein schummeriges Licht. Sie kam an einem roten Traktor vorbei, dahinter stand der Audi. Es war so ein schnittiger TT. Vorsichtig lugte Maja hinein. Elin hatte recht, der war leer. Aber warum zum Teufel lief der Motor? Das konnte doch nur bedeuten, dass gleich jemand zurückkommen wollte, oder? Sie schaute sich um und lauschte in die Halle, aber es schien niemand hier zu sein. Ihr Herz klopfte. Langsam ging sie um das Fahrzeug herum, ihre Augen in die Halle gerichtet. Plötzlich wäre sie fast gestolpert. Ihr Fuß stieß an einen Schlauch, der mit Draht an dem Auspuff des Audis befestigt war und unter das Auto führte. Was sollte das denn? Lief deshalb der Motor? Maja kniete nieder und prüfte, wohin der Schlauch führte. Der lief unter dem Audi hindurch nach vorne zu dem Traktor. Sie verstand immer noch nicht, wozu das gut sein sollte. Wollte jemand den Motor aus irgendeinem Grund länger laufen lassen und leitete die Abgase nach draußen, damit es hier drinnen nicht so stank? Natürlich wusste sie, dass man an den Gasen ersticken konnte, schließlich gab es Leute, die sich so das Leben nahmen. Aber das konnte hier nicht der Fall sein, denn es saß niemand in dem Audi, und der Schlauch führte nicht in den Innenraum. Sie schaute sich den Traktor an – nein, der hatte zwar eine Kabine, aber die Tür stand offen. Der Schlauch musste irgendwo anders hinführen. Maja ging um den Audi herum und folgte dem Schlauch zum Trecker.

„Alles in Ordnung?“, rief Elin leise.

„Ja, pass du weiter auf“, antwortete Maja.

Sie war gerade beim Traktor angekommen. Und blieb verwundert stehen. Der Schlauch lag hier in Schlaufen, und das Ende führte in ein Metallrohr unterhalb des Treckers. Das Rohr wiederum steckte in einer Holzluke im Boden, auf dem der Trecker mit dem linken Vorderrad stand. Ihr wurde ganz anders. Dort unten musste es irgendeinen kleinen Raum geben und in den wurden die Abgase hineingeleitet. Sie konnte sich keinen guten Grund dafür vorstellen, es sei denn ... Lars und Tobias! Sie musste handeln. Sie legte den Schläger auf den Boden und griff nach dem Schlauch. Sie versuchte, ihn von dem Rohr abzuziehen, aber er war mit einem Draht umwickelt, der das Rohr gleichzeitig unter dem Trecker festhielt. Maja fummelte nervös an dem Draht herum, bekam schließlich ein Ende zu fassen und begann, den Draht abzuwickeln. Wie lange wurden die Gase schon hier eingeleitet? Kam sie zu spät?

„Lars. Tobias. Seid ihr da unten?“, flüsterte sie und klopfte auf die Luke.

Es raschelte unter ihr, dann hörte sie dumpf Lars’ Stimme. „Ja. Wer ist da? Elin?“

Oh Gott, sie lebten noch. Ihr fiel ein Stein vom Herzen. „Ich bin’s. Maja. Ich hole euch hier raus.“

Der Draht war ab. Sie wollte das Rohr unter dem Trecker wegziehen. Erschreckt zog sie die Hand zurück, das Rohr war furchtbar heiß. Sie drückte die Hand gegen die kalte Motorhaube des Treckers, bis der Schmerz verschwand. Dann holte sie ihre Handschuhe aus der Parkatasche und versuchte es damit. Nun ließ sich das Rohr ein Stück bewegen, aber dann spürte sie einen Widerstand. Doch es gelang ihr jetzt, den Schlauch vom Rohr abzuziehen. Dunkler Rauch kam aus dem Ende. Maja legte es möglichst weit weg. Damit war die unmittelbare Gefahr für Lars und Tobias beseitigt, jetzt mussten sie nur noch aus ihrem Gefängnis befreit werden. Maja sah sich die Luke an – sie war auf der einen Seite mit einem Riegel gesichert, den sie einfach herausziehen konnte. Aber der Trecker stand immer noch darauf. Keine Chance, die Luke so zu öffnen. Sie musste das Ding erst wegfahren.

Maja lief zur Fahrerkabine und kletterte hinein. Ein Glück, der Schlüssel steckte. Sie horchte noch einmal Richtung Eingang, aber sie hörte nichts von Elin, die Luft war also rein. Sie drückte Kupplung und Bremse und drehte den Schlüssel. Der Motor tuckerte sofort los. Jetzt den Rückwärtsgang einlegen. Oh, was war das? Der Traktor hatte drei Schalthebel, zwei lange und einen kürzeren. So etwas hatte Maja noch nie gesehen. Darauf waren zwar Markierungen angebracht – die waren allerdings schon ziemlich abgenutzt und deswegen schwer zu erkennen. Sie entschloss sich, den kurzen Hebel zu ignorieren. Der rechte war mit einem H-förmigen Schema markiert wie bei einem Pkw, aber der Rückwärtsgang schien zu fehlen. Wozu war dann der andere Hebel links daneben? Sie beugte sich hinunter, ja, da waren zwei Pfeile, einer nach vorn, einer nach hinten. Maja legte den Hebel nach hinten und brachte den rechten Hebel in die Position nach links oben, das musste der erste Gang sein. Langsam ließ sie die Kupplung kommen. Der Trecker machte einen Ruck, dann starb der Motor ab. Scheiße.

„Was machst du?“, rief Elin.

„Erkläre ich später. Halt du Wache“, rief Maja leise zurück.

Sie schaute sich unter dem Steuerrad um, wahrscheinlich war noch die Handbremse angelegt. Aber wie sah die bei diesem Traktor aus? Unter dem Lenkrad links war ein Griff mit Feder, sie versuchte ihn irgendwie zu betätigen. Ohne Erfolg. Was konnte sie tun? Ob Elin damit zurechtkam? Aber soweit Maja wusste, hatte sie auch noch nie einen Trecker gefahren. Wieder drückte sie die Pedale für Kupplung und Bremse mit den Füßen durch und startete den Motor. Jetzt versuchte sie noch einmal, den Griff zu bewegen. Hurra, er ließ sich ziehen und rastete ein. Das musste es sein. Maja ließ wieder die Kupplung kommen, die Schalthebel hatte sie nicht verändert. Ja, der Traktor setzte sich langsam in Bewegung, und sogar in die richtige Richtung, nach hinten. Nach einem Meter hielt sie an und stellte den Motor aus. Das musste reichen. Sie kletterte von dem Fahrzeug und sah nach der Luke. Ja, jemand war schon dabei, sie von unten zu öffnen. Sie sprang dazu und wollte gerade helfen, die Luke hochzuheben, als sie Elin hörte.

„Maja. Da kommt jemand.“

Maja erstarrte für einen kleinen Augenblick. Sollte sie sich verstecken? Oder schnell versuchen, die anderen zu befreien? Sie entschied sich für das zweite, schließlich waren sie dann zu viert gegen hoffentlich nur einen. Sie riss die Luke hoch, Lars stand darunter, er keuchte. Ätzende Luft stieg von unten auf.

„Leise. Da kommt jemand“, zischte Maja.

Lars kletterte heraus, dann reichte er Tobias die Hand, der oben auf der Treppe zusammenbrach. Mit vereinten Kräften hoben sie ihn heraus.

„Er braucht Luft“, flüsterte Lars. „Es geht ihm nicht gut. Wohin?“

Maja zeigte nach hinten in die Halle, weg vom Ausgang. Sie mussten sich irgendwo verstecken. Leider kamen sie nicht weit: Drei Schritte hatten sie Tobias geschleppt, als sie hinter sich eine rauchige Stimme hörten.

„Das gibt es doch nicht. Noch einer von euch Schnüfflern?“, polterte ein Mann.

Maja drehte sich um. Hinter ihnen stand ein kräftiger Kerl mit rotem Bart und einer Flinte in den Händen. Oh nein.

„Schön zurück zur Treppe. Das Mädel auch.“ Er wedelte mit dem Lauf.

Maja ließ ihren Blick durch die Halle hinter dem Kerl schweifen. Wo war Elin?

31

Elin war einen Moment abgelenkt gewesen, weil sie neugierig beobachtet hatte, wie Maja den Traktor bewegte. Als sie sich wieder zum Haus umdrehte, sah sie einen Mann herauskommen.

Wahrscheinlich hatte er den Motor des Treckers gehört. War ja auch nicht gerade leise gewesen.

„Maja. Da kommt jemand“, rief sie nach hinten. Sie hoffte, Maja würde es hören. Dann versteckte sie sich links neben dem Laster. Der Kerl kam schnellen Schrittes in die Halle und wandte sich sofort zum Traktor. Verdammt, er hatte eine Schrotflinte dabei. Elin schlich langsam um das Fahrerhaus des Lasters und sah ihm hinterher. Das war er also. Jimmy. Der sie ja wohl den Abhang hinuntergedrängt hatte.

Dort hinten schlich Maja mit Tobias und Lars entlang– sie lebten! Doch sie waren nicht schnell genug, Tobias schien verletzt zu sein. Der Kerl stoppte sie und brüllte sie an, zurück zu einer Treppe zu gehen. Was meinte er? Dann sah Elin die Luke, die neben dem Mann aus dem Boden ragte. Waren Lars und Tobias dort unten gefangen gewesen? Was sollte sie jetzt tun? Wenn sie abwartete, bis ihre Kollegen und Maja hinter dieser Luke gefangen waren, hatte sie es allein mit diesem Scheißkerl zu tun. Sie könnte die Polizei rufen, jetzt hatte sie genug Gründe, um sie zu mobilisieren. Auf der anderen Seite, wenn sie eingriff ...

Lars schien sich nicht so einfach geschlagen zu geben. Sie hörte, wie er mit dem Mann diskutierte. „Wir gehen nicht wieder da runter. Dort wirst du uns umbringen.“

„Dann knall ich euch ab.“ Der Mann brachte die Flinte in den Anschlag.

„Du hast bloß zwei Patronen im Lauf. Wir sind zu dritt. So schnell kannst du nicht nachladen."

Scheiße, das war ernst. Hier hatte sie keine Zeit zu warten. Elin setzte sich in Bewegung, den Schlagstock schon ausgeholt. Sie schlich so leise sie konnte auf den Rücken des Mannes zu. Sie hoffte, Lars würde sie sehen und die Diskussion fortsetzen.

„Haha, Schlaumeier", röhrte der Kerl. „Ich schieße erst auf das Mädel, dann auf dich. Dein Kumpel sieht nicht so aus, als wenn er mir viel Schwierigkeiten machen wird."

Elin war nur noch zwei Schritte entfernt. Die Wut stieg in ihr auf. Dieser Scheißtyp würde ihrer Maja nichts tun, dafür würde sie sorgen.

„Dann mach das", antwortete Lars herausfordernd.

Der Kerl spannte den Hahn. Elin war hinter ihm. Er musste etwas gehört haben, denn er setzte an, sich umzudrehen. Elin schlug mit aller Kraft zu, ihre ganze Wut einlud sich in diesem Schlag – die Wut über den Angriff mit dem Holzlaster, die Wut über das, was er Lars und Tobias angetan hatte, und die Wut darüber, dass er ihre Maja bedrohte. Sie traf den Kerl genau auf den Hinterkopf, ein Schuss löste sich, ein ohrenbetäubender Knall dröhnte durch die Halle. Gleichzeitig durchzuckte sie ein stechender Schmerz in ihrem Bauch und sie ging zu Boden. Vor ihr sackte der Kerl in sich zusammen und fiel mit dem Oberkörper in die Grube. Elin versuchte, seine Beine zu greifen, aber der Mann rutschte bereits die Treppe hinunter. Sie hörte, wie er unten aufschlug. Sie sah sich nach der Flinte um, doch die musste auch in die Grube gefallen sein. Lars kam angesprungen, schlug die Luke zu und legte den Riegel vor. Er sagte irgendetwas zu ihr, aber in ihren Ohren klang noch der Knall des Schusses nach.

„Was? Was?“, stammelte sie. „Ich kann dich nicht hören.“

Lars kniete neben ihr nieder. Er setzte sie gegen den Reifen des Lasters. Jetzt kam ihr Gehör langsam zurück. „Elin. Bist du getroffen?“

Sie verzerrte das Gesicht. „Ich weiß nicht. Mein Bauch tut weh …“

Lars öffnete ihren Parka und schob den Pullover hoch. Sie sah hinab. Mist. Ihr Shirt war blutig unter dem Pullover. War sie doch getroffen worden? Lars zog das Shirt aus der Hose.

„Ich dachte schon, ein Querschläger hat dich erwischt. Aber es sieht eher so aus, als wenn deine Bauchwunde wieder aufgeplatzt ist. Bleib sitzen.“ Der Verband unter dem Shirt war tiefrot, darunter sickerte Blut heraus. Bei dem Schlag hatte sie wohl die Bauchmuskeln zu sehr angespannt.

Maja war nun auch neben ihr. „Oh, Schatz. Du hättest im Krankenhaus bleiben sollen.“

Elin sah sie verschmitzt an. „Dann wärt ihr jetzt alle dort unten …“

Maja streichelte sie. Lars sagte: „Maja, ruf die Polizei und die Ambulanz. Ich bringe Tobias an die frische Luft. Dann sehe ich, ob wir ein Handtuch finden, um Elins Blutung zu stillen."

Maja nickte und holte ihr Telefon heraus. In Elins Ohren dröhnte es immer noch, doch der Schmerz im Bauch war auszuhalten, solange sie sich nicht bewegte. Sie hörte, wie Maja mit dem Notruf sprach und ihren Standort angab. Lars hatte Tobias untergefasst und stützte ihn auf dem Weg zum Ausgang der Halle.

„Was ist mit Tobias?", fragte sie, als Maja mit dem Telefonat fertig war.

„Ich weiß nicht. Wahrscheinlich Sauerstoffmangel. Der Kerl hat die Abgase von dem Audi da in die Grube geleitet. Scheint, dass Tobias schon zu viel davon abbekommen hat."

„Oh, Gott." Sie waren also nicht nur einfach dort eingesperrt gewesen, sondern Jimmy hatte sie umbringen wollen, so wie Lars gesagt hatte. Dann hatte ihr Instinkt sie also nicht getrogen. Auf keinen Fall hätten sie länger warten dürfen, sonst wäre es zu spät gewesen.

„Jetzt musst du erst mal verarztet werden", sagte Maja. „Du musst so schnell wie möglich ins Krankenhaus. Sollen wir auf den Krankenwagen warten oder das Taxi nehmen?"

Das Taxi hatte sie völlig vergessen, das stand ja nicht weit weg. „Nur wie komme ich durch das Tor?"

„Stimmt, aber das müssen wir in jedem Fall irgendwie öffnen." Maja sah an ihr vorbei zum

Ausgang der Halle. Lars kam angerannt, er hatte mehrere Handtücher in der Hand.

„Im Haus ist sonst niemand, Jimmy war offenbar allein. Hier, die müssen wir fest auf den Bauch pressen." Er reichte Maja die Tücher.

„Aber nicht zu fest", protestierte Elin.

„Ich bin vorsichtig." Maja hob das Shirt und faltete die Handtücher auf die Wunde, dann legte sie die Hände darauf. „Geht das?"

Elin nickte. „Ja, aber bitte nicht stärker."

„Okay." Maja wandte sich an Lars. „Polizei und Ambulanz sind unterwegs. Aber das Tor vorne an der Straße ist verschlossen. Kannst du das irgendwie öffnen? Wir haben nämlich draußen ein Taxi stehen, das könnte ich mit Elin nehmen, dann sind wir schneller im Krankenhaus, als wenn wir auf den Krankenwagen warten."

Lars nickte ernst. „Ich sehe, was ich tun kann." Er ging zurück zum Ausgang.

Maja sah ihm nach, dann fragte sie: „Elin, du hattest die Nummer von dem Taxifahrer, oder?"

Elin kramte nach ihrem Telefon. „Ja, ich hatte eine Karte von ihm bekommen. Die steckt im Futteral von meinem Handy."

Sie fand die Karte und reichte sie Maja, die sofort die Nummer eintippte. Sie sprach mit dem Fahrer und bat ihn, bis zum Tor vorzufahren. Dann legte sie die Hand wieder auf Elins Bauch. Langsam wurde es von unten kalt, der Betonfußboden war keine gute Unterlage zum Sitzen.

„Es ist kalt hier, Maja."

„Ich weiß, Schatz. Wir werden das Taxi irgendwie hierherbringen, dann kannst du dort hinein und dich aufwärmen." Sie sah sie mit ihren großen dunklen Augen an und lächelte aufmunternd.

Lars kam zurück. „Ich habe nirgendwo einen Schlüssel gefunden. Doch ich will auch keine Ewigkeiten suchen. Maja, du hast doch den Trecker gefahren? Der funktioniert, oder?"

„Ja, ist bloß etwas tricky mit der Gangschaltung."

„Das kriege ich schon hin." Lars kletterte in das Fahrerhaus und ließ den Motor an. Er schien sich schnell zurechtzufinden, denn sogleich setzte sich der Traktor in Bewegung, rückwärts Richtung Ausgang.

„Was hat er vor?"

„Ich denke, er will das Tor aufbrechen. Das ist sicher kein Problem mit dem Teil."

Kurze Zeit später hörte man ein lautes Scheppern von draußen, und eine Minute danach kam das Taxi rückwärts in die Halle gefahren. Der Wagen hielt direkt vor Elin, Lars stieg auf der Beifahrerseite aus und öffnete die hintere Tür. „Komm, Maja, wir legen sie auf den Rücksitz. Dann fahrt ihr zum Krankenhaus, während ich auf die Polizei warte."

Tobias kam in die Halle. Er war immer noch weiß im Gesicht, aber hielt sich ohne Hilfe aufrecht.

„Geht es dir besser?", fragte Lars.

Er nickte. „Ja, eine Weile frische Luft, und es ging wieder. Hat irgendwie nicht viel gefehlt, und wir wären da unten verreckt. Danke, Elin und Maja. Ihr habt uns gerettet."

Elin grinste. „Man kann euch einfach nicht allein lassen ..."

Maja griff sich einen ihrer Arme und hielt mit der anderen Hand die Tücher auf dem Bauch, während Lars von der gegenüberliegenden Seite anpackte. Gemeinsam schafften sie Elin ins Auto, sie stöhnte vor Schmerzen – die Bewegung tat gar nicht gut. Maja setzte sich zu ihr und nahm ihren Kopf in ihren Schoss, ihre Hand lag um Elins Wange. Es war warm hier drinnen, sie fühlte sich geborgen.

Der Taxifahrer schaute nach hinten. „Können wir?"

„Ja, aber vorsichtig. Zügig fahren, doch zackige Bewegungen und abruptes Bremsen vermeiden."

Elin schloss die Augen, Maja würde sich um alles kümmern.

32

Lars saß wieder im Büro von Arne Lönn, dem Kommissar. Der hatte nach wie vor denselben Stuhl, der bei jeder Bewegung des Kolosses genauso bedrohlich quietschte wie zuvor. Eigentlich hatte Lars damit gerechnet, dass der Stuhl längst zusammengebrochen wäre.

Arne legte die Stirn in Falten, sein Dreifachkinn glänzte. „Da ist ja so einiges passiert gestern."

Lars nickte. Der Abend war noch ziemlich ereignisreich gewesen. Zwanzig Minuten nachdem Elin und Maja in dem Taxi abgefahren waren, waren die Polizei und der Krankenwagen eingetroffen. Tobias wurde sofort an eine Sauerstoffflasche gehängt, obwohl es ihm schon wieder besser ging. Doch für Jimmy konnten sie nichts mehr tun. Lars machte sich anfangs Sorgen, dass er sich mit der Schrotflinte den Weg durch die Luke freischießen könnte. Aber als die Polizisten mit gezückten Pistolen die Luke öffneten, lag Jimmy regungslos am Boden. Da er auf die Zurufe nicht reagierte, kletterte schließlich einer der Polizisten hinunter und sicherte die Schrotflinte. Er stieß Jimmy anund tastete an der Halsschlagader nach dem Puls. Dann schüttelte er den

Kopf. Der Notarzt, der dazukam, bestätigte Jimmys Tod. Er meinte, Jimmy habe sich beim Runterfallen das Genick gebrochen, offensichtlich sei er mit dem Kopf zuerst aufgeschlagen. Daraufhin nahmen die Polizisten Tobias und Lars in die Mangel. Sie wollten genau wissen, was passiert war. Auch Maja wurde noch im Krankenhaus vernommen. Als sie die Aussagen der anderen bestätigte, war die Polizei fürs Erste zufrieden.

Elin wurde im Krankenhaus sofort versorgt – wie vermutet hatte die Bauchwunde sich wieder geöffnet. Zum Glück war die Verletzung nicht so schlimm, wie es erst ausgesehen hatte. Die Ärzte wollten die Wunde aber nicht erneut nähen, die Infektionsgefahr war zu groß. Deshalb setzten sie einen Klammerverband darauf, der allerdings noch weniger stabil war als die ursprüngliche Naht. Elin würde nun also ein paar Tage länger im Krankenhaus zubringen müssen, was ihr natürlich gar nicht gefiel. Auch sie wurde, in ihrem Krankenbett, vernommen.

Alle anderen waren am nächsten Morgen ins Präsidium gekommen und hatten ihre Aussagen zu Protokoll gegeben. Arne hatte Lars' Aussage persönlich aufgenommen, jetzt wollte er aber noch über ihre Ermittlungen der letzten Tage sprechen. „Was ist denn nun deine Theorie, wie das alles zusammenhängt? Glaubst du, dass Ingemar Haake an allem schuld ist?"

„Ja, ganz sicher. Warum hätte er sonst so auf uns losgehen sollen? Wir haben ihm ja nichts getan. Erst der Angriff auf meine Kollegin mit dem Holzlaster …“

„Für den wir keine Beweise haben …“

„Noch nicht. Ihr solltet seine Laster mal genauer untersuchen. Egal, die Aktion gestern spricht ganz klar gegen ihn.“

Arne grinste. „Bloß kann er sich jetzt nicht mehr verteidigen. Allerdings auch nichts zur Aufklärung beitragen.“

Das war das Problem, es gab wenig handfeste Beweise für Jimmys Taten der Vergangenheit. Nur dafür, dass er gestern versucht hatte, Lars und Tobias zu töten. „Du glaubst doch nicht etwa, dass er unser Auto verschwinden lässt, uns gefangen setzt und dann umbringen will, nur weil wir unbefugt auf seinem Hof herumgelaufen sind? Zumal das Tor zu dem Zeitpunkt noch offenstand.“ Lars starrte Arne an.

„Ziemlich überzogene Reaktion, das gebe ich zu.“

„Also, warum hat er sich durch uns bedroht gefühlt?“ Lars wartete vergebens auf eine Antwort. „Weil wir ihm zu nahe kamen mit den Ermittlungen zum Mord an Berit Sundquist.“

„Nur weshalb sollte er sie getötet haben?“

Ein berechtigter Einwand. „Das haben wir leider nicht herausgefunden. Ich habe noch nicht einmal eine Idee. Aber irgendeine Verbindung zwischen Berit und ihm muss es gegeben haben.“

„Könnte schwierig werden, da jetzt noch etwas zu finden. Nur dass ihr leider irgendetwas braucht, wenn ihr Björkman freibekommen wollt."

Unglücklicherweise hatte er recht. Zwar glaubte Lars, den Fall aufgeklärt zu haben, aber ihm fehlte der Beweis, dass Willmar unschuldig war. „Aber es müsste doch reichen, damit ihr den Fall noch einmal aufnehmt, oder?"

Arne zuckte die gewaltigen Schultern. „Hängt vom Staatsanwalt ab. Kann sein, dass der wartet, bis die Revision bewilligt ist."

Toll, damit drehten sie sich im Kreis. Ohne einen Beweis für Willmars Unschuld würde die Revision nicht genehmigt, aber ohne neue Untersuchung würde es schwer werden, die entsprechenden Beweise zu beschaffen. Jimmy, der vermutliche Mörder, war tot und konnte ihnen nicht helfen, selbst wenn er gewollt hätte. Lars konnte nur hoffen, dass die Polizei bei der Durchsuchung seines Hauses und seiner Firma irgendetwas finden würde, das Aufschluss über die alte Geschichte mit Berit geben würde.

„Sind wir fertig?" Lars stand auf.

„Deine Aussage hast du unterschrieben. Verdächtig bist du nicht. Die Aktion deiner Kollegin wird sicher als Notwehr eingestuft werden." Arne reichte seine fleischige Hand über den Tisch, der Stuhl quietschte laut. „Alles Gute für euch. Gute Heimreise."

Lars schüttelte die Hand. Wahrscheinlich waren die hier alle froh, wenn sie wieder weg waren und alle wieder zur Tagesordnung übergehen konnten. Als er durch den Flur zum Ausgang lief, kam ihm ein Gedanke. Ein loses Ende gab es noch, und das könnte es durchaus wert sein, nachverfolgt zu werden.

***

Lars hatte nun schon den dritten Mietwagen in Umeå. Er war fast erstaunt gewesen, dass die Firma ihn weiterhin als Kunden akzeptierte, auch wenn der Totalschaden der beiden anderen eine Versicherungssache war und der Mietfirma wohl keine Einbußen entstanden. Die Fahrt nach Hummelmark ging schnell wie immer, und diesmal schien er Glück zu haben: Vor Melkers Haus stand ein brauner Skoda Yeti. Lars schaltete die Aufnahmefunktion seines neuen Handys ein. Es hatte ihn zwei Stunden gekostet, das Ding einzurichten, sodass es wie das alte funktionierte.

Melker öffnete nach dem ersten Klingeln und sah ihn misstrauisch an. „Ja?"

Lars hatte heute keine Lust auf die höfliche Tour. Er drückte den Mann ins Haus und zog die Tür hinter sich zu.

„He, was soll denn das?"

„Wir reden jetzt mal Tacheles.“ Lars packte den zierlich gebauten Mann am Kragen und zog ihn ins Wohnzimmer, wo er ihn unsanft auf einen Stuhl am Esstisch platzierte. Melker protestierte, doch Lars schnitt seine Kommentare mit einer Handbewegung ab. Kurz sagte er, wer er war.

„Ingemar Haake ist tot. Er hat gestern versucht, mich und meinen Kollegen zu töten, weil wir dabei waren, ihm den Mord an Berit Sundquist nachzuweisen. Ich will wissen, in welcher Verbindung du zu ihm stehst?“ Lars setzte sich auf den Stuhl vor den alten Mann und starrte ihn grimmig an.

„Ingemar ist tot?“ Melker guckte ungläubig.

„Ja, ist in eine Grube gefallen und hat sich das Genick gebrochen. Also?“

Der Alte schüttelte den Kopf. „Gibt’s doch nicht. Ingemar ist mein Neffe.“

Aha, schon hatte er die erste Verbindung. „Und hat hier die ganze letzte Woche gewohnt?“ Die Handydaten, die Elin erhoben hatte, wiesen darauf hin. Lars war sicher, dass Jimmy das besagte Prepaid-Handy benutzt hatte.

Melker zuckte mit den Schultern. „Kann sein. Ich war nicht hier.“

„Wo warst du?“

„Skifahren in Jämtland. Bin erst heute wiedergekommen.“

„Hat Jimmy dich dorthin geschickt? Rede!“

Der Alte nickte. „Er hat das bezahlt.“

„Warum?“

Melker schaute weg, er wollte nicht antworten.

„Er wollte verhindern, dass du mit uns redest, stimmt’s?“

„Ja“, seufzte er schließlich.

„Warum? Was kannst du uns erzählen? Deine Zeugenaussage damals war falsch, stimmt’s?“

„Woher ...“ Der Alte versuchte aufzustehen, doch Lars packte ihn am Hemd und schüttelte ihn. „Raus jetzt mit der Wahrheit.“

Melker hob die Hände. „Lass mich. Ist ja gut. Ich rede.“

Lars ließ ihn los, der Alte plumpste auf seinen Stuhl. „Ingemar hat mir gedroht. Er hat gesagt, er nimmt mir das Haus weg, wenn ich das nicht mache.“ Er strich sein schütteres Haar nach hinten.

„Wieso? Ist das sein Haus?“

„Das Grundstück gehört ihm, ich habe es nur gepachtet.“

„Verstehe. Und du hast Willmar Björkman am Tag des Mordes gar nicht gesehen?“

Melker schüttelte den Kopf. „Nein“, flüsterte er. „Nicht an dem Tag ...“

„Sondern in der Woche zuvor?“

Er nickte.

„Bitte. Geht doch. Ich will, dass du das dem Staatsanwalt gegenüber wiederholst und deine alte Aussage zurückziehst. Ingemar kann dir ja jetzt nichts mehr tun.“

Wieder nickte der Alte. Er sah nur noch auf den Boden. Er wirkte wie gebrochen.

„Was hat Ingemar hier letzte Woche gemacht? Was hat er dir erzählt?“

„Er ... er hat gesagt, er wollte den Schnüfflern aus Stockholm einen Denkzettel verpassen ...“

Jimmy hatte hier also gelauert und Elin abgepasst. „Wo stand der Holzlaster? Doch nicht hier vor deinem Haus, oder?“ Dort gab es eigentlich nicht genug Platz für einen Laster mit Anhänger. Abgesehen davon, dass er ziemlich aufgefallen wäre.

Der Alte seufzte. „Er stellt ihn immer dort hinten im Wald ab. Der gehört ihm auch.“

Lars stand auf, damit war alles klar. Fast alles.

„Eines noch. Warum hat Ingemar Berit ermordet? Das musst du doch wissen.“

Der Alte blickte auf, seine grauen Augen waren feucht. „Sie machte Schwierigkeiten mit der Versicherung von seiner Scheune. Die war abgebrannt.“

Lars konnte es nicht glauben, also doch ein Fall bei der Versicherung. Und keiner dort hatte etwas davon mitbekommen? Da würde er morgen noch mal bei Jesper vorbeischauen, der sollte mal die Unterlagen heraussuchen.

Lars verließ das Haus ohne weitere Worte. Draußen prüfte er, ob die Aufnahme geklappt hatte. Ja, alles prima. Diese war jetzt in der Cloud der Firma gespeichert, nur Tobias konnte sie löschen. Er stieg ins

Auto und fuhr zurück zum Hotel. Das würde der letzte Abend in Umeå sein, er war froh wieder nach Hause zu kommen. Lisa hatte er bisher gar nichts von dem gestrigen Geschehen erzählt, warum sollte sie sich unnötig Sorgen machen? Vielleicht würde er ihr morgen eine leicht geschönte Version erzählen, heute Abend hatte er genug Zeit, darüber nachzudenken.

33

Elin war auf dem Weg zur Kanzlei Nordahl & Brunn, dort hatten sie heute früh einen Termin mit Edvard. Der Fall Willmar Björkman sollte abgeschlossen werden, zumindest von ihrer Seite. Edvard würde wohl noch eine Weile damit zu tun haben. Es war nicht weit von ihrer Wohnung bis zur Kanzlei, beides lag auf Kungsholmen, daher hatte sie sich für einen Fußmarsch entschieden. Vielleicht war es auch besser, eine Weile nicht *tunnelbana* zu fahren, denn es gab schon fast tausend Covid-19-Fälle in

Schweden, seit gestern sogar die ersten Todesfälle. Auch wenn es wohl vor allem ältere Menschen waren, die krank wurden.

Elin wusste, dass sie noch eine Weile keinen Sport machen durfte und alle Bewegungen vermeiden musste, die die Wunde an ihrem Bauch unter Spannung setzten. Bisher hielt der Klammerverband gut, und sie würde das Ihre dafür tun, dass es so blieb. Bis Ende der nächsten Woche war sie krankgeschrieben, und sie schonte sich wirklich. Tägliche Spaziergänge waren aber nicht nur erlaubt, sondern sogar empfohlen. Zwei Tage hatte sie in Umeå im Krankenhaus bleiben müssen, bevor man sie am Mittwochmorgen entlassen hatte. Sie war noch mit Maja im *Rex* gewesen, wie sie ihr versprochen hatte, wenn auch zum Lunch und nicht zum Abendessen. Aber sie sehnten sich nach ihrem Zuhause und hatten den Flug noch am selben Nachmittag genommen.

Heute war Freitag, und dass sie diesen Termin wahrnahm, würde eine Ausnahme bleiben, ansonsten würde sie während ihrer Krankschreibung nicht arbeiten. Aber dieses Treffen konnte sie sich schließlich nicht entgehen lassen. Lars hatte gesagt, dass der Fall jetzt restlos aufgeklärt sei.

Die rothaarige Rezeptionistin kannte Elin noch vom letzten Mal und führte sie direkt zu dem Konferenzzimmer. Lars und Edvard waren schon dort und standen auf, um sie zu begrüßen.

Edvard schüttelte ihr die Hand und fragte nach ihrem Befinden.

„Ich habe keine Schmerzen mehr, zumindest so lange ich mich nicht bücke oder drehe. Die Wunde hat sich nicht infiziert und heilt gut, das wird schon."

Edvard breitete die Hand aus zum Zeichen, dass sie Platz nehmen sollten. Kaffee und Wasser standen schon bereit, Edvard schenkte ihr ein.

„Ja, Elin, ich habe es schon zu Lars gesagt, es tut mir wirklich leid, dass ihr wieder in solch gefährliche Situationen gekommen seid und du sogar verletzt wurdest, von dem Trauma des Unfalls gar nicht zu reden. Damit habe ich nun wirklich nicht gerechnet. Ich dachte, ihr redet ein wenig mit den Zeugen und es ergibt sich vielleicht ein Widerspruch, den wir nutzen können, um die Aussagen, die zur Verurteilung führten, auszuhebeln. Dass ihr den wirklichen Mörder findet und dieser dann auf euch losgeht, das konnte ich mir nicht in meinen wildesten Träumen vorstellen."

„Die Tragik ist, dass wir dem Kerl wahrscheinlich gar nicht auf die Spur gekommen wären, wenn er nicht angefangen hätte, so wild zu agieren ..." Lars schmunzelte.

„Nur warum hat er das überhaupt getan und nicht einfach die Füße stillgehalten?" Edvard sah ihn fragend an.

Lars zuckte die Schultern. „Wir werden es nie genau wissen. Aber ich glaube, es lag nicht in seiner Natur, den Dingen ihren Lauf zu lassen. Er wollte die Kontrolle, nur dass ihm das diesmal nicht gelungen ist.“ Er lehnte sich vor. „Außerdem hatte er Angst, dass sein Onkel weich würde. Melker Gunnarson hatte damals die falsche Zeugenaussage gemacht, die Willmar belastete, und er kannte die Wahrheit. Ich glaube, Ingemar hatte Angst, dass Melker reden würde, wenn man ihn entsprechend unter Druck setzte. Und so war es ja auch ...“

„Stimmt. Gunnarson hat gestern eine neue Aussage beim Staatsanwalt abgegeben. Er hat richtig ausgepackt. Nachdem sein Neffe nicht mehr am Leben ist, fühlt er sich offenbar wie befreit und hat sein Gewissen entlastet.“

„Das heißt, du hast jetzt genug Material, um das Wiederaufnahmeverfahren zu beantragen?“, fragte Elin mit Blick auf die Unterlagen, die vor Edvard aufgebaut waren.

Edvard nickte. „Absolut. Mit der Aussage von Gunnarson wird das kein Problem. Ich bin sicher, dass die Revision genehmigt wird. Zumal der Staatsanwalt das ebenfalls unterstützen wird, auch wenn es natürlich keine Anklage gegen Haake geben wird. In Schweden kann man Tote nicht vor Gericht bringen.“ Er räusperte sich. „Was mich zu den Vorfällen am letzten Sonntag bringt. Die gute Nachricht ist, dass der Staatsanwalt in Umeå keine Anklage gegen Elin erheben wird, ihre Aktion wird als Notwehr eingestuft. Die Obduktion des Ingemar Haake hat übrigens ergeben, dass der Schlag auf den Hinterkopf ihn nicht umgebracht hat, sondern er sich beim Auftreffen auf dem Boden der Grube das Genick gebrochen hat. Damit ist diese Geschichte erledigt. Aber könnt ihr mir nicht noch einmal im Detail erzählen, wie das alles abgelaufen ist? Es interessiert mich einfach."

„Klar." Lars berichtete ausführlich von ihren Erlebnissen bei Ingemar.

Edvard grinste. „Wer andern eine Grube gräbt ..."

„... fällt selbst hinein – ich weiß. Wobei Elin in diesem Fall etwas nachgeholfen hat." Lars lächelte. „Aber ohne ihr Eingreifen wäre das Ganze nicht gut ausgegangen", fügte er hinzu. Lars wusste, dass Elin nicht gerade glücklich darüber war, für den Tod von Ingemar verantwortlich zu sein, auch wenn der Kerl es sicher verdient hatte und ihr Einschreiten ja nun auch offiziell als Notwehr eingestuft worden war. Sie war geschockt gewesen, als Maja ihr im Krankenhaus mitgeteilt hatte, dass der Kerl tot war. Damit hatte sie nicht gerechnet, und das war auch nicht ihre Absicht gewesen. Es war nun schon das zweite Mal, dass sie einen Menschen getötet hatte. Sie fühlte sich nicht gut damit, auch wenn beide Männer Verbrecher gewesen waren und sie in beiden Fällen in einer Notwehrsituation gehandelt hatte. Schon der erste Fall verfolgte sie immer noch in ihren Träumen, auch wenn diese zum Glück immer seltener wurden. Aber sie war sich sicher, dass sie auch den Schlag auf Ingemar und dessen Folgen noch würde verarbeiten müssen. Immer wieder würde sie sich fragen, ob sie nicht zu fest zugeschlagen hatte.

Edvard zog ein Dokument aus dem Stapel mit Akten, die vor ihm auf dem Tisch lagen. „Dann habe ich außerdem das Motiv für den Mord an Berit Sundquist bestätigt bekommen. Ihr damaliger Chef, dieser Jesper Westerdahl hat den alten Versicherungsfall für die Scheune von Ingemar Haake herausgesucht und mir die entsprechenden Unterlagen zukommen lassen. Auf Haakes Hof hatte es gebrannt, und von der Scheune, die dort stand, war danach nichts mehr übrig. Das Feuer hat auch auf das Wohnhaus übergegriffen, das dadurch ziemlich beschädigt wurde. Die Versicherung hat eine Schadensleistung von etwas über drei Millionen Kronen ausbezahlt. Der ganze Fall wurde von Berit Sundquist bearbeitet und war für den Abschluss vorbereitet. Doch Berit hatte wohl Zweifel, ob bei dem Brand alles mit rechten Dingen zugegangen war. Denn aus den Akten geht hervor, dass sie mehrere Ortstermine bei Ingemar hatte. Als sie starb, hat ein Kollege den Fall übernommen, aber nicht mehr weiter überprüft, sondern vom Chef abzeichnen lassen und zur Auszahlung angewiesen. Laut Ingemars Onkel Gunnarson hat Berit diesen Haake offenbar erpresst. Wahrscheinlich hat sie den Fall so lange zurückhalten wollen, bis er gezahlt hätte. Aber dazu ist es dann wohl nicht mehr gekommen."

„Das heißt, er hat Berit wegen dieser drei Millionen Kronen umgebracht?", fragte Elin.

„Ja, und wegen der Strafe, die ihm drohte. Wegen Brandstiftung und Versicherungsbetrug. Das hätte ihm eine Geldstrafe und möglicherweise ein paar Jahre Gefängnis eingebracht, aber in jedem Fall hätte es ihn geschäftlich ruiniert. Seine Firma lief wohl zu der Zeit nicht besonders gut, und das hätte ihm den Rest gegeben."

„Doch der Mord an Berit hätte doch zu einer viel schlimmeren Strafe geführt." Elin verstand immer noch nicht, wie Ingemar von Brandstiftung zu Mord gekommen war.

„Richtig." Edvard nickte. „Das ist leider ziemlich typisch. Wir sehen so etwas oft. Ein Täter begeht eine erste kriminelle Tat, und um diese dann zu vertuschen, wird die nächste begangen. Oft wird es immer schlimmer und schlimmer. Das eine zieht das andere nach sich. Zum Schluss sind es so viele Straftaten, dass es kein Zurück mehr gibt. So auch hier. Die Brandstiftung und der Versicherungsbetrug sollten vertuscht werden, deshalb hat Ingemar Berit getötet. Das hat er dann außerdem smart gemacht und unserem Björkman in die Schuhe geschoben. Er wurde ja nicht einmal verdächtigt. Dazu hat er wahrscheinlich noch dessen Anwalt beseitigt, auch wenn wir das nicht beweisen können – Gunnarson hat dazu keine Angaben gemacht. Und als ihr dann auftauchtet und mit neuen Nachforschungen anfingt, wurde er nervös und hat wieder zugeschlagen. Doch diesmal zum Glück mit weniger Erfolg."

Lars nickte grimmig. „Was hat er mit dem Auto gemacht, unserem Mietwagen?“

Der Anwalt machte ein bedauerndes Gesicht. „Es sieht so aus, als wenn der auf dem Grund eines nahe gelegenen Sees liegt. Dort wo euer GPS-Sender das letzte Signal abgegeben hat. Da gibt es offenbar eine Art Kliff, unterhalb dessen die Eisschicht auf einer größeren Fläche gebrochen war, inzwischen ist die Stelle wieder zugefroren. Man hat auch Reifenspuren eines Lasters von Haake oben auf dem Kliff gefunden. Haake hat euren Wagen wohl dorthin transportiert und dann hinuntergerollt. Die Polizei will aber mit der Bergung warten, bis das Eis getaut ist. Das kann dort oben im Norden wohl noch bis Mai dauern.“

„Unsere Handys hat man nicht gefunden?“

„Davon hat der Staatsanwalt nichts gesagt, keine Ahnung.“

Elin hatte die letzten Geodaten der beiden Telefone abgerufen. Sie waren noch auf dem Hof ausgeschaltet worden, wahrscheinlich direkt nachdem Jimmy Lars und Tobias gefangen genommen hatte. Elin nahm an, dass er die Handys zusammen mit dem Mietwagen entsorgt hatte.

„Ja, damit ist alles gut vorbereitet für den Antrag der Revision.“

„Wie lange dauert es, bis das durch ist?“, fragte Elin.

„Oh, wahrscheinlich ein paar Monate, maximal ein halbes Jahr, denke ich.“

„Und wann kommt Willmar dann frei?“

„Wenn alles glatt läuft, vielleicht zum Ende des Jahres. Erst die Genehmigung der Revision, dann das Gerichtsverfahren. Frühestens im Herbst." Edvard schob seine Dokumente zusammen. „Ich wollte mich nochmals für euren Einsatz bedanken. Ihr habt wieder hervorragende Arbeit geleistet. Meinen Glückwunsch zur Lösung des Falles. Wenn ich ehrlich bin, hatte ich die Chancen auf maximal dreißig Prozent eingeschätzt. Das wollte ich zu Anfang nicht sagen, um euch nicht zu entmutigen. Doch ihr habt es trotzdem geschafft. Ich werde euch mit Sicherheit weiterempfehlen und gern wieder engagieren. Wie gesagt, es tut mir leid, dass es zu solch gefährlichen Umständen gekommen ist. Doch ihr habt ja auch das mit Bravour gelöst." Edvard stand auf.

Der Anwalt geleitete sie zum Ausgang, dann verabschiedeten sie sich.

Im Fahrstuhl fragte Elin: „Wie lief es mit Lisa?" In der Vergangenheit hatte Lisa immer große Probleme damit gehabt, wenn Lars in gefährliche Situationen geriet. Das hatte sich nach ihrer Krebserkrankung grundlegend geändert. Doch ihr war klar, dass Lars bei jeder neuen Gefahrensituation die Befürchtung hegte, Lisa könne in ihr altes Verhalten zurückfallen.

Lars grinste. „Zuerst ganz prima. Ich hatte ihr nichts von dem Einleiten des Abgases erzählt. Doch dann hat sie davon in der Zeitung gelesen – die Polizei hat das offenbar nicht unterm Deckel gehalten."

„Oh je." Elin schaute ihn mitleidig an. Der Fall hatte ziemliche Schlagzeilen gemacht, sowohl lokal als auch national.

„Da war sie etwas sauer mit mir. Aber vor allem deshalb, weil ich ihr diesen Teil verheimlicht hatte. Ich habe ihr dann versprochen, immer alles zu erzählen. Sie hat im Gegenzug ihr Versprechen erneuert, sich nicht aufzuregen, wenn es zu solchen Situationen kommt. Jetzt ist alles wieder gut."

„Das freut mich. Wie geht es ihr sonst?"

„Alles im grünen Bereich. Wir müssen nur vorsichtig sein, dass sie sich nicht mit diesem neuen Virus ansteckt. Ihr Immunsystem ist möglicherweise immer noch nicht so stark."

„Wie macht ihr das?"

„Viel Hände waschen und so etwas. Und Lisa arbeitet mehr und mehr von zu Hause." Als Buchhalterin bei IKEA war das kein Problem.

Unten angekommen, verabschiedeten sie sich. Lars wünschte Elin weiterhin gute Genesung und ermahnte sie, sich wirklich zu schonen.

„Mache ich. Keine Bange, ich will nicht, dass die Wunde noch mal aufplatzt. Wie geht es Tobias?" Tobias war nach dem Erlebnis in Umeå recht kleinlaut gewesen. Er hatte Elin noch im Krankenhaus besucht, bevor er nach Stockholm abgereist war. So kleinlaut hatte sie ihn noch nie erlebt. Sonst war er eher großspurig und konnte gegenüber Kunden und Mitarbeitern recht tough auftreten. Aber am Tag nach dem Horrorerlebnis in der Grube war er immer noch ziemlich mitgenommen gewesen. Als Reserveoffizier war er zwar gut durchtrainiert, doch es war wohl das erste Mal gewesen, dass er dem Tod gegenübergestanden hatte. Er machte ja eigentlich auch keinen Außendienst und war sonst auch nie in ihre Fälle involviert, außer dem Fall vor zwei Jahren, als er sie alle gerettet hatte. Doch da hatte er eine Pistole in der Hand und aus einer überlegenen Rolle heraus die Situation geklärt. Selbst war er dabei nicht in Gefahr gewesen.

„Oh, er findet langsam, aber sicher wieder zu seinem alten Selbst zurück. Inzwischen geht er schon mit der Umeå-Horrorgeschichte hausieren."

Elin gluckste. Das war gut. Sie wollte keinen Chef, der wie ein getretener Hund herumlief. Dann schon lieber den etwas großtuerischen Tobias.

EPILOG

JULI 2020

34

Elin saß im Dienstwagen – mal wieder eine Überwachung, auch wenn diese Aufträge im Augenblick dünn gesät waren. Das Coronavirus hatte alles verändert. Auch ihre Firma war davon betroffen, Tobias hatte sogar einige Mitarbeiter in Kurzarbeit geschickt. Elin war davon verschont geblieben, und von Montag an würde sie für sechs Wochen in den Sommerurlaub gehen.

Sie blickte über die Straße, dort war ein Mitarbeiter eines Unternehmens für Börsenhandel gerade in sein Büro gegangen. Er wurde des Insiderhandels verdächtigt und war im Augenblick der Einzige im Büro – alle anderen waren im Urlaub oder arbeiteten im Homeoffice. Auch dieser Mitarbeiter sollte eigentlich zu Hause arbeiten. Elin stand auf dem Sveavägen, im Zentrum Stockholms, im Halteverbot, denn hier gab es keine offiziellen Parkplätze. Sie konnte nur hoffen, dass der Typ wieder herauskam, bevor hier eine Politesse auftauchte.

Die Zahl der Covid-19-Fälle in Schweden war inzwischen rückläufig. Das Land hatte keine dramatischen Einschnitte in das Alltagsleben der Bürger vorgenommen, wie sie in den anderen Ländern Europas verordnet worden waren. Schulen und Kindergärten blieben geöffnet, lediglich in den Gymnasien und Hochschulen hatte man auf Distanzunterrricht umgestellt. Es gab wenig Verbote, nur Empfehlungen – nicht zu reisen, möglichst zu Hause zu bleiben und von dort aus zu arbeiten, sich viel die Hände zu waschen und Abstand zu halten. Ja, und Zusammenkünfte von mehr als fünfzig Personen waren verboten. Kein Ausgangsverbot wie in anderen Ländern. Zuerst war Schweden dafür bewundert worden, inzwischen war die Bewunderung in Verwunderung umgeschlagen, denn die Todeszahlen unter den Erkrankten waren deutlich höher als in den Nachbarländern. Zwar hatte sich das Offenhalten der Schulen und Kindergärten bewährt – hier war es zu keinem einzigen Infektionsherd gekommen –, doch die Altersheime waren von der Krankheit in hohem

Maße heimgesucht worden. Das Personal war unterbesetzt, und viele Mitarbeiter waren trotz Erkrankung zur Arbeit gegangen, oft auf Bitten ihrer Vorgesetzten, die nicht wussten, wie die Betreuung sonst organisiert werden sollte. Schutzausrüstung war auch Mangelware, sodass die alten Menschen in großer Zahl angesteckt wurden. Jetzt wurde immer mehr berichtet, dass die Patienten dann oft in ihren Zimmern isoliert und unzureichend versorgt wurden, bis sie einsam starben. Ein Geriatrie-Professor hatte öffentlich in einem Interview darüber geklagt, dass seine Abteilung sich vorbereitet hatte, um viele alte Corona-Patienten zu versorgen, aber dass sie ausgeblieben sind. Er behauptete, dass ein erheblicher Teil der Patienten in den Altenheimen hätte gerettet werden können, wenn sie im Krankenhaus behandelt worden wären. Nicht gerade ein Ruhmesblatt für das schwedische Gesundheitswesen. Inzwischen wurde viel über die schwedische Strategie diskutiert, sogar eine Kommission war ins Leben gerufen worden, die die Maßnahmen zur Bewältigung der Krise überprüfen sollte.

Elins Eltern hatten sich bisher nicht angesteckt. Majas Eltern hatten sich in ihrem Sommerhaus isoliert, in dem Elin und Maja nun auch einen Teil ihres Urlaubs verbringen wollten. Majas Bruder Arvid und seine Frau waren die Einzigen in ihrer Verwandtschaft, die sich bislang infiziert hatten. Zwei Tage Kopfschmerzen und leichtes Fieber – das war alles gewesen, dann war der Spuk vorbei gewesen. Die Kinder hatten sich entweder gar nicht erst angesteckt oder keine Symptome entwickelt. Keiner von ihnen war getestet worden, denn die Testkapazitäten waren erst jetzt hochgefahren worden. Bis vor Kurzem wurden nur Patienten getestet, die ins Krankenhaus eingeliefert worden waren. So wussten viele Menschen nicht, ob sie die Krankheit schon gehabt hatten.

Um sich selbst machte Elin sich keine Sorgen, sie war jung und fit und würde mit dem Virus schon fertigwerden. Aber Maja war schwanger. Sie hatten den Termin für die Befruchtung noch während der Zeit von Elins Krankschreibung wahrgenommen. Erst waren sie unsicher gewesen, ob die Ereignisse in Umeå Majas Zyklus vielleicht aus dem Tritt gebracht hatten, aber die Temperaturmessungen zeigten, dass alles passte. Elin war bei Maja gewesen, als die Insemination vorgenommen worden war. Und es hatte sofort geklappt, Maja war nun im vierten Monat schwanger. Sie hatten Glück gehabt, denn kurze Zeit nach ihrer Behandlung konnte das Gesundheitssystem wegen der Coronakrise den Normalbetrieb nicht mehr aufrechterhalten – Operationen wurden abgesagt und verschoben, und auch in der Fertilitätsklinik war es danach zu großen Verzögerungen gekommen. Das hatte sich auch auf einige der Nachsorgetermine von Maja ausgewirkt. Aber ihr ging es gut, und die Schwangerschaft bekam ihr prima, von Übelkeit keine Spur. Man hatte ihr gesagt, dass das Virus wohl keine

Gefahr für die Schwangerschaft oder das Baby darstellte, lediglich unmittelbar vor der Geburt sollte sie zusehen, dass sie sich nicht ansteckte, weil zum Beispiel eine Lungenentzündung zu Komplikationen führen könnte. Trotzdem, Elin wollte nicht, dass Maja jetzt überhaupt krank wurde – sicher war sicher. Deshalb war es ihr nur recht, dass Maja zurzeit nicht arbeitete – das Studio hatte Sommerpause –, und im August würden sie im Urlaub bei Majas Eltern sein. Danach mussten sie weitersehen. Alle redeten von einer zweiten Welle; wenn die kam, mussten sie im Herbst besonders vorsichtig sein. Maja würde dann zu Hause bleiben müssen, Elins Gehalt reichte für sie beide. Das einzige Problem war Elins Job – sie konnte den Kontakt mit anderen zwar reduzieren, aber nicht gänzlich vermeiden.

Elin war sich immer noch nicht klar darüber, worauf sie sich mit dem Baby eingelassen hatte. Morgen sollten sie zum Ultraschall, dann würde man sehen können, ob es ein Junge oder ein Mädchen war. Das war ihr eigentlich egal. Aber in jedem Fall würde das Kind große Veränderungen mit sich bringen, und sie hatte ein wenig Bammel davor. Sie wollte nicht, dass sich irgendetwas zwischen ihr und Maja veränderte. Vielleicht würde ja alles ganz toll, so wie Maja es sich vorstellte, aber Elin war unsicher. Doch was sollte sie machen? Sie hatte sich einverstanden erklärt, und nun war Maja schwanger. Im Dezember würden sie ein gemeinsames Kind haben und sich damit zurechtfinden müssen. Eines hatte zumindest gestimmt – der Sex war während der Schwangerschaft noch besser geworden. Maja war noch nie so verschmust gewesen wie im Augenblick. Elin grinste. Wenigstens ein Vorteil. Ach ja, und dann war da noch ihre Mutter. Seit Maja schwanger war, hatte sich ihr Verhältnis zu Maja total gewandelt. Sie umarmte sie, redete stundenlang mit ihr – über Kinder und Schwangerschaft natürlich. Sie waren plötzlich ein Herz und eine Seele. Elin konnte es gar nicht glauben.

Von Edvard gab es auch Neuigkeiten: Die Revision war gerade bewilligt worden. Der Staatsanwalt hatte nun auch die Voruntersuchung eingeleitet, und das Gerichtsverfahren war für die Zeit nach dem Sommer avisiert. Alles war im Vergleich zu anderen Fällen relativ schnell gegangen. Aber die Fakten waren ja auch ziemlich eindeutig. Es sprach alles dafür, dass Willmar noch in diesem Jahr freigelassen werden würde. Elin war sich nicht sicher, wie sie das fand. Okay, er hatte den Mord nicht begangen, und seine Freilassung war mehr als gerecht. Wahrscheinlich würde er dann den Staat noch auf Schadensersatz verklagen – Edvard und seine Kanzlei konnten sich eine goldene Nase daran verdienen. Aber Willmar war ein Arschloch. Elin lief immer noch eine Gänsehaut den Rücken herunter, wenn sie an die zwei Aufeinandertreffen mit ihm im Gefängnis dachte. Sie fragte sich, ob es nicht besser wäre, wenn Willmar weggesperrt bliebe. Doch vielleicht änderte er sich –

rehabilitiert, in Freiheit und mit einem Batzen Geld aus der Entschädigung hatte er alle Voraussetzungen für ein ehrliches Leben. Wenn er dann noch eine nette Frau fand – diese ehemalige Geliebte in Lund schien ja nicht abgeneigt – da konnte sich alles zum Guten wenden. Vielleicht ...

Wie auch immer, sie hatten ihren Job erledigt. Mit großem Erfolg. Der Mörder war überführt, der Fall restlos aufgeklärt, keine Fragen waren offen geblieben – ganz so wie es Elin gefiel.

Sie startete den Motor, als sie eine Politesse kommen sah, das Gerät für die Strafzettel schon bereithaltend. Elin würde zum Nybroplan fahren und eine Runde um den Block drehen, dann wäre die Politesse hoffentlich weitergezogen und der Typ noch im Büro. So war es eben manchmal – da musste man eine Weile weg und erreichte erst etwas, wenn man wieder zurückkam. Das konnte zehn Minuten dauern wie jetzt – oder in anderen Fällen eben fünf Jahre.

GRATIS E-BUCH

Eine Vorgeschichte zur Serie "Die Stockholm Detektive"

Eine Kurzgeschichte über Lars, den einen der Detektive in der Serie. In dieser Geschichte arbeitet er noch als Polizist.
Zusammen mit seinem Kollegen Kalle, wird Lars zu einem Haus gerufen, in dem ein Streit eskaliert ist.
Dieser Einsatz wird Lars' Karriere für immer verändern.

Gratis und exklusiv für Leser der Serie – Download hier: www.christertholin.one/gratis

DANK AN DEN LESER

Es freut mich, dass Sie mein Buch ausgewählt haben.

Es freut mich noch mehr, dass Sie es bis zum Ende durchgelesen haben. Falls Sie neugierig sind – das Dorf Hummelmark gibt es nicht, sondern es ist ein vollständiges Produkt meiner Fantasie.
Ich hoffe sehr, das Buch hat Ihnen gefallen! Wenn dem so ist, möchte ich Sie um einen kleinen Gefallen bitten: Nehmen Sie sich einen Augenblick Zeit und bewerten Sie mein Buch bei Amazon!

Falls Ihnen etwas nicht so richtig gefallen hat, bitte ich Sie, es mir direkt zu sagen! Ihre Rückmeldung ist extrem wichtig für mich – so kann ich auf die Wünsche meiner Leser eingehen.

www.christertholin.one

Herzlichen Dank
Christer Tholin

ÜBER DEN AUTOR

Der Autor kommt ursprünglich aus Schleswig-Holstein und lebt jetzt mit seiner Familie seit vielen Jahren in Stockholm, wo er als Unternehmensberater arbeitet.
Er ist ein großer Fan der schwedischen Krimiliteratur und hatte schon lange vor, in diesem Genre einen eigenen Beitrag zu liefern. Dieser liegt bereits vor mit seinem ersten Buch "VERSCHWUNDEN?". Dies ist das erste Buch der Serie “Die Stockholm Detektive”, in dem Elin und Lars eingeführt wurden. „GEHEIMNISSE?“ ist der zweite und „Mord?“ der dritte Fall der beiden.

VERSCHWUNDEN?

Die Stockholm Detektive, Buch 1

Von Christer Tholin

2016, Stockholm

„Er konnte nur hoffen, dass er hier heil wieder herauskam."

Martin braucht eine Auszeit und ein ruhiger Urlaub in einem schwedischen Sommerhaus erscheint da gerade richtig. Dort trifft er auf Liv, eine attraktive schwedische Frau aus der Nachbarschaft, und fühlt sich von ihr angezogen. Doch bevor er sie besser kennenlernen kann, verschwindet sie unter mysteriösen Umständen. Mit Hilfe der Privatdetektive Lars und Elin macht Martin sich auf die Suche und gerät so in die Verwicklungen eines spannenden Kriminalfalles. Die Jagd geht quer durch Schweden, Martin kommt selbst in Gefahr und schließlich gibt es sogar Tote. Werden sie Liv retten können?

https://www.amazon.de/dp/B01CBF07UY

GEHEIMNISSE?

Die Stockholm Detektive, Buch 2

Von Christer Tholin

2017, Stockholm

"Verdammt, sie hatte einen großen Fehler gemacht, hier würde sie nicht wieder rauskommen, die wollten sie umbringen."

In diesem Kurz-Krimi nimmt die Privatdetektivin Elin einen Auftrag an, der sich erst ganz einfach anhört: sie soll den Freund der Auftraggeberin überwachen, um herauszufinden, ob dieser ein Verhältnis mit einer anderen Frau hat. Elin folgt dem Mann zu einer abgelegenen Hütte, und merkt bald, dass dort seltsame Dinge vorgehen. Zu spät erkennt Elin, in was für ein Wespennest sie gestochen hat – sie hat sich zu weit vorgewagt und damit ihr eigenes Leben aufs Spiel gesetzt. Sie steht allein gegen eine Bande von brutalen Pädophilen – kann sie diesen ungleichen Kampf gewinnen?

https://www.amazon.de/dp/B074VV8NQ5/

MORD?

Die Stockholm Detektive, Buch 3

Von Christer Tholin

2018, Stockholm

"Sie wollte nur noch, dass es vorbei war - bloß endlich keine Schmerzen mehr."

Christina lebt zusammen mit ihrem Mann Patrik in der Nähe von Stockholm. Von einem Tag auf den anderen verschwindet Patrik. Christina ist völlig verzweifelt. Als es auch nach sechs Wochen kein Lebenszeichen gibt, bittet sie die Privatdetektive Lars und Elin um Hilfe. Für die beiden Profis steht bald fest: Patrik hat sich freiwillig abgesetzt – mit einer anderen Frau. Sie entdecken eine Spur des Vermissten, die sie in die Wälder im Norden von Schweden führt. Dort finden sie Patrik – tot. Die Polizei glaubt an einen Unfall und stellt die Ermittlungen ein. Doch Christina will sich damit nicht abfinden, sie beauftragt Lars und Elin erneut, um die Hintergründe des Geschehens aufzudecken. War es wirklich ein Unfall? Oder hat jemand seine schmutzigen Hände im Spiel? Geht es hier um Mord? Und welche Rolle spielt die geheimnisvolle Natalia?

https://www.amazon.de/dp/B07JBNJCH3/

SCHULDIG?

Die Stockholm Detektive, Buch 4
Von Christer Tholin
2020, Stockholm

Stockholm: Von einem Tag auf den anderen verschwindet die 16-jährige Hanna spurlos. Ihre besorgten Eltern beauftragen die Detektive Lars und Elin, ihre Tochter aufzuspüren. Dies gelingt den beiden in kürzester Zeit. Doch Hannas Probleme sind längst nicht gelöst – sie ist in die Fänge eines „Loverboys" geraten. Einige Monate später werden die beiden Privatdetektive erneut engagiert: Hanna steckt in ernsten Schwierigkeiten. Dieser Auftrag bringt alle Beteiligten an ihre Grenzen ...

https://www.amazon.de/gp/product/B0848LVNYX/

Printed in Poland
by Amazon Fulfillment
Poland Sp. z o.o., Wrocław

70617538R00201